蔷薇的记忆
宇野亚喜良随笔集

［日］宇野亚喜良 著
唐诗 译

童话句乐部

*Drawn by Aquirax Uno,
From "Haiku Four Seasons" April 2014 to March 2015.*

融入季语，吟咏日本人固有的情感……
明明没有创作正统俳句的才能，我却接下了在俳句杂志上连载的工作。
我之所以能与编辑西井先生相识，多亏了林静一先生的引荐。
事情发生在刚刚散场的剧院内，或许一切都是余韵犹存的兴奋感使然。
我百般思索，希望能将插画师的表现力和俳句的意境结合起来。
我想做一些既没有季节感也没有条理性，还带点梦幻色彩的尝试，最终决定以童话为主题创作画和俳句。
童话无国界，一切皆可发生，且往往给人似曾相识的感觉，可以轻松地被描画和吟诵。

有一则相传为博蒙夫人或佩罗所作的童话故事，名叫《美女与野兽》。

让商人的小女儿住进城堡，用纯爱打动她——这样的野兽，堪称一心求爱的精神主义者。整个故事以法式贵族生活为基调，但在让·科克托的电影中，当感知到动物（鹿等）的气息时，野兽那经过特效化装的耳朵也会瞬间颤动。其中似乎也有吃动物肉、喝天然泉水的场景，但我的记忆有些模糊了。

高贵的野兽在捕获动物之后，猛然意识到自己身上潜藏着的野性——我试图用俳句来传达这份悲伤的情绪。

科克托既是诗人也是画家。而在这部电影中，他亦展现出了自己出众的电影美学。走廊上，用人类手臂支起的烛台一个接一个被点亮，形成了透视构图。此外，在不见主人身影的餐桌上，有从桌子内部伸出的人手负责斟酒。壁炉上的雕像会微微变化，其视线也会随之移动……这些美丽的画面构成了这部不朽的名作。让·马莱饰演的野兽则典雅而悲伤。

即便爱上人类
依然吃肉饮血
此乃野兽之本能

左亭

童话句乐部

人恋うてなお肉を喰む野獣の血

Drawn by Aquirax Uno,
From "Haiku Four Seasons" April 2014 to March 2015.

雅克·普雷维尔有一首名为《五月之歌》的诗——
驴、国王和我／明日都会死去／驴因生病／国王因无聊／我因恋爱／时值五月。

这首诗也曾出现在保罗·格里莫尔的动画电影《通烟囱工人与牧羊女》中。在城堡顶层的密室里，国王的八音盒将它奏成了一首歌。

我和已于1983年去世的寺山修司都很喜欢这首诗。寺山在其初期诗集《我的五月》中写道：
在闪耀的季节里／是谁在歌唱那风帆／转瞬即逝的我／和逝去的夏天啊／二十岁，我在五月降生。

实际上，寺山是在1935年12月降生的，但死于5月！寺山似乎很希望自己的人生与5月有所关联。从20世纪60年代至今的这半个世纪里，我究竟描绘过多少次这三个人呢？国王死亡的理由被翻译成"无聊"，原文是"ennui"。若是译成"倦怠"，倒是能多几分现代风格，但与童话的韵味就相去甚远了。看来还是"无聊"更能烘托童话的滋味。添上几朵虞美人，纯属偶然。不过，因为在意，我稍加调查了一番——原来四瓣的虞美人是在5月开花的！这真是一种幸运的巧合。

认为虞美人无趣的国王会死

左亭

童话句乐部

ひなげしに退屈だと言い王は死ぬ

*Drawn by Aquirax Uno,
From "Haiku Four Seasons" April 2014 to March 2015.*

小泉八云的《怪谈》与萨基的短篇小说拥有共通的奇妙韵味。

妻子节子会从二手书店等地淘来日本的传说故事，彻夜说给赫恩（小泉八云归化前的姓氏）听。

赫恩甚至要求妻子脱离书本，消化成自己的语言之后再讲。赫恩出生于希腊领地莱夫卡扎岛，少年时代在都柏林和伦敦度过，也曾在塔希提岛居住过，还在美国当过新闻记者，而后成为作家，来到日本。总而言之，他的大部分时间都是在多民族、多行业的环境中度过的。或许，正是在那些时间里，他意识到了人类本性所蕴含的荒诞性和无常感。

只存在于琵琶法师脑内的平家亡灵催生的奇妙视觉空间，宅邸前高喊"开门！"的声音，绘于身体的经文书法，只有被扯断的耳朵被带往灵界的景象……堪称怪谈中的绝唱。

向冥界飞去
在耳下盛开的
曼珠沙华

左亭

童话句乐部

冥界へ翔ぶ耳の下曼珠沙華

Drawn by Aquirax Uno,
From "Haiku Four Seasons" April 2014 to March 2015.

我很喜欢堀口大学翻译的科克托诗集，明明很有法国的味道，却又很贴合日本人的感性，是因为他的文体巧妙地融合了七五调（日文和歌中使用的音律系统）吗？

我曾去镰仓的堀口先生家拜访过他的女儿董子女士。当时，与我有工作交集的芭蕾舞团想把堀口大学翻译的《月下的一群》（堀口大学译诗选集，收录了波德莱尔、魏尔伦、科克托等法国诗人的作品）中的部分内容改编成舞蹈，我便想去打声招呼。我记得墙上挂着一块浮雕匾额，是良宽的书法"天上大风"。

堀口先生翻译的科克托的诗如果由良宽亲手写出来，那将是有史以来最伟大的合作。

这次，我把自己喜欢的诗写成了俳句。虽然表现手法仍很稚嫩，但我认为已经成功将诗句转移到了俳句的维度。

★

我的耳朵是贝壳
助我怀念大海的声音
——《耳朵》

★

肥皂泡泡进不了庭院
在周围不停打转
——《肥皂泡泡》

聆听大海
我的耳朵是贝壳

肥皂泡泡
映出的地球
是空心的

左亭

童话句乐部

海を聴く私の耳は貝の殻　シャボン玉地球を写し中は空洞

Drawn by Aquirax Uno,
From "Haiku Four Seasons" April 2014 to March 2015.

众所周知,格林兄弟以学者身份广泛收集民间故事。然而,我在书中见过一种说法,即他们并未去各地打听、记录,而是从一位法国女性那里听到了很多故事。

比起安徒生那令人伤感的悲剧性故事,我更喜欢格林兄弟那些原始、野性的故事。安徒生的故事是原创文学,格林兄弟的故事则来源于收集。因此,若从艺术创作的角度来看,理应给予身为创作者的安徒生更高的评价。

小红帽在森林里采摘了一些鲜花,想带着它们去看望外婆。然而,小红帽想起此前因自己喜欢的男孩而被外婆责骂的事,就在其中混入了少量有毒的花。

就像这样,我把它写成了略带恶意的俳句,顺便给狼穿上了女装。

林中幽影间
美少女窃摘乌头花

左亭

童话句乐部

美少女がトリカブトも摘む森の陰
Drawn by Aquirax Uno,
From "Haiku Four Seasons" April 2014 to March 2015.

这次的主题是宫泽贤治的《大提琴手高修》。

由于手头没有书，我试图在记忆中还原童话中的动物们。不知不觉中，一只带着孩子的狸猫就画好了。

紧接着，英文的"junior"以及与之发音相近的日文词"十二夜"依次浮现在我脑海中。

这个谐音笑话的背后，其实有一个真实故事——
导演串田和美先生生了一个儿子。据说，在思考名字的时候，他突然在书架上看到莎士比亚戏剧集中的《第十二夜》，于是沿用"十二夜"这几个字为儿子命名，并将其读音定为"junior"。

我回想起这个故事，狸猫又是带着"junior"出现的，而且仔细一想，高修的大提琴演奏技术得到提升，离不开这些动物的帮助……因此，我为这个童话附加了一段情节——高修把和十五夜相差三天、月亮略显清瘦的第十二夜命名为"动物之夜"，并把这一天定为动物们演奏大提琴的音乐节。

高修说第十二夜是动物之夜

左亭

童话句乐部

十二夜はアニマル・ナイトとゴーシュ言い

Drawn by Aquirax Uno,
From "Haiku Four Seasons" April 2014 to March 2015.

此句灵感来自江户川乱步的作品《黑蜥蜴》中被称为黑蜥蜴的女盗贼。为了让初代水谷八重子饰演黑蜥蜴，三岛由纪夫还将它改编成了戏剧。

这首俳句的意思是，拥有天才规划能力的美女怪盗，因爱上侦探明智小五郎而失去了头脑。

戏剧版《黑蜥蜴》首次演出时，明智由芥川比吕志饰演。我依稀记得，剧中还有在刚建成不久的东京塔展望台交易的场面。随着时代的推移和变迁，东京塔衰退为充满怀旧风情的风景，而晴空塔的全盛时期，大概还会持续一段时间吧。

漫漫长夜无奇思
黑蜥蜴静静伏身影

左亭

童话句乐部

長き夜に奇想ひらめかず黒蜥蜴

Drawn by Aquirax Uno,
From "Haiku Four Seasons" April 2014 to March 2015.

在歌舞伎狂言《芦屋道满大内鉴》中,狐狸以人类之姿登场。一个名叫保名的男人救了一只被追捕的狐狸。狐狸从此爱上了男人,变成女人出现在他面前。男人也爱上了这位名叫葛叶的女人。二人在远离人烟的地方生活,并生下一个男孩。有一天,妻子在织布的时候,不小心现出了原形。这一幕被孩子看到,致使女人觉得自己再也待不下去了,于是趁孩子睡着的时候离家出走。她在门上留下了这样一句话:"如果想念,就来找我吧,到和泉的信太之森寻找葛叶吧。"

有一天,因为思念母亲,孩子和父亲一同来到信太之森寻找母亲的身影。虽然遇到了母亲,但母亲拒绝和他们一起生活。给孩子一个水晶球后,她便消失在森林中了。

长大后,男孩成了阴阳师安倍晴明。

或许,人们是希望将真实存在于平安时代(安倍晴明生活时间为921年至1005年)的超能力者的才能神秘化,才创造出了这个把民间传说与现实融合在一起的故事。

这首俳句描绘的是这样的情景——冬天的午后,阳光落在竹林旁的小屋内,留下了形如唐栈(条纹棉布)的光影。

冬日斜阳唐栈影
竹林小屋映温情

左亭

童话句乐部

冬日差唐桟の陰着て竹の家

*Drawn by Aquirax Uno,
From "Haiku Four Seasons" April 2014 to March 2015.*

西蒙娜，雪如你的双膝般洁白。

雷米·德·古尔蒙的诗像这样行进着，最后，以一句"西蒙娜，你是我的雪，也是我的恋人"作结。

我们通常会用"你如雪一样洁白"来形容一个人的皮肤很白，但在这首诗中，是雪在"效法"女人的颈后肌肤。从比喻手法上来说，这意味着女人的颈后肌肤比雪还要白。

可能因为这是大正时期的译文，带有堀口大学特有的语言魅力，"西蒙娜的后颈"总会让我联想到日本女性穿着和服时那略显行家之姿的后颈，我很喜欢这种感觉。

有一出题为《天衣纷上野初花》的戏，讲的是一个吊儿郎当的男人直次郎，为了见一个名叫三千岁的女人，来到入谷一带。在一个雪夜里，他吃完一碗荞麦面，而后前往夺走她自由的宿舍。"雪夜，曾是游女的女人……"这段情节让我不禁联想到古尔蒙的诗句。

顺便一提，这个标题既暗示了这样一幕——"河内山宗俊假扮成上野寺院的高僧，在旗本的府邸表演了一出戏，救出了被托付的姑娘"，也包含了"上野山上的樱花盛开，仿若天上的云彩"的意思。我很喜欢这出戏。

西蒙娜
雪如你
颈后的肌肤般洁白

古尔蒙

童话句乐部

シモオン、雪はお前の襟足のように白い。

Drawn by Aquirax Uno,
From "Haiku Four Seasons" April 2014 to March 2015.

西蒙娜，你的毛发丛林中，隐藏着巨大的神秘。

你身上有干草的味道，你身上有野兽睡过的石头的味道，你身上有鞣革的味道，你身上有簸箕里新麦的味道。你身上有柴火的味道，你身上有每天早晨都会出现的面包的味道。你身上有沿着坍塌土墙盛开的花的味道。你身上有木莓的味道，你身上有被雨水冲洗过的常春藤的味道。你身上有在黄昏时分收割的灯芯草和蕨草的味道。你身上有桦树的味道。你身上有苔藓的味道，你身上有在篱笆阴影中成熟、枯萎的黄色草木的味道。你身上有野芝麻和金雀儿的味道，你身上有苜蓿的味道，你身上有牛奶的味道。你身上有茴香的味道。你身上有胡桃的味道。你身上有成熟后被摘下的果实的味道。你身上有柳树和菩提树开满花时的味道，你身上有蜂蜜的味道，你身上有在牧场徘徊时的人生的味道。你身上有泥土和河流的味道。你身上有爱欲的味道。你身上有火的味道。

西蒙娜，你的毛发丛林中，隐藏着巨大的神秘。

以上是雷米·德·古尔蒙（1858—1915）的诗作《毛》（堀口大学译）。他既是文学评论家，也是诗人。

你身上有森林的味道
被野兽和蕨草环绕的泉水的味道

童话句乐部

お前は森の匂ひ。けものと歯朵に囲まれた泉の匂ひ。

Drawn by Aquirax Uno,
From "Haiku Four Seasons" April 2014 to March 2015.

聖人の瞳に異男に聖人映す

目录

INTRO
童话句乐部
(i)

CHAPTER I
我所憧憬的恶棍生活
(1)

CHAPTER II
庞蒂的椅子
(29)

CHAPTER III
卢纳蒂克日记
(85)

CHAPTER IV
花窗玻璃,我的乡愁
(111)

CHAPTER V
来自夏威夷的信件
(213)

CHAPTER VI
无关紧要的事
(237)

EXTRA
(273)

CHAPTER I

我所憧憬的惡棍生活

憧れの悪漢生活

我的个人史

童年的尾巴
——昭和一十年代

我的个人史与昭和时代[1]的历史,似乎一直保持着若即若离的关系。在时间往昭和一十年代、二十年代、三十年代推移的过程中,昭和九年(1934年)出生的我也走过了十几岁、二十几岁、三十几岁的人生。

在童年即将结束的那段时间,我的生活几乎被游戏占满了。昭和一十年代的小巷还没能铺设柏油路,土路上有正好能放置弹珠的凹陷处,我因此一度沉迷于打弹珠。

少年们玩的大多是能活用地面的游戏,没错,摔卡游戏就是其中之一。为了让那些画着电影演员和相扑选手的厚纸变重,我们在纸上涂蜡,再将它们放在火上烤,使油性成分充分渗入纸张,然后在上面裹上沙子,再上一层蜡。

我对医生游戏也很感兴趣。我会自己削好木片,再从父亲的工

---

1. 即1926年12月25日至1989年1月7日。——译注(若无特殊说明,本书注释皆为译注。)

具箱里拿出银色的水粉颜料和油画颜料上色。这样一来，注射器便做好了。

我还用黏土做过小便池。回想起来，我曾用它小便，也曾花费漫长的时间，观察那些从小便池流向下水道的液体。

我的黏土作品中还有灶台。那个灶台既能烧火，也能把曼秀雷敦软膏的空罐当作锅子烹煮毛毛虫。点火后没多久，锅里便会传来一股难以形容的异臭。那种气味，如今也会时不时地掠过我的鼻孔。

那时，我有点像雨天里的英雄。一到休息时间也不能离开教室、无法去学校操场或庭院玩耍的时候，就一定会有人求我画火车或飞机。

当时的蒸汽机车几乎都是D51型，后来出现了流线型的新型号，对我们来说是一件极其令人兴奋的事。我很得意地将它画在笔记本上，再递给我的小委托人们。

图画教科书上有石井柏亭[2]的画，但我对这一类作品兴趣不大，反而很喜欢讲谈社绘本中出现的伊藤几久造、桦岛胜一、梁川刚一等人的画，并不厌其烦地反复欣赏和临摹它们。不知不觉间，我就成了小团体内部的小画家。

两年后，寻常小学校[3]变成了国民学校。那之后没过多久，我的生活就发生了翻天覆地的变化。

我们面临着被疏散的境况[4]。在乡下有血亲或姻亲、有地方落脚的

2.
石井柏亭（1882—1958），日本画家、美术评论家，善画油画、水彩画、版画等。

3.
寻常小学校，为满六岁的儿童提供初等义务教育的小学，日本旧制小学的一种，1886年因"小学校令"而诞生。修业年限最初是四年，自1940年起改为六年。"国民学校令"颁布（1941年）后，寻常小学校改名为国民学校初等科。

4.
指第二次世界大战末期，为本土作战做准备，日本政府实施的"学童疏散"政策。据传，当时有四十六万名儿童被送往七千个地方，在寺庙或旅馆里过着远离父母的集体生活。

孩子们都各自离开了，无处可去的人则不得不被集体疏散。我被安排的落脚处是爱知县碧南市鹫冢町内的一座寺庙。

有的孩子有夜尿症，有的孩子哭喊着要回家，有的孩子甚至从寺院逃跑了，我却平静地接受了事态的发展。

寺院内有好几根粗壮的柱子，孩子们以柱子为界，在每两根柱子之间划分出区域，分割出各自的居住空间。被褥收纳在正殿的后面，随身携带的物品全部放入竹编或柳编的行李箱。寺院内有两三个兼做宿舍管理员和教师的女性，每个月有一天是能与亲人见面的日子。

昭和十六年（1941年）十二月八日至昭和二十年（1945年）八月十五日的这四年，也就是太平洋战争期间，我有一半左右的时间是在那座村子里的两座寺庙内度过的。我之所以能迅速适应这种环境的变化，或许是自我懂事起母亲便因为要经营咖啡店而鲜少在家的缘故。早在还未步入少年时期的人生阶段，我就是个"无家可归的孩子"了。

父亲的记忆
——昭和一十年代后半

我的父亲是一个职业不明的人。在我少年时期的记忆中，父亲是个会画画的男人，但他的画并不一定以画布为媒介。比方说，出现在父亲面前的，可能是一条摊平的和服腰带。

那是一条用黑色绸缎制成的腰带。

父亲先用粉笔画草图,再用琼脂溶液打一遍底。似乎是因为直接在绸缎上涂油画颜料,会使颜料渗入面料,使颜色失去鲜度,所以他试着先用琼脂溶液将面料上的凹陷处填平后再作画。

油画颜料干了之后,他会用温水浸过的牙刷轻轻摩擦留白的部分,待琼脂溶化后再将多余的琼脂擦拭干净。

有时,父亲会让我帮他清洗画笔,我在清洗的过程中,不知不觉地记住了父亲的自言自语——土黄色、赭石黄、洋红色……

我所做的事自然谈不上帮忙,但至少可以说,我借此机会在父亲身边积累了一些与绘画相关的小知识。

父亲采用的手法是先用紫色画出阴影,接着开始画暗部,最后再加入亮色。虽然谈不上遗传,但我觉得自己以一种具体的形式从父亲那里继承了画画的技术。

进入青春期之后,我有了个人历史上划时代的体验。

在我就读于西陵高中二年级,也就是十六岁的时候,我此前的所有绘画作品以及关于我本人的介绍悉数被刊登在了报纸上。

我用自己的画作填满了母亲经营的咖啡店的墙面,还制作了布袋木偶、佛像雕塑、爪哇岛古面具的仿制品,甚至自己设计了领带等,随心所欲地增加着自己的作品数量。

其中有不少接受委托、定制的作品,我也知道自己的作品得到了很多人的赏识,但以新闻报道的形式直面它们还是第一次,我几乎呆住了,在这一事件中沉浸了许久。清醒过来后,我下定决心,要把画画当作自己的职业。

我把当时的报道剪了下来。如今重读一遍,害羞和感伤的情绪参半,一种刺痛鼻腔深处的情感掠过我的脑海。

那篇报道的日期是昭和二十五年(1950年)五月一日。

东京
——昭和三十年代

昭和三十年(1955年),也就是二十一岁的时候,我从名古屋来到了东京。对此,母亲完全没有异议,父亲却试图劝阻我。当时,我已经能用设计师的身份赚到钱了,因此不想放过这个机会。

来到东京后的一年左右时间里,我过着没有工作、游手好闲的生活。为何会这样呢?当时,在高中老师的引荐下,我认识了可尔必思宣传部的负责人内山正二郎先生,我本以为很快就能去公司报到,没想到遇到了各种各样的情况,被告知需要等待一年。

在我短暂的游手好闲的时光里,发生了一件小事。

当时,医药品牌 Colgen Kowa 正在制作以青蛙为标志的广告,打着"你的青蛙,我们买单"的旗号,向社会征集青蛙形象的设计稿,我便也画了几只青蛙寄送过去。从公布的名单来看,获选者有两个人,其中之一是和田诚，另一个就是我。和田君当时是多摩美术大学的学生。据说，他每次经过世田谷的九品佛时，脑子里都会闪过"这里住着一个叫宇野的人啊"。

昭和进入三十年代，我也在一年的等待之后，顺利入职可尔必思公司，从事新闻广告、包装设计等工作。在公司工作的这两年间，我不仅做着同事委托的工作，也接了不少外部的工作，包括绘本、《世界儿童文学全集》（讲谈社）的广告、专卖公社[5]的包装等。从可尔必思离职后又过了一两年，我进入了刚成立不久的日本设计中心。在此之前，我一直从事广告设计的工作，但在那之后没过多久，我开始接到越来越多的插画工作。比如，在《朝日Journal》[6]上，我用照片和插画合成的作品为曾被拍成电影的小说《五月中的七天》配图。林广树君负责拍摄，后藤一之君负责插画，我则担任创意总监。后来，就在同一本杂志上，我还为加藤周一的《羊之歌》绘制了插图。

昭和三十九年（1964年），我辞去工作，成立了名为"Ilfil"的事务所。此时，我已经三十岁了。

5.
专卖公社，全称为日本专卖公社，为实施烟、盐等商品的专卖事业而成立的国有企业，日本政府为经营公共事业而曾建立的"三公社五现业"之一。1960年，日本专卖公社改组、改称为日本烟草公司。

6.
《朝日Journal》，朝日新闻社发行的周刊，1959年创刊，1992年停刊。

关于 Ilfil
——昭和三十九年

除了我，Ilfil 还有两位创始人——横尾忠则和原田维夫[7]。当时，横尾君喜欢上了纽约的"图钉工作室"[8]，下定决心要打造它的日本版。房租、事务员的工资等必要经费由三人均摊，就这样，Ilfil 成立了。

某一天，原田君去医院复查已经治愈的结核病。横尾君知道后说："我和你一起去。"他脸色阴沉地说自己的胸部有肿块，"可能是乳腺癌"。原田君看起来也有些忧郁，他担心结核病会留下后遗症。我实在放心不下，便和他们一道去了。

到医院检查后，诊断报告显示横尾君口中"乳腺癌"只是普通的肿块，原田君的结核也已经痊愈。这是好事。然而，我却被宣告患有"心脏肥大"。

就这样，三个人的表情在返程时发生了逆转。那两个人非常开心，一边蹦蹦跳跳一边吹着口哨，只有我一个人愁眉苦脸、闷声不响地迈着步子。

三人之中，原田君的人缘最好。大厦事务所的一楼有咖啡店，只在原田君点单的时候，服务员才会不辞辛苦地把咖啡送到六楼。

当然，他不仅人缘好，也是我们三个之中最抢手、工作最多的人。

7.
原田维夫（1939—），日本版画家、插画家、设计师。

8.
图钉工作室（Push Pin Studios），成立于1954年的创新型平面设计及插画工作室。

差不多就在那段时间，我在江户川乱步编辑的《宝石》[9]上，为涩泽龙彦[10]先生的随笔绘制插图。

在那之后没多久，《话之特集》[11]创刊了，横尾君为它绘制封面，我则负责寺山修司先生的流浪汉小说[12]《绘本一千零一夜》的插画工作。这本杂志的艺术总监是和田诚君。

我和寺山先生在那之前就有工作往来，包括以《献给孤独的你》为题、面向年轻女性的诗集在内，我为他的近十本著作绘制了插图。在《话之特集》中，我还与栗田勇[13]先生合作，为他的两部作品——《爱奴》《如在古都下起雨》配图。

我认为，插画并非对小说内容进行视觉描述之物，而应该具备一些其他的性质。就像在名为小说的工作台上设计出来的钻石一样，在特定的位置发挥作用，同时拥有独立的光芒，还能将读者的心情映照出来。

我首次制作动画电影是在昭和三十九年，此后以每年一部的频率坚持了三年，接着就像断了线一般不再继续了。

我的第一部动画电影题为《白色祭》，第二部是《你和我》，第三部是《咚》。

当时有一个叫"动画三人会"[14]的团体，成员是久里洋二、柳原

9.
《宝石》，日本推理小说杂志，创刊于1946年，1964年停刊，其影响力足以代表这一时期的日本推理小说界。

10.
涩泽龙彦（1928—1987），日本小说家、评论家。

11.
《话之特集》，在1965年至1995年间发行的日本杂志，主编是矢崎泰久，谷川俊太郎、寺山修司、冢本晃生、栗田勇等人都为创刊贡献了不少力量。

(10)

良平、真锅博三人。"三人会"放映的动画电影口碑都很好，观影人数也很稳定。为了再活跃一下气氛，他们向平面领域的横尾忠则、和田诚和我发出邀约，问我们要不要作为特邀创作者，尝试一下动画电影的创作。

我们三个欣然答应，很快便投入到准备工作中去了。横尾君、和田君向久里先生借到了摄影棚，主要负责摄影工作，而我则在东洋电影公司工作人员的协助下作画。就这样，我们完成了生平第一部动画电影。

那时我才知道，动画的运动速度和实际的运动速度并不相同。

久里先生天生就知道什么是"动态"，而我则是在亲手完成作品之后才有了深刻的体会。久里先生的胶片能让动作和声音完美地融合在一起。

或许是觉得自己无法计算动画的运动速度吧，用三年时间完成三部作品后，我便知难而退了。

12.
流浪汉小说（La novela picaresca），16世纪中叶兴起于西班牙文坛的新的小说流派，从城市下层人物的角度去观察、分析社会上的种种丑恶现象，用人物流浪史的形式、幽默俏皮的风格、简洁流畅的语言反映当时的社会生活。

13.
栗田勇（1929—2023），日本法国文学家、美术评论家、作家、翻译家。

14.
动画三人会，成立于1960年的独立动画团队，主要制作非商业性质的短片动画，并定期在草月会馆发布作品。

与《那个女孩》[15]的邂逅
——昭和四十年

昭和四十年（1965年），在和田诚君的引荐下，我结识了儿童文学家今江祥智[16]先生。

当时，今江先生正在写一个战火中的幻想故事，题为《那个女孩》，他希望由我来完成插画工作。

文稿已经交到我手上，我却说："一旦读了文稿，就会过分注重细节，让插画变成说明性的东西，所以还是和我说说故事情节吧。"今江先生非常爽快，立刻答应了这个任性的要求。

在那之后，我用大约两个月时间完成了四幅画。拿给他看时，他一直保持沉默。今江先生的沉默持续了很长一段时间，我渐渐不安起来，最后实在忍不住了，便向他发问："这样可以吗？"

今江先生自言自语般答道："非常好。"这些画似乎是儿童文学作品中从未见过的类型，今江先生说要对文稿做进一步润色，最终，绘本《那个女孩》在一年后完成了。

首印只有一千本，所幸好评如潮，后来又加印了好几次。以《那个女孩》为开端，在真挚友情的加持下，我和今江先生的合作一直持续到今日。

15.
《那个女孩》（あのこ），1966年由理论社出版，原定限量一千册，后来在读者的呼吁下加印了。2015年再版，出版社为BL出版。故事以前文提到的"学童疏散"为背景，被疏散到某个乡村的少女（即"那个女孩"）拥有与马对话的能力，村里的孩子们对此将信将疑，于是把马从马厩里牵出，让"那个女孩"在大家面前和马对话……

16.
今江祥智（1932—2015），日本儿童文学作家、翻译家。

昭和四十年代，舞台美术也是我的工作之一。在此之前，我曾为在木马座[17]上演的换装人偶剧[18]《匹诺曹》设计装置，但正儿八经的美术工作，我直到昭和四十三年（1968年）十二月才接到。在新宿文化艺术剧场[19]上演的《亚当与夏娃——我的犯罪学》是我负责舞台美术的第一部作品。

　这部作品的导演是江田和雄，剧本出自寺山修司之手。公演时间是电影放映后，因此留给舞台布置的时间很少，非常辛苦，但我仍觉得很有趣。

　因为是在电影院上演的戏剧，所以美术也要和黑白电影一样——在这种想法的驱动下，装置自不必说，就连妆容也被我设计成了黑白色。然而，一旦说起台词，嘴里的粉红色就会显得格外突兀，给我留下了很深的印象。

　当时，艺术剧场所在的新宿正处于"新宿文艺复兴时代"的鼎盛时期，我深陷其中，工作和生活的边界荡然无存，经历了一段混乱又奇妙的时间。

　昭和四十五年（1970年），我在新宿厚生年金会馆小礼堂，为寺山修司创作、导演的《一千零一夜物语·新宿版》设计舞台美术。

　《一千零一夜物语》里那个性与幻想的世界，似乎是对当时的新宿街道最贴切的表现，我试图创造一个舞台，让社会性事物所携带的自

17.
木马座，以儿童为受众的换装人偶剧团体，1946年以剪影艺术家藤城清治为中心而创立。

18.
此处指演员穿上玩偶服进行表演的戏剧。

19.
新宿文化艺术剧场（1962—1974），也叫新宿文化剧场，ATG（Art Theatre Guild）的大本营，放映完戈达尔、特吕弗、大岛渚、寺山修司等人的非商业性质电影作品后，会从晚上九点半开始上演前卫戏剧。

然感情化为意象一个接一个地出现。

同年十一月,寺山修司创作、导演的《小王子》在新宿文化艺术剧场上演。这部戏中有幕间狂言——女性向酒吧的老板们(女性)聚集在一起,模仿歌舞伎《白浪五人男》[20]中稻濑川场景的滑稽剧。为此,我制作了和见世物小屋[21]一样色彩绚烂的装置。

这三部作品都离不开处于亢奋状态的新宿街头。在那个时代,我也在全天候地为某种身份不明的事物而狂热。

自那以后,再也没有哪一个地方能让我的身体拥有如此亲密的体验了。

《毛皮玛丽》与德国人的气质
——昭和四十四年

为了设计《毛皮玛丽》的舞台美术,我第一次远赴德国。那是昭和四十四年(1969年)的事了。

自昭和四十四年首演以来,这部作品一直广获好评,埃森市甚至提出要让德国演员来演这出戏。于是,我与这部作品的编剧兼导演寺山修司一同来到了德国。

20.
《白浪五人男》,歌舞伎剧目《青砥稿花红彩画》的通称,共三幕九场,后文提到的"稻濑川场景"指第二幕第三场"齐聚稻濑川"。"白浪"意为盗贼,白浪五人男是与石川五右卫门、鼠小僧齐名的日本著名盗贼团伙。

21.
见世物小屋,历史悠久的日本文化现象之一,类似于西方的畸形秀,但又与之有所不同。见世物小屋兴起于江户时代,并在明治以后逐渐发展成为一种风格独特的大众娱乐形式。它以珍奇、诡异、猥琐为卖点,展示日常生活中难得一见的商品、技艺、野兽和人类。见世物小屋通常位于都市繁华地段或寺院神社的院内,外形为装饰得色彩绚丽的小型展览帐篷。

根据我的设计图，德国人做好了舞台道具和背景板，而且还原度高到了我想用"病态"来形容的程度。

例如，为了说明要在背景板上画达·芬奇的《蒙娜丽莎的微笑》，我随意拿了一张手边的印刷品交过去，他们就能做出分毫不差的等比例放大版；我把服装的设计草图交过去，他们就能做出和草图一模一样的东西。

其中有一张是大码鞋子的草图。有一天，他们说做出来了，希望我去看看。结果，我发现两只鞋子的尺码竟然不一样。我提出这个问题后，做鞋子的男人微微一笑，慢悠悠地拿出卷尺测量草图上的鞋子大小，说："没有问题啊，我按这个尺寸等比例放大了数倍。"

画画的时候，向前迈出的脚会被画得大一些，位置靠后的脚则会稍小一些，他完全无视这一规律，极其准确地还原了草图中的鞋子。

而且，我明明在草图一角写了"要做成比普通鞋子大三倍的鞋子"……

还有一件关于蝴蝶翅膀的趣事。在这部作品中，有一个痴迷于收集蝴蝶的少年角色，我想让这个男孩背上翅膀，于是用铅笔画了一对有许多翅脉的翅膀。

结果，那对翅膀竟然是用钢筋搭出来的。他们认为，若要将我的设计百分之一百地还原出来，最正确的做法就是用钢筋来呈现。

在我的设想中，这对翅膀应该是轻盈、纤细的。然而，当这个给演员带来重体力劳动的结实物体出现时，那种惊讶的感觉让我至今难以忘怀。通过《毛皮玛丽》的舞台美术工作，我似乎对德国人的气质有了一定的了解。

现在

编写年谱是一件耗费精力的事。回顾出生至今的经历，我既觉得自己变得无比虚无缥缈，又觉得自己似乎被客体化了。

在撰写这篇年谱的过程中，我甚至觉得这是我首次与出生于昭和九年三月十五日、名为宇野亚喜良的男人相遇。一旦记录下来，这些曾经发生的事情就会瞬间变成虚构的故事，慢慢地将现实吞噬干净。

每每思考"年谱"这个词，我都会想起英国童谣集《鹅妈妈童谣》中的一首儿歌。

那首儿歌，以这样的方式记录了一个男人的历史：

Solomon Grundy	所罗门·格伦迪
Born on a Monday	星期一诞生
Christened on Tuesday	星期二命名
Married on Wednesday	星期三结婚
Took ill on Thursday	星期四生病
Worse on Friday	星期五垂危

Died on Saturday	星期六死亡
Buried on Sunday	星期日下葬
This is the end	就这样结束了
of Solomon Grundy	所罗门·格伦迪的一生

母亲的馒头

我家从战前就开始经营咖啡店了。

母亲在店里工作到很晚,有时几乎一整天都见不上一面。不知道是不是出于这个原因,在这个家里,祖母才是我最亲近的人。

父亲时而做室内装饰,时而画画。上小学的时候,我还帮他清洗过使用后沾着油画颜料的画笔。我参加小学生海报比赛的画都是用蜡笔或油画棒画出来的,文字(时髦一点的说法是"字体设计")部分则使用油画颜料来呈现。这样一来,无论蜡笔或油画棒涂得有多厚重,都能轻松地把颜色覆盖上去。

小学四年级时,我被集体疏散到丰臣秀吉与蜂须贺小六[1]相遇的地方——矢作川沿岸的鹫冢。

在那里,我会在吃饭时把红薯剩下来,用线切成薄片,装进铝制的便当盒里,再盖上玻璃纸,放在寺庙的围墙上晾晒,做成红薯干。不过,我总是忍不住一点一点地偷吃。结果就是红薯还没完全晒成干

---

1. 蜂须贺小六(1526—1586),又名蜂须贺正胜,日本战国时代的武士,丰臣秀吉的家臣。

就被我吃完了。我也会用碗把芋头压扁，试图将它做成年糕。这自然也很难实现。总而言之，我很喜欢对现有的事物做一些加工，让它们变成其他的什么东西。

我有时会给父母寄明信片。然而，我当时就没什么文采，为了把明信片填得满当当，我总会画些小画。内容也尽是些无关紧要的事情，比如今天的点心是芋头、今天吃了水煮花生之类的。即便如此，放在当时那种情境下，它们无疑都成了实实在在能打动人心的主题。我依然记得花生壳上的褶皱非常难画，它们就像被刻成浮雕的长颈鹿斑纹。直到现在，只要看到戴着礼帽、拿着手杖的花生（美国罐装花生的商标），我还是会想起那个集体疏散的时代。

到了战争末期，店里的生意似乎没那么忙碌了，一到规定的会面日，母亲就会来见我。按照规定，食物是不能带进来的，母亲却会把我带到厕所里，喂我吃馒头。被朋友撞见时，她会毫不避讳地把馒头分给他们。在狭小的厕所里，她用双手包住我冰冷的手，为我驱寒取暖。

说句奇怪的话，我有时会想，如果没有战争，我或许就无法体会到那份来自母亲的独特的爱，如果没有来自母亲的那份猛烈且自私的爱，我或许就无法在残酷的战后生活中生存下来。

我所憧憬的
恶棍生活

我在战争的阴影下度过了小学时代。在接收疏散人群的乡下的上空，波音 B-29 刚刚结束对城市的狂轰滥炸，如同在海底游动的鳐鱼一般露出银色的肚皮，朝着远方低空飞过。

高射炮的轰击如同拂面而来的风，丝毫没有打扰它的悠然自得。

因此，虽然我惯于使用"终战"这个词，但这个词所代表的意义，毫无疑问就是"战败"。

昭和二十年的夏天，我通过杂音极大的收音机，收听与日常对话相去甚远的昭和天皇的演讲。大人们告诉我，战争失败了。

八月一日这一天，我无法读懂大人们的表情，觉得自己似乎身在白日梦之中。

那年秋天，政府决定让我们从疏散地归来。

有一天，我在教职员办公室（其实是寺院内的一个独立小房间，陪伴我们的老师住在那里）的榻榻米上看到一张因收件地址不明而被退回的明信片。我随手拿起来一看，原来是我寄给被疏散到岐阜的父母的明信片被退回来了。内容大致是这样的："疏散令已经撤销，我们将于几月几号几点到达名古屋市中区的橘小学（我们的前津小学已被烧毁），请前来迎接。"

在前一封明信片上，父母告诉我，他们正在名古屋搭建简易房。因此，我原以为老师和名古屋那边也联系过了。然而，直到我们集体到达名古屋、在学校解散之后，我也没有见到自己的亲人。朋友的母亲向他跑来，一群孩子奔向父亲的怀抱——我呆呆地站在这样的景象中，任我如何环顾四周，都没能看到父母的脸，也没有向我跑来的母亲。

换句话说，在没有与我的亲人取得联系的情况下，这趟返乡便被决定好了。这让我感到非常地难过。我已经无法信任老师了。我凭借对画在明信片上的地图的记忆，迈开了前行的步伐。

放眼望去，名古屋到处都是堆积如山的瓦砾。这是一片带着尖刺的灰色大平原。

我想，如果找不到家，我就会成为流浪儿吧。可是，我觉得自己可以在这片广阔的废墟中生存下去。我怀着一种壮烈的心情向前走着，突然，眼前出现一栋小小的房子。这里会不会是我家呢？于是，我跑了过去。

从窗户往里看，木匠正试图把刨子架到柱子上。但是，那个木匠的脸异常地白，鼻子很高。他会不会是美国人呢？如果他是美国人，那这里就不是我家了。我茫然若失地盯着他的手。这时，我看到穿着无袖棉袄的妹妹从深处的厨房走了出来。她好像正在煮芋头。我终于明白，这就是我家。

那个让我困惑的木匠，其实只是皮肤白、鼻子高挺的日本人。母亲和姐姐去乡下买东西了，直到晚上，一家人才终于团聚。白天的流浪儿一说也就没有后续了。

在留有焚烧残迹的简易房内，我们过着变数不断的生活。

半夜里，其他人都没有受害，只有姐姐枕头下的现金和好不容易弄到手的手推车被偷走了。手推车和铁桶是用绳子绑在一起的，手推车一动，铁桶便会发出声音。然而，绳子被切断了，手推车被几个人悄无声息地扛走了。这是一场悄无声息的盗窃活动。

我家位于上前津十字路口附近的一条小巷内，附近的水沟里常常漂着空无一物的钱包。在电车里干完一票后，扒手会在十字路口下车，走到小巷深处，把纸币揣进兜里，再把钱包随意一丢，接着换乘新线路再赚一笔……这全套流程中的一环，就发生在我家附近。

只谈被盗的损失可没什么意思。接下来，我想写一写我母亲从流浪儿那里窃取"财产"的故事。

我们那建在废墟之上的孤零零的简易房中，还住着从军需工厂回来的哥哥……总而言之，我们是一个大家庭。

战争结束后的第二年夏天，母亲用叉竿撑起雨户[1]，眺望着从屋后向远方延伸的无尽的废墟。就在这时，一名形迹可疑的流浪儿进入了她的视线。

---

1. 雨户，木质的门板，一种日本传统的建筑构件，夏天可以防晒，冬天可以防寒，暴风雨天气可以防止强风吹破门窗，从里面锁起来可以防盗。

流浪儿一边东张西望一边朝她走来。接着，他在母亲面前五十米开外的瓦砾堆上挖了一个洞，让夏日的阳光朝向四面八方反射，再把瓦片放在洞的上方，一边回头一边沿着来时的路返回。

　　在好奇心的驱动下，母亲毫无顾忌地出门了。掀开瓦片之后，一条巨大的鲷鱼用它的银鳞反射出耀眼的光芒。这条鲷鱼估计是流浪儿趁卖鱼人不注意偷出来的。等到晚上，他便会回到这里，把它挖出来，吃顿丰盛的晚餐。

　　然而，我的母亲却把流浪儿梦寐以求的盛宴彻底摧毁了。她紧紧抓住那条鲷鱼，回到了家中。

　　那天晚上，我家的餐桌上出现了有头有尾的鲷鱼。好久没吃到如此丰盛的晚餐，大家都很满足。即使父亲在小声指责母亲不道德，大家仍旧笑眯眯的。

　　父亲虽然时而画画，时而做室内设计，但这些收入远远不能支撑一家人的生活，生活的重担全落在了母亲的肩上。

　　战前和战争期间经营咖啡店的是她，战后负责采购粮食的也是她。后来，她又开始经营咖啡店。战争期间，母亲还去警察局认领过被特高[2]带走的左翼青年客人……怎么说呢，真是个胆大于天的母亲。所以，这次事件对流浪儿来说固然是灾难，但对我而言，母亲那句"他又不是那种因为这点小事就会饿死的懦弱流浪儿"，那高僧般的哲理和恶魔

---

2. 特高，即特别高等警察，日本明治末期至第二次世界大战时期控制人民思想言论的政治警察。

(23)

般的豪迈，让我对她产生了前所未有的崇敬之情。

　　与她相比，看到纯白色的面包从美国士兵的吉普车上掉落，便拼命叫停吉普车、把面包还给美国士兵的父亲的良心，是多么地廉价啊。

　　我一直很憧憬母亲的无赖性格。然而，最近我发现自己的外貌和性格越来越像父亲，变得谨慎而小心，这令我感到失望。如果那天我没能找到家，走上流浪儿的人生道路，或许我就能过上我所憧憬的恶棍生活了。

始于《你的妹妹》

  战争结束、从疏散地回到名古屋的时候，我还在读小学六年级。后来，从高中毕业到二十一岁上京的这段时期，我看了很多戏。

  我看的第一部新剧是剧团民艺的《你的妹妹》，演出在未被战火摧毁的百货商店松坂屋大厅内进行。让我尤为印象深刻的是伊藤熹朔[1]设计的舞台装置。舞台背景板由数块裁切好的纸板组成，只要变更纸板的组合方式，就能轻松地变换场景。这种朴素的方法非常适合演出场地不固定的戏剧。

  不久后，名为"御园座"的大剧场落成，剧团民艺在这里表演了《炎之人：凡·高小传》。泷泽修饰演凡·高、宇野重吉饰演唐吉老爹、清水将夫饰演高更——光是那些名画上熟悉的面孔在舞台上重现，就足以令人感动。我还记得，高更戴着用灰泥做的鹰钩鼻，我立刻联想到日语中的"傲慢"或"厚颜"，觉得他与这两个词的意象无比匹配。

  其中有围绕凡·高五十号[2]左右的《向日葵》展开对话的场景。然而，由于那幅画的品质一般，所以整个场景都缺乏真实感。后来我

---

1. 伊藤熹朔（1899—1967），日本舞台美术大师。

2. 指画作的尺寸，"号"与最长边相关，五十号即最长边为1167毫米。

才知道，这幅每场演出都会被凡·高亲手撕碎的画，是丘吉尔会[3]的人提供的。对于已经下定决心要以绘画为生的少年来说，对部分细节的不满，并不会妨碍这出戏为他带来无比震撼的临场感和兴奋感。

《推销员之死》和《黎明之前》好像也是在这个剧场上演的。与《你的妹妹》上演的时期相比，这两出戏剧的舞台装置明显要豪华得多。《推销员之死》的舞台由好几个房间堆叠而成，《黎明之前》的舞台则非常写实，看起来就像把日本乡下的宅邸原封不动地搬了过来。

现在回想起来，那时的我简直像个傻瓜一样，什么都看。从剧团青俳[4]、文学座[5]、歌舞伎、文乐[6]、新国剧[7]、新生新派[8]、松竹新喜剧[9]、曾我廼家剧团[10]到寄席[11]的漫才、浪曲、天胜一座[12]等，我都不曾错过。就连我自己也觉得，那真是一个奇怪的时代。

在各式各样交错混杂的记忆中，我最为印象深刻的是舞台上的失误。比方说，在文学座《富岛松五郎传》的舞台上，杉村春子[13]曾不小心说出"松岛富五郎先生"；守田勘弥表演《玄冶店》[14]时，与三郎的脚不小心踢到烟草盆[15]，烟草盆滑开了两米远；新国剧《大菩萨岭》

3.
丘吉尔会，1949年在东京银座成立的业余画家协会，初始会员有宇野重吉、高峰秀子、长门美保、藤浦洸、森雅之等。据说，丘吉尔会成立的契机是几位文化人看到丘吉尔的这句话——"画画不会给别人带来麻烦，是可以忘记一切的最棒的爱好！"

4.
剧团青俳，日本剧团，活跃于1954年至1979年间。蜷川幸雄也曾是剧团青俳的成员。

5.
文学座，1937年成立的日本剧团，现任剧团代表是角野卓造。

6.
文乐，即人形净琉璃，一种木偶戏，也是日本四种古典舞台艺术形式之一。

7.
新国剧，1917年由泽田正二郎创立的日本剧团，1987年解散。泽田正二郎曾是艺术座成员。

8.
新生新派，由新派演员组成的剧团。1938年成立，1952年停止活动。

的第一幕有一段挖洞的情节，结果，铁锹碰翻了用来固定岩石的金属，岩石瞬间向前倒了下去；同一场剧中，久松喜代子乘坐的轿子的底部突然掉落，她只好一边念着即兴台词"哎呀，这轿子可真简陋啊"，一边顺着轿子的节奏快步向前走……这些情景都很令我难忘。在形式已定的戏剧表演中发生意想不到的状况，反而能给观众带来特殊的紧张感，也会让观众觉得自己很幸运，毕竟这样的瞬间是难得一见的……这应该也是我当时的感受吧。

我和剧团民艺的合作，最早可以追溯到20世纪60年代的《槛》。当时，我在设计师田中一光先生的指导下，为《槛》的海报画了一幅囚犯的插画。"槛"这个字被设计成了水平垂直的手写字，插画就用在它的空白部分。

接着，我又为《伊尔库茨克的故事》《桥上的景致》绘制了插画。

今年的《根岸庵律女》《勤皇暴力团瓦版》已是我们时隔三十多年的合作。此前，我从未为戏剧海报画过写实肖像，这次则难得地描画了演员的脸。这与抽象地表达戏剧精神和概念的情况全然不同，决

9.
松竹新喜剧，松竹旗下的喜剧剧团，成立于1948年。

10.
曾我廼家剧团，曾我廼家五郎、曾我廼家十郎于1904年创办的喜剧剧团。曾我廼家剧被誉为"日本喜剧的起源"。

11.
寄席，表演落语、浪曲、漫才、杂耍等大众曲艺的场所。

12.
天胜一座，传奇女魔术师松旭斋天胜（1886—1944）结成的魔术团。

13.
杉村春子（1906—1997），日本著名新剧女演员。

14.
《玄冶店》，歌舞伎狂言《与话情浮名横栉》（俗称《刀疤与三》，共九幕）第四幕"源氏店妾宅之场"的俗称，也是这部歌舞伎名作中的名场面。玄冶店是实际存在的江户地名，曾是幕府医师冈本玄冶的宅邸，位于现今东京日本桥人形町。江户时代禁止改编当时发生的事情，因此，剧本将"玄冶"改成了与之发音相同的"源氏"。

15.
烟草盆，收纳全套吸烟用具的器物。

定插画好坏的判断标准由与本人的相似程度决定。因此，这其实是一件相当严肃的工作。不过，从结果来看，这并非一件苦闷的差事。我觉得我做到了适度相像，并且描绘出了在幕末动乱中浮沉的人物群像，这让我松了一口气。

CHAPTER
II

庞蒂的椅子

ポンティの椅子

罗杰·瓦迪姆[1]，
我的青春
《血与玫瑰》中的美丽噩梦

罗杰·瓦迪姆虽称不上一流导演，但在我年轻的时候，他的确拍出了一部又一部能带来独特感官冲击的电影作品。

将美与恶置于古典风格的装置之上，仅是如此，画面中便能弥漫出瓦迪姆特有的青春的哀愁。他总是装腔作势地摆出一副颓唐模样，喜欢炫耀"好品味"的低级趣味也颇为有趣。

《乱世姊妹花》改编自萨德侯爵的《贞洁的厄运》，瓦迪姆将场景设定为第二次世界大战期间被德国占领的巴黎。罗贝尔·侯赛因饰演德国军官，朱丽叶和朱斯蒂娜这对姐妹则由安妮·吉拉尔多以及当时正与瓦迪姆同居的凯瑟琳·德纳芙饰演。这部电影以唯美的形式和虚构的故事，展现出了战争末期纳粹的疯狂与背德。

《不曾相识》以动画短片《砰砰杰瑞德》作为开场，一时间，我竟以为放错了胶片。动画结束之后，画面开始变得明亮。这部电影正是

---

1. 罗杰·瓦迪姆（Roger Vadim，1928—2000），法国导演，原为舞台演员，兼任记者和编剧，1956年以导演处女作《上帝创造女人》（*Et Dieu... créa la femme*）把碧姬·芭铎一举捧红，开创了20世纪五六十年代卖弄性感和艳俗的先河。本篇提到的《乱世姊妹花》（*Le Vice et la Vertu*）、《不曾相识》（*Sait-on jamais...*）、《血与玫瑰》（*Et mourir de plaisir*）分别是其1963、1957、1960年的作品。

从弗朗索瓦·阿努尔在威尼斯的电影院观看动画短片开始的。另一位主演是克里斯蒂安·马康,罗贝尔·侯赛因和制作假钞的老男爵也会登场。在威尼斯华丽且慵懒的风景中,一场瓦迪姆式的人性剧就这样拉开了帷幕。配乐来自现代爵士四重奏,由约翰·刘易斯[2]作曲,气质非凡,令人耳目一新。

《血与玫瑰》虽是吸血鬼电影,但比起怪奇趣味,其中的罗马式[3]艺术风格更为浓郁。片中,雪利登·拉·芬努[4]的《卡米拉》改为在现代罗马近郊的城堡中上演,饰演女吸血鬼卡米拉的是瓦迪姆当时的妻子安妮特·索伦伯格,城主莱奥和他的未婚妻乔治娅则分别由梅尔·费勒和模特出身的意大利女演员爱尔莎·玛蒂妮利饰演。

在这座古老的城堡中,曾经住着一位名叫米拉卡的女吸血鬼。肖像画上,她的模样与卡米拉一般无二。当然,"米拉卡"和"卡米拉"本就是重组字母的文字游戏。某晚,本应为化装舞会增色的烟花,不慎引燃了德军在战时埋下的地雷。在爆炸声中,米拉卡的坟墓出现了。

卡米拉如梦游症患者一般被引入洞窟,与米拉卡的灵魂获得了联通。卡米拉本就拥有很强的感知力,自那晚起,她开始如吸血鬼一般行动。她不仅袭击了在这座城堡工作的少女,还于雨日的温室之中,因看到乔治娅嘴唇渗血而情不自禁地触碰她。

卡米拉的噩梦很美。窗外的湖面与窗框平行,所以当卡米拉打开

2.
约翰·刘易斯(John Lewis, 1920—2001),美国爵士钢琴家、作曲家、编曲家,现代爵士四重奏(The Modern Jazz Quartet,简称"MJQ")的音乐总监。

3.
罗马式(Romanesque),欧洲中世纪艺术中的一个阶段,大致对应9—12世纪。这一时期的艺术风格(尤其是在建筑、雕塑领域)受古罗马文化影响很深。

4.
雪利登·拉·芬努,全名乔瑟夫·雪利登·拉·芬努(Joseph Sheridan Le Fanu, 1814—1873),爱尔兰恐怖小说家。《卡米拉》(*Carmilla*)是其代表作之一,发表于1872年。书中的故事发生地为奥地利。

(32)

窗户进入湖中时，波纹会溢满整扇窗，沿着窗框向上游走。梦是黑白的，唯有手术室里医生、护士们的手套是血红色的。

最后，乘坐飞机踏上新婚之旅时，乔治娅手中掉落的玫瑰瞬间变得乌黑、枯萎，这一暗示性的场景也令我印象深刻。

让·科克托[1]的
电影艺术

每当我起意想就科克托的电影写上几笔,都需要消耗大量的能量来修复记忆。我总是一边尽可能准确地回忆画面,一边准备好自己的病历。

科克托写诗、写剧本、画画、拍电影。于他而言,它们都是"诗",拥有戏剧外壳的诗,拥有电影外壳的诗。科克托曾说:"诗是精确的,是数学。然而,人们往往认为诗的魅力在于不精确,认为诗代表着浪漫。"因此,在写科克托的电影时,我总是特别注意精确性。

科克托的诗意世界虽是精确的,但显然不是自然主义式的现实主义,而是对个人感觉的精确表达。

这份诗性是自由、绚丽、变幻自如的,比如把偶然之下与他人共乘的电梯名用作作品的标题、将已成废墟的小学视作《奥菲斯》中的地狱等。因此,这份诗性常被认为与"缝纫机、蝙蝠伞邂逅于手术台"[2]所代表的超现实主义手法相类似。然而,有传闻说,科克托和布

1.
让·科克托(Jean Cocteau,1889—1963),法国导演、编剧、作家。本篇提到的《美女与野兽》(*La Belle et la Bête*)、《可怕的父母》(*Les Parents terribles*)、《奥菲斯》(*Orphée*)、《奥菲斯的遗嘱》(*Le Testament d'Orphée*)、《永恒的回忆》(*L'Éternel Retour*)分别为其1946、1948、1950、1960、1943年的作品。

2.
语出法国诗人洛特雷阿蒙的《马尔多罗之歌》,常被用来形容"将某物从原先所属的环境转移至另一环境,由此营造不和谐、不协调氛围"的超现实主义手法。

勒东[3]、艾吕雅[4]等超现实主义者的关系十分紧张。

在科克托自编自导的电影中，我看过《美女与野兽》《可怕的父母》《奥菲斯》《奥菲斯的遗嘱》这四部。他仅负责编剧的电影中，我只看过《永恒的回忆》。

其中，《奥菲斯》是我常常重温的电影之一。第一次是在电影院看的。后来，我在滑雪时摔断了脚踝，打上了石膏，于是向当时就职的设计公司请了一个月假。那时，一家民营电视台刚开台不久，每到下午三点就会开启"三点名画座"[5]，连续一周播放同一部电影。当时这部电影是日语配音版的，且没有使用奥里克[6]的配乐，而是用了欧内斯特·戈尔德[7]所作的《出埃及记》的主题曲，有些过于戏剧化了。不过，在那之后又过了好一阵子，我才有机会看《出埃及记》。因此，在电视上看《奥菲斯》时，我不曾注意到这些。

在《奥菲斯》中，奥菲斯乘坐漆黑的劳斯莱斯前往地狱时，窗外的景色从中途开始变成了反色的影像，也就是负片。作为车进入冥界的视觉证明，科克托将单纯的银幕合成摄影法转化成了效果卓然的诗意影像。在天使厄尔特庇斯的邀请下，奥菲斯走向镜子背后的冥界。这时，橡胶手套像变色龙的舌头一般将他的手包裹了起来。此处是用倒放胶片的方式拍摄的。将手伸进镜子，即把手伸进水面。然后把摄像机横放，用慢镜头拍摄这一画面，再从正上方拍摄手穿过镜子的景

3.
布勒东，即安德烈·布勒东（André Breton，1896—1966），法国诗人、评论家，超现实主义创始人之一。

4.
艾吕雅，即保尔·艾吕雅（Paul Éluard，1895—1952），法国超现实主义诗人。

5.
三点名画座，应指"电视名画座"（テレビ名画座），1961年1月9日至1968年3月29日在富士电视台播放的电影节目。

6.
奥里克，即乔治·奥里克（Georges Auric，1899—1983），法国作曲家，电影配乐大师。

象。当奥菲斯从镜子对面的世界回到现实时，也会因为倒放而使破碎的镜子瞬间恢复原样。

科克托很喜欢倒放胶片，在《奥菲斯的遗嘱》中也经常使用这种技法。或许，科克托也想将自己的人生倒放，找回年少时的青春。

科克托尤为迷恋自己的手指和书法，出现在《美女与野兽》片头的演职人员表等，便是他用白色粉笔在黑板上一一写下的。他在《奥菲斯》的片头也使用了自己的字和画。

《美女与野兽》中，有很多如拉斐尔的画作一般美丽的场景——在昏暗的城堡走廊上，人类手臂举着烛台，蜡烛一根根被点亮；壁炉雕像上的人脸呼出烟雾，唯有眼睛在活动；桌上出现手臂，往玻璃杯里倒红酒；雕像射出箭，将贝儿哥哥的朋友（饰演者也是让·马莱）射落；解除魔法后，野兽变回王子，与贝儿在空中飞翔……

而且，尤其为这部电影增色的是，科克托把野兽塑造成了猫科动物，保留了让·马莱年轻时清澈的眼眸。这种处理非常符合他的趣味。或许是让·马莱独具质感的声音和薄唇让他联想到了这种野兽，才构思出了这部电影吧。

7.
欧内斯特·戈尔德（Ernest Gold，1921—1999），奥地利裔美国作曲家，电影配乐大师。

香粉与裙撑，抑或
在新艺术运动的青春中
绽放的蔷薇花

凯·尼尔森[1]出生于哥本哈根，十八岁来到巴黎。

1904年前后，巴黎出现了多种多样的艺术潮流，其中最引人注目的就是席卷欧洲全境，盛行于美术、建筑、工艺、服装等所有领域的新艺术风格。这波浪潮的能量之高，足以撼动整个时代。它虽有品位堪忧的一面，但若用夸张一点的说法来形容，其规模和热度甚至可以说都达到了文艺复兴以来的最高水准。

在这股热潮之中，最为甘美且极其锐利地吸引了凯·尼尔森的目光的，是来自英国的比亚兹莱[2]以及日本的浮世绘版画大师——北斋、广重、歌麿。这或许与比亚兹莱的作品大多是出版物的插图、浮世绘版画最大程度地展现了印刷品的魅力有关。二十五岁的时候，凯·尼尔森在伦敦举办了比亚兹莱风格的黑白画个展。

《香粉与裙撑》是他二十七岁左右的作品。或许是受比亚兹莱的影

---

[1] 凯·尼尔森（Kay Nielsen，1886—1957），丹麦插画家，欧洲插画黄金时代的三大名家之一，由于受比亚兹莱影响颇深，也被称为"童话绘本界的比亚兹莱"。《香粉与裙撑》(*In Powder and Crinoline*) 是他为英国作家亚瑟·奎勒-库奇爵士选编童话集所画的插画，出版于1913年，也是他的第一本绘本。

[2] 比亚兹莱，即奥布里·文森特·比亚兹莱（Aubrey Vincent Beardsley，1872—1898），英国插画家。

(37)

响，在曲线和直线颇具韵律的交错下，画中人总是以柔软且富有弹性的姿态登场。洛可可风格的传统韵味搭配梦幻且独特的色彩，这样的画面充溢着令人窒息的抒情氛围。色调始终是明亮的，天空晴朗，云朵洁白，室内甚至看不到一盏吊灯，时而寂静无声，时而充满了欢声笑语。从北欧辗转到巴黎，又去伦敦举办个展，或许画中的明媚，正是凯·尼尔森开朗性格的完美体现。

画中的女性都很可爱，时而高雅，时而骄慢；男性普遍身材高大，额头和鼻子的线条十分优雅。

但是，明明是白昼却看不到太阳，明明是夜晚却不昏暗——这样的画面总会让人联想到人工庭院，也莫名地给人一种全景图的感觉。若以我们身边的例子来形容，那便是宝冢歌剧[3]的舞台了。华丽的装置、服装及独特的妆容，由身材高挑的美丽女性来诠释男性的世界，一个绚烂的虚构世界，一个美丽却绝不存在于现实世界的舞台。反过来说，越是丧失现实的真实感，就越能获得虚构世界带来的真实感，这就是宝冢的舞台。宝冢歌剧的存在意义也正在于此。

凯·尼尔森的作品与宝冢的相似性还在于，它们都呈现出了年轻所拥有的理想美，而这份理想美，也蕴藏着它终将凋零的悲剧性。不久后，凯·尼尔森所信奉的代表着青春图景的新艺术风格逐渐没落。到了1920年左右，新的流行风格装饰艺术出现了。装饰艺术风格也被

---

[3] 宝冢歌剧，日本宝冢歌剧团（创立于1914年）演出的音乐剧形式，以全女性演员阵容著称，女性反串男性角色，风格华丽，融合日本传统美学与西方舞台艺术，涵盖浪漫、历史、现代等多种题材，是日本大众文化的代表性艺术形式之一。

称为"二五年风格",这两个名称都起源于1925年在巴黎举办的"现代工业和装饰艺术国际博览会"。

从这个角度来说,《香粉与裙撑》也代表了凯·尼尔森青春的光与影。我不禁觉得,《香粉与裙撑》就像新艺术运动的蔷薇花,是凯·尼尔森的热情让它绽放得无比绚烂。

男性与男性，
以及女性
罗贝尔·恩里科[1]的冒险电影

罗贝尔·恩里科被称为影像诗人。的确，他的电影如诗歌一般轻盈——虽然轻盈，但很真实；虽然真实，但不残酷。他有一种才华，能将电影特有的曲折离奇的氛围展现得淋漓尽致。

《冒险者》和《大贼与金丝猫》的氛围有共通之处。在青春摇曳的光影中，男人们因踏上冒险之旅而心荡神驰，他们的身影如少年的剪影一般惹人怜爱。

在我看来，冒险的本质是孤独。然而，少年时代的冒险梦，总是少不了众人的参与。它会在与友人的交谈中不断扩大、膨胀。它既是双人空间中逐渐成形的壁画，也是没有页码的小说。

罗贝尔·恩里科也是这一类型的画家和小说家吧。看罢这两部电影，我觉得，恩里科似乎是在告诉我们"爱情、人生皆为冒险"，这也是我喜欢它们的原因。

1.
罗贝尔·恩里科（Robert Enrico，1931—2001），法国电影导演、剧作家。本篇提到的《冒险者》(*Les Aventuriers*)、《大贼与金丝猫》(*Boulevard du Rhum*) 分别是其 1967、1971 年的作品。

在《冒险者》中登场的两位男性主角由阿兰·德龙、利诺·文图拉饰演，女性主角则由仍保有少女模样的乔安娜·辛库斯饰演。这是一部冒险电影，围绕着马努、罗兰和拉蒂西娅之间的奇妙关系展开。然而，经由恩里科之手来呈现，它便成了不属于黑色电影、青春电影、爱情电影等任何一类，却又兼具每一类电影特质的"自由解放区"的一员。男性间的友情是黑色电影中常见的主题，而加入女性角色之后依旧清爽洒脱，便是这部电影的个性吧。最后，浮于地中海的城堡废墟在俯瞰的镜头下渐渐远去。在我看来，它就像三个人的青春墓碑，既美丽又悲伤。

《大贼与金丝猫》由利诺·文图拉和大明星碧姬·芭铎共同出演。在这部电影中，芭铎本色出演20世纪20年代的电影大明星。利诺·文图拉走进电影院，那里正上演着由芭铎主演的黑白默片《恋爱中的豹女》。接着，男人在海边遇到了芭铎本人。原本只能通过银幕见到的女演员，变成现实生活中的人走在沙滩上，还和自己谈起了恋爱——对影迷而言，这是多么梦寐以求的景象啊，堪称深谙影迷本质的构思。最后，镜头回到电影院，最后一个场景就在那里落下了帷幕。

罗贝尔·恩里科是一个始终带着孩童炫耀珍宝般的顽皮脾性、让人又爱又恨的导演。他让电影这一永无止境的幻梦、那些炽热的爱恋与冒险，如现实般在观众眼前展开，却又在转瞬之间将它们收回银幕深处。

电影中的衬衫

电影《逃犯贝贝》[1]以阿尔及利亚首都阿尔及尔为背景，其中有让·迦本一边俯视拥有白色墙壁的迷宫小镇卡斯巴，一边唱歌的场景。当他回忆着画中人一般的巴黎女郎，坐在白色阳台上唱歌时，白色衬衫就像一面飘扬的旗帜，洋溢着炙热的情感。

在这部电影著名的最后一幕中，男人的叫声被汽笛声淹没，未能传递给船上的女人。接着，男人持刀自杀了。他的白衬衫被鲜血染成了黑色。

黑色电影中还有另一种独特的味道。例如，罗贝尔·侯赛因、菲利普·克莱、利诺·文图拉、阿兰·德龙等人西服配领带的着装姿态，似乎代表着一种被压抑许久、要将权威夺回的主张，但这或许也是一种生命力的表现，透露出一些邪恶美学的味道。

以海洋为舞台的电影里，埃罗尔·弗林、伯特·兰卡斯特、小道格拉斯·范朋克等人顺垂且袖口宽松的衬衫也很上镜。若是没有这样的衬衫，抓着一条长绳从海盗船跳过来的场景，以及决斗的场景，都

1.
《逃犯贝贝》(*Pépé le Moko*)，法国导演朱利安·杜维威尔1937年的作品，被认为是黑色电影的先驱之作，男主由著名法国演员让·迦本饰演。

无法快速地浮现在我的脑海之中。

在安东尼奥尼[2]的电影《奇遇》中,有一幕男人没穿内衣,只穿了一件白衬衫的场景,令我莫名地感到敬佩。这比将衬衫穿在运动内衣外的保守做派更刺激。皮肤可以直接感受到棉布和丝绸的质感,在我看来,这就是最时髦的装扮。顺便一提,不知为何,这部电影中男人在柳树下哭泣的场景也很令人难忘。

提到女性的衬衫,我首先想到的是凯瑟琳·赫本和劳伦·白考尔。不过,我即便绞尽脑汁,也只能想到《摘星梦难圆》中手捧彩色马蹄莲站立的赫本,以及《盖世枭雄》《愿嫁金龟婿》中的劳伦·白考尔。这究竟是为什么呢?

在《罗马假日》中,奥黛丽·赫本穿上格利高里·派克的男士睡衣,反而凸显了她如少女般曼妙的身体,令人耳目一新。

此外,在戈达尔的《筋疲力尽》中,我们能看到完全相反的一幕——让-保罗·贝尔蒙多饰演的米歇尔,穿上了简·塞伯格扮演的帕特丽夏的条纹长袍。肩垫微微向内侧偏移,使得画面看起来有些奇怪。从某种意义上来说,这是一种颇为野蛮的粗暴行为。可这粗暴的行为,却让这件长袍如小丑的装束一般流露出哀伤的情绪。这与江户时代游手好闲之人身披妓女和服之类的风流雅事不同。在我看来,他披上的,是现代的疯狂和朋克的气概。

2.
安东尼奥尼,即米开朗基罗·安东尼奥尼(Michelangelo Antonioni, 1912—2007),意大利现代主义电影导演,电影美学上最有影响力的导演之一。他在职业生涯中获得了无数奖项和提名,也是世界三大电影所有最高荣誉的获得者。本篇提及的《奇遇》(*L'Avventura*)是其代表作之一,1960年上映。

致薇诺娜·瑞德女士

为《地球之夜》塑造的角色,是您伟大的杰作。

电影在洛杉矶的傍晚拉开了序幕,一边讲述洛杉矶、纽约、巴黎、罗马、赫尔辛基的司机及其客人们的故事,一边迎接白天的到来。而您,是最适合在序幕登场的女演员。

在这部电影中,您并未使用所谓的"演技",仿佛在说,"即便不做那么麻烦的事,我也能完美地融入这个世界"(当然,这也是一种精湛的演技)。您对角色的诠释犹如一枚小型炸弹,威慑力十足。

说来有些突然,我从前便很喜欢不良少女。遇到这种类型的人,除了感到些许紧张之外,还会有一分甜蜜萦绕在我的心头。这大概也是一种恋爱情结吧。

在不良少女身上,我能看到对现代社会结构的不满,也能感受到反抗的勇气。

她们大胆无畏,虽然傲慢,但很细腻,还带有一种虚无感。

而我呢?我与这个世界适当地亲昵,在其中守护自己的领地,过着一种可笑的人生。不知是否出于这个原因,还是因为与我身上残存的不良气质产生了共鸣,总之,我对拥有不良气质的女性没有任何抵抗力。

在车里不停地抽烟，吞吐不输给伦敦浓雾的烟雾，丝毫不在乎是否会给别人添麻烦，不抽烟的时候便嚼口香糖——您与我心目中完美的不良形象完全吻合。当然，这些行为会诱人猜测您的生活并不如意，但这也正是贾木许导演的厉害之处。您拒绝了星探乘客执着的邀请，坚持着成为机械师的梦想。我为这崇高的理想而感动。

我暗暗思忖着，若大部分男人都不懂您，而我是您唯一的粉丝，那该有多好。

遥不可及的梦

《大贼与金丝猫》

不知为何，每当电影中的银幕上出现另一部电影，我都会感到雀跃。

比如，在我近期看的《天堂电影院》中，仅仅是将剪下来的胶片连在一起不断播放的画面，就能让我心头一热。美中不足的是，为了凸显老电影的质感，其中有几处将彩色电影转换成黑白电影的处理。可我太过激动，便不打算深究此事了。

在西班牙电影《蜂巢幽灵》中，于各座村庄巡回播放电影，观影者须自带椅子的放映会上，播放的是与科学怪人弗兰肯斯坦有关的电影。在艾里斯[1]导演的另一部作品《南方》中，也能看到在街头电影院上映的黑白电影。通过电影，小女孩发现自己的父亲曾有一段旧情。

电影中有电影，也是《大贼与金丝猫》最出彩的地方。

故事发生在美国实施禁酒令的时期[2]，因此，这"剧中剧"自然是黑白默片。电影名为《恋爱中的豹女》，主演是碧姬·芭铎（当然有角色名，只是我记不清了）。

---

1. 艾里斯，即维克多·艾里斯（Víctor Erice，1940— ），西班牙传奇导演，作品甚少。本篇提及的《蜂巢幽灵》（*El espíritu de la colmena*）是其首部完整的长片作品，于1973年上映。十年后，他才又执导了《南方》（*El sur*）。

2. 即1920—1933年。

(46)

然而，电影还未放完，胶卷便着火了，火势蔓延至整座影院。此时，饰演男主角的利诺·文图拉也在电影院观影。火灾发生之后，他立刻驾船前往另一座岛上的电影院继续观看。怎么说呢，不愧是坐拥一艘货船的船长。

有一天，幸运突然降临，他在海边遇到了那个在银幕上光芒四射的大明星。与各位所预料的那般，这段关系渐渐发展成了恋爱。紧接着，另一位如海盗船长一般的男人也登场了，恋爱又变成了复杂的三角关系……后面的故事我已经记不清了，只记得他们在海边决斗，还因此锒铛入狱。

不久后，禁酒令被废止，大批男性获得了释放。在监狱前的广场上，醉酒的男人们开始吵架。在一片混乱之中，男人不知何时挨了一顿揍。他从人群中钻出来，抬头一看，巨型广告牌上，正是那位令人怀念的女演员。

他来到电影院。此时，电影已经进入了有声时代，电影中的芭铎在水手之间高声歌唱。忽然，一名水手变成了利诺·文图拉。女人靠在男人的肩膀上，一边吟唱一边缓缓入梦。

电影结束后，男人独自坐在椅子上睡觉。在他的一旁，女人正用扫帚清理地面。扫地的声音与海浪声很像，就这样，男人进入了没有尽头的梦乡……

在很长一段时间里，我都以为这是电影的最后一幕，直到多年之后在电视上重温这部作品，我才发现事实并非如此。

画面上只有一个睡着的男人，以及与他毫不相干的负责清扫的女人。电影就这样结束了。这才是符合电影特质的结局。不过，我所臆想的结局，出自男人那无限愚蠢的空想癖，这也是一个我有点喜欢的场景。

彷徨的基顿[1]

为了写这篇稿子，我离开工作室回到了家中，谁知电视里正在播《天堂的孩子》[2]。一不留神，我就看入迷了。

我第一次看的法国电影便是这一部，是在名古屋广小路大街上的一家电影院，从东京来的水墨画家渡边老师带我去的……那时我应该刚升初中吧。阿莱蒂扮演的加朗斯（当时被译为葛朗斯）有着独特的魅力，虽谈不上光彩照人，但她的性感别具一格。

这部电影我看了好多遍，每看一遍，我的价值观或者说观点都在发生变化，这真是一种奇怪的体验。初看时，我对让-路易斯·巴劳特饰演的哑剧演员巴蒂斯特有一种艺术上的感动。第二次看时，我又为皮埃尔·布拉瑟演的莎剧演员勒梅特而倾倒。有时，我觉得路易·萨罗伯爵那神圣的悲剧性很好。有时，我又觉得马塞尔·埃朗饰演的盗贼拉瑟奈尔具备文学性的魅力。

电影本就是一段人生。在此之上，电影还会投射出每位观众的人生。如此说来，脑海中冒出各种不同的观点或许是理所当然的。

1.
基顿，即巴斯特·基顿（Buster Keaton，1895—1966），美国默片时代的演员、导演，以"冷面笑匠"著称，第32届奥斯卡金像奖终身成就奖获得者。本篇提到的《七次机会》（Seven Chances）、《福尔摩斯二世》（Sherlock Jr.）均是他自导自演的作品，分别上映于1925年、1924年。

2.
《天堂的孩子》（Les Enfants du paradis），法国导演马塞尔·卡尔内的代表作，于1945年上映。

这部电影中既有哑剧的舞台，也有说台词的舞台，用以前的话来说，里面有很多剧中剧的场景。当然，它们存在于电影之中，更合适的应该是"影中戏"或"影中影"之类的说法。不过，"剧中剧"这个说法，和游园会[3]时，无论面对舞台演员还是电影演员，皇室都不加区分地问出"您是演戏剧的吗""戏剧有趣吗"是一个道理吧。

　　在电视上看到基顿的《七次机会》实属意料之内。和以前在电影院看的时候一样，我又被感动了。虽然看的次数不多，但我很喜欢基顿的电影。借此机会，我想起基顿的《福尔摩斯二世》也很有意思，第二日便跑了一趟音像店。基顿的作品自然没能像卓别林那样被大量制成录像带，但还是能在店里找到四部，其中就有《福尔摩斯二世》。

　　《福尔摩斯二世》中也有剧中剧。在这部电影中，基顿扮演了一个梦想成为侦探的青年电影放映师。放映电影时，他发现银幕中的人物与冤枉自己的坏人竟如此相似。他们的身影重叠在一起，基顿自己也走入了画面之中。这是整部作品最精彩的场景。

　　在《七次机会》中，基顿将车辆置于两个画面的同一位置，以胶片的淡入淡出略去了汽车行进的过程，仅对发车前和到达目的地后的状况进行了描写。这种拍摄技巧在《福尔摩斯二世》中也被连续并大量使用了。它所带来的超现实主义特质，正是我个人尤为喜爱的地方。

　　进入银幕之后，基顿试图坐在围墙前的石头上，却坐空了，场景

---

3. 指于东京港区赤坂御用地举办的名流社交活动，由皇室主办，受邀人除政界要人之外，还有艺人、作家等各界名人，以及勋章获得者等功绩显赫之人。游园会始于 1953 年，最初仅在秋季举办，1965 年起改为春、秋两场。

(50)

瞬间变成汽车飞驰的街道。这并非合成的背景，基顿本人就站在车道上。他在街上走了两三步，这回场景又变成了山崖边。从崖边探出头的时候，他已经位于有狮子小憩的森林了。在逃窜的过程中，地点不断变换，基顿在长满仙人掌的沙漠中徘徊，此时，列车又突然横穿而过。基顿呆坐的位置，从沙漠的小土堆变作海中的岩石。他跳入海中，试图游到岸边，却发现自己不在水中而是在雪中。他站起来靠在树上，又一个踉跄摔倒在最初的那堵墙前。就这样，基顿在不停变换的画面中彷徨。无论从哪个画面转移至下一个画面，他都会精准地出现在同一个位置。尤其令人称绝的是，转场的时候，他并非保持不动，而是在不间断的动作中找到最准确的落点。用精彩、壮观、荒诞的表演，来展现梦境与幻觉的怪异和毫无逻辑，这种方式非常前卫。

例如，卓别林使用胶片的方式，简单来说就是"让表演重现"。换言之，卓别林电影的本质，即把亲眼所见才最精彩的表演记录下来，让观众再看一次。

基顿的不同之处在于，即使我们身在拍摄现场，也无法直接品味那份有趣。在那个阶段，各个场景都不过是基顿的笔触之一，只有将各个部分合为整体，基顿想描绘的画作才算成立。这是唯有胶片方能表现的特质，也是身为电影创作者所必需且最根本的资质。基顿是一名现代感十足、尖锐且前卫的电影艺术家。

还有一个我很喜欢的场景。在被坏人追逐的过程中，基顿遇到了一位卖领带的小贩。她穿着长裙，把摊开的皮箱挂在胸前，很像美国电影里在夜总会卖烟的人。情急之下,基顿纵身一跃,钻入了那堆领带之中。毫无疑问,此处使用了某种巧妙的戏法,但跳进不足四十厘米宽的皮箱的,也的的确确是基顿本人。接着,卖领带的小贩挂着"吞噬"了基顿的皮箱,就这样快步离开了。

话又说回来,电影中的电影、在虚构中设定另一个虚构,就和少年时期无止境的子宫幻想[4]一样甜美。这种体验,如同打开记忆房间里的另一扇门,往深处渐渐走去。迎接我们的,将是一段永远令人怀念的时间。

4. 语出奥地利精神分析学派心理学家奥托·兰克提出的心理学概念。他认为,母体在生产时的震荡对婴儿造成了心灵上的恐惧及痛苦(出生创伤),这些在母体分娩过程中经受的恐惧,令人类怀有回归母体的愿望。

庞蒂的椅子

我把自家客厅的桌子换了。旧桌子虽是产自中国的舶来品,但好歹也是涂了黑漆、带螺钿装饰和曲线桌脚的,只不过实在用得太久了,它不仅开始变得摇摇晃晃,还到处是掉漆的痕迹。

这一次,我选择了一张极为简约的清漆方桌。周密地考察之后,我为它搭配了四把吉奥·庞蒂[1]的黑色简约款椅子。

直到这会儿我才想起,月刊《绘本》(1978年)中,有一篇我的采访,由今江祥智先生编辑,题为《33个问题》,当时我就提到了吉奥·庞蒂的椅子。也就是说,时过境迁,我总算实现了自己二十多年前的愿望。

椅子的座面部分是用绳子编织而成的。没过多久,一只叫作"大雄"的猫就发现了它的魅力,开始在上面磨起爪子,吓得我赶忙斥责了它一顿。不过,这只猫浑身无力地度过了去年的岁末,已在今年元旦过世了。在它正值壮年的时候,今江先生曾以它为原型写过一篇短篇小说。我在新年里重读了那本书,还根据照片为它画了一幅小小的

---

1. 吉奥·庞蒂(Gio Ponti,1891—1979),意大利建筑家、工业设计师、家具设计师,建筑、设计杂志《Domus》的创刊人,被称为"意大利现代主义设计之父"。超轻椅(Superleggera)是他的代表作之一,最初发布于1951年,正式面市则是在1957年,其间经历了六年的反复打磨。

肖像画。

说起书，美术出版社曾在20世纪60年代出版过吉奥·庞蒂的《爱上建筑》[2]一书。我手边已经没有这本书了，只依稀记得其中的几个片段。不过，我很清楚自己的记忆力不甚可靠，各位随意看看便好。

庞蒂先生与一名女子躺在床上，做爱后（这部分的记忆已经缺失了，不过，既然是床上的两个人，再想想意大利电影中的画面，应该就是这么一回事吧），女子这般说道：

"我最喜欢躺在床上，看壁炉的火光照射在周围的石雕上，再往高处反射，在天花板上摇曳。"

吉奥·庞蒂是现代建筑家，在此之前，他认为设计简洁、燃料消耗量最少、效率最高的取暖设备才是最好的，因此，雕花繁复的壁炉从来不在他的选择之内。然而，听到这句话之后，他突然意识到，原来雕花还有这样的效果，原来它不是多余、无用的东西。他恍然大悟，原来有雕花的壁炉也是个好东西。

还有一位女性，在某一天这样说道：

"我喜欢一打开大门就能听到孩子说话声的家。"

庞蒂先生又陷入了沉思。作为一名欧洲的建筑家，他认为，一家人即便住在一起，也应该保有彼此独立的空间，隔音不好的空间自然是不合格的。然而，听完这位女性的诉求，他开始觉得，住宅建筑或

---

2. 自传性质的随笔集，围绕时间、颜色、艺术、美学和材料等概念展开。原版（意大利语版）题为 *Amate L'architettura*，1957年出版。

许有必要融合这两种类型的空间。这是我很喜欢的一则小插曲。

当男性并未依据严谨的判断而是用混乱的逻辑思考问题时，女性用与男性全然不同的感性说出的话语，有时会如神的启示一般令人豁然开朗。换句话说，女性是一种能突然掌握真理的生物。

当然，女性的感性若以温柔的话语表达出来，自然令人喜爱，但吵架、诽谤别人时的女性语言充斥着堪称"爽快"的恶意，会像皮肤感觉那样迅速触及男性最脆弱的地方。男性虽会觉得不甘心，但面对女性与生俱来的毒舌天赋，实在很难不俯首称臣。

这些都是我坐在庞蒂的椅子上想到的事。

古钟鸣响的日子

　　我从大约十二年前开始收集时钟。当时，我独自生活在一间公寓里。

　　玄关、浴室、厕所的尽头是起居室，起居室一侧的深处则是卧室。在形如倒着的 U 字的中间位置有一堵墙，构成了通往起居室的极短的走廊。

　　我托人在卧室的正对面做了一个大小正好的书架，放上书和小物件，还用花朵装点了一番。这些花一旦失去活力，我便会把它们束起，倒挂在客厅兼工作室的墙壁和柱子上，让它们渐渐变成干花。

　　与被书桌、海报、音响、干花装点的起居室相比，走廊显得有些煞风景。正因为位于一进门就能看到的位置，它才显得格外冷清。

　　总而言之，我必须用什么来填满这个空间。我曾尝试用大头针固定一些小物件，但光是这样还远远不够。

　　有一日，我在旧货店看到一面旧时钟。自那以后，我便开始收集钟表了，兴致高涨的时候我还会远赴高崎[1]一带，甚至拥有从巴黎带回来的钟表。

　　1.
位于日本群马县。

就这样，还不到一年，走廊的墙面就被时钟填满了。

有一次，因为有演讲或其他活动，我不得不离家两日，于是把这里借给了一位女性友人。结果，钟鸣声在半夜里突然响起，在狭小的空间里回荡。她被吓得不轻，连夜驱车跑回了横滨老家。后来，她告诉我，时钟的恐怖之处不仅在于报时的声音，秒针移动带来的分秒必争的紧迫感、钟摆那令人毛骨悚然的晃动、对何人在何时何地曾使用这些时钟的想象，都会令恐惧加剧。

如今，我住在高层住宅楼里，空间比公寓稍大一些，却也在转瞬之间就被时钟填满了。时钟墙一直延续至起居室的一角，简直就和时钟的废墟一样。

换个角度来想，思考某面时钟在什么时候被谁用过，其实是收集旧时钟的乐趣之一。矫饰主义倾向于对鲜少露出真容的钟摆做一些过度的装饰，因为对于有细节崇拜趣味的收藏家而言，它们实在太有魅力。

而且，与如今盛行的电子钟表不同，这些带有发条的古董机械堪比玩具的亲戚，与我这个玩具爱好者血脉相连。

基于这样的想法，家里的时钟自然都停止了摆动。它们并没有出现故障，而是可以根据我的意志随时行动。就像手里握着让德古拉伯爵复活的钥匙，我获得了反抗时间的乐趣。

此外，以时钟为主体来装饰狭窄的走廊，也是为了让它们在引人进入工作室的过程中起到魔法阵的作用。为此，来历不明的古钟是必不可少的。经过这条走廊进入工作室，会让人产生一种来到异次元的感觉。那种心情就像穿过古老的墓地,偶遇一座不可思议的小镇。

如此一来,所有古董都因其神秘气质(即便其历史已被查明)而获得了某种价值和公民权利。

在购买钟表的过程中,我多少掌握了一些购买各式古董的诀窍,但在此就不多嘴了。此前,我曾在文章里提及一般人不知道的好店、购买时期等,结果却令这些店的价格暴涨。这对我和其他收藏家而言都绝非好事。更何况,充满神秘色彩、自成一派的购买方式本就是古董的乐趣之一。

我一直有一个愿望,那便是给家中所有的时钟上发条,恢复它们本来的功能。时间一到,报时的声音便会一齐发出,多少有些错乱和误差的声音不断响起,在房间里回荡。此时,时钟自身的挫败感以及我那被压抑的内心都会得到充分的释放。我对这至高无上的欣喜瞬间满怀憧憬。

凡·高

关于"正常的时间"

涩谷的博物馆正在举办凡·高的展览。我很想去看,但强忍住了,先写完这篇文章再说。

阿基米德在浴缸里发现定律也不是什么大不了的事。实际上,人类是一种更不合理、更诡谲,会在奇怪的场合想奇怪事情的生物。

20世纪60年代,我去欧洲的时候,那里很流行致幻药物。LSD、麦司卡林之类的药物,与哈希什、大麻不同,效果非常强烈。他们将这种效果称为"trip"(飞行),我周围的人则将这类药物戏称为"飞行工具"。它们不是枪支,打飞的不是肉体,而是精神。

据说,顺利的话,日常生活中那些摆脱不掉的烦恼都会变成另一种情绪,它更客观,或是仿佛知晓整段地球发展史那般宏观,又或是透彻得让人怀疑自己是不是哲学家。视觉上,单纯的石头纹样和景色都会变成不断重复几何图形的阿拉伯式花纹,就像只属于自己的计算机图形。它们细微地颤动着,如同在呼吸一般。若在这个时候欣赏高迪建筑的照片或博斯的画,就和看3D版一样震撼。当时,美国学者曾让受试者吃下LSD,试图让他们用画画的方式表达自己的感受是如何变化的。然而，实验结果依旧让人摸不着头脑。减去药物效应之后，那些有趣的视觉不过是石头、木头的纹理，是普通的景象，自然不会有多特别。

那么，"飞行"不顺利又会怎样呢？那就很痛苦了。不是生理或肉体上的痛苦，而是精神上的痛苦。据说LSD这种药物原本是为了治疗精神疾病而被开发出来的。用我浅薄的认知来解释一下，也就是说，服用这种药物，会人为地造成精神异常。一段时间之后，药效过了，短暂的"正常的时间"就会到来，服用者的目的就是捕捉这种正常状态。因此，将它当作致幻药物服用的人，只是在享受精神异常的状态罢了。

但是，有时效的药物无法带来永恒的快乐，也无法带来唯美的异常。毋宁说，在多数情况下，那种异常都非常令人讨厌。据说，药效发作时心跳会加快，状况好的时候会获得浓缩后的快感，感到心情舒畅，状况不好时则会感觉死亡在逼近，心情也会差到极点。他们会在脑海中反复体验相同的画面，如同自己亲身经历一般。噩梦会永远持续吗？或许会引起真正的发狂？这就像在封闭的迷宫中巡礼，他们则是在血管中随波逐流的囚犯。

在思考这些的某一日，我忽然想到了凡·高。

正如他写给特奥[1]的信中所说，自己画画的速度越来越快了。下笔时，他几乎没有任何犹豫，颜料也堆得很厚。与年轻时苦涩、混浊

---

1. 特奥，即凡·高的弟弟特奥多鲁斯·凡·高（Theodorus van Gogh，1857—1891）。

的色彩以及沉重的笔触相比，他晚年的画作是那么地轻盈。

　　凡·高的名号是在明治时代传到日本的，当时甚至有一句与他相关的川柳，大意是"凡·高问，戈格[2]是指我吗"。当然，割耳事件和住进精神病院的故事也很有名。虽说这些事迹都是真实存在的，但我认为，世间不该把凡·高的画所具有的强烈个性归结于他的疯狂，也不该把他的画当作其古怪言行的另一种表现。的确，人类都有向往戏剧性、向往异常的倾向，艺术家的离奇古怪之处，有时甚至直接关系到对其艺术作品的评价。

　　几年前在东京都内的美术馆举办的"平行世界"、银座的画廊策划的"边缘人系列"等，展示的都是病理性异常之人的画作。这些画作可大致分类为几种固定模式，比如因特有的空白恐惧症而将画面填得不留一丝空隙、和古埃及壁画一般排列得井然有序、图案均一且过度精细……在我看来，这些人描绘出的世界非常有魅力。与此同时，我也很清楚，这仅仅是因为他们的认知里充盈着我所不具备的感觉。

　　凡·高的画，至少在表现方法上是极为平常的。尤其是阿尔勒时期[3]之后，他在圣雷米、奥维尔创作的晚年画作大部分都很明快、"正常"。由药物引起的"bad trip"，会让人深陷异常的精神状态中，此时，人对正常的渴望、对被许诺的"正常时间"的到来有多么盼望，这种急切程度绝对超乎常人的想象。

2.
戈格，"Gogh"的法语音译。因为凡·高的后半生生活在法国，所以有不少人用法语发音称呼他。

3.
1888年2月20日至1889年5月8日，凡·高在南法小镇阿尔勒旅居了约十五个月，创作出一系列传世名作。

凡·高一边与正常时间越来越短的恐惧做斗争，一边提高绘画的速度。唯有这样，他才能有效地使用短暂的正常时间。就连凡·高自己都曾歪头苦想："艺术是可以这么快就被完成的吗？"读过书信集便能明白，他的状态有些古怪。与年轻时阴郁、苦涩的画风完全不同，此时，他笔下的画作应该是洋溢着喜悦的。笔尖比大脑更快地抓住了灵感，就连自己都感到震惊的那份感觉是真实存在的。接连出现的色彩会主动保持最完美的平衡。笔触就像即兴演奏一样充满了流动性。整幅作品就如一夜之间完成的建筑，也似瞬间听完的交响乐。

莫非，与"自由散漫的正常"相比，"毗邻疯狂的正常"所具备的感性更为敏捷？

将凡·高某种意义上不幸的人生与药物类比，或许太过失礼。但是，凡·高先生，我忽然觉得，自己对你的了解似乎更深了一些。

是时候出发，去见见真正的你了。

对人偶的爱

纳博科夫[1]氏病

在诞生之初，人偶或许是人类的替身，是为孩子去世、无法生育或不孝子女离家不归的父母准备的充满哀伤的物件。

如此说来，皮格马利翁[2]便是理想的化身，是大家向往、崇拜的对象。

既然有需要人偶的人，也就有制作人偶的人。站在这两个不同的立场来书写，自然会得到全然不同的内容。

虽然大多数人偶师把制作人偶当作营生，但也不乏一小部分将此视为兴趣爱好的人，比如查尔斯·路特维奇·道奇森[3]写爱丽丝、弗拉基米尔·纳博科夫写洛丽塔。

我家有一些法国人偶，但数量不多。准确地说，不是"有"，而是"住着"，和人一样住着。

她们之中，有的坐在藤椅上，有的坐在中式的描金椅子上，有的还把脚搭在欧式风格的椅子上。机械人偶之类的，则站在两米多高的

---

1. 纳博科夫，即弗拉基米尔·纳博科夫（Vladimir Nabokov，1899—1977），俄裔美国作家、翻译家和鳞翅目昆虫学家，在国际象棋残局方面也颇有建树。代表作有《洛丽塔》《微暗的火》《说吧，记忆》等。

2. 皮格马利翁（Pygmalion），希腊神话中的塞浦路斯国王，善雕刻。他不喜欢塞浦路斯的凡间女子，决定永不结婚。他用神奇的技艺雕刻了一座美丽的象牙少女像，并为之献上了自己全部的精力、热情和爱恋。爱神阿芙洛狄忒被他打动，赐予雕像生命，并让他们结为夫妻。他因执着而求得神迹的故事，被人们引申为"皮格马利翁效应"，即只要真心期望和认可，意想不到的奇迹便会降临。

(63)

带镜子的装饰架上。不知为何，我不愿意把她们放在玻璃盒子里当作艺术品。我希望她们和我呼吸同一片空气，和我一起欣赏同样的风景，一起生活。这或许也是一种爱情吧。

有把人偶当作 Nymphet[4] 的浪漫主义者，也有将之视为生活在自己身边的少女的人。非得归类的话，我属于后者。

曾有女客看到这些人偶后问我："你不会觉得害怕、毛骨悚然吗？"或许，对于这一类人而言，人偶理应是一种充满浪漫气质的物品。然而，能吸引我的人偶，是牙齿如真人孩童般闪亮、眼球也与孩童一般无二、眉毛一根一根描画得极为细致的瓷头娃娃。这类人偶的身上寄托着所有矫饰主义者共通的偏执、狂热的愿望，即把真人原封不动地缩小（虽然也有和真人一样大的）、还原。

此类矫饰主义人偶很难让人一眼便觉得它惹人喜爱。也许在那些喜欢 Nymphet 的浪漫主义者眼中，这样的人偶就像被冰封的孩童。说不定有一天，它会突然解冻，那双凝视过漫长历史的眼睛会发出光芒，四肢会缓缓动作，宣告新生的来临。

战后，日本开始从德国进口动物玩偶。这些玩偶应该至今仍在源源不断地涌入日本吧。总而言之，第一次看到它们的时候，我为其现实主义风格而感动。在那以前，日本布偶的眼睛、嘴巴都很小，额头很宽，完全展示着以取悦大众为目标的观念性、商业性的可爱。相比

---

3. 刘易斯·卡罗尔（Lewis Carroll）的本名。

4. 在《洛丽塔》中，男主角亨伯特借用 Nymphet 一词来定义一类少女："在九岁至十四岁这个年龄段里，往往有好些少女在某些比她们的年龄大两倍或好几倍的着迷的游客眼里，显露出她们的真实本性，那种本性不是人性而是仙性（nymphic）。我提议把这些精选出来的人儿称作'性感少女'（Nymphets）。"（摘自上海译文出版社 2005 年版，主万译）

之下，还原真实动物之可爱的玩偶给人的感觉是非常新鲜的。

我从小就喜欢画画，也喜欢制作东西。比如用黏土做一个小便池，在路边挖出一条水渠，朝向那里放射小便；或者做一个黏土灶台，在上面放上"近江兄弟"凡士林软膏的铁罐盖子，把蓝色的毛毛虫放在里面，添点水，拿一次性木筷当柴火烹煮。直到现在，那煮焦的气味都残留在我的记忆里。我对人偶的爱，或许与自幼时起便有的微缩爱好、还原爱好以及矫饰主义是同质的。如此说来，这种爱好，也可能源自某种恶趣味和施虐倾向。

不过，我对西方人偶的憧憬其实始于童谣《蓝眼睛的洋娃娃》——"蓝眼睛的洋娃娃是美国出生的赛璐珞"。现在回想起来，那首童谣是我首次外国旅行时的护照。

在美国这个新大陆，包含人偶在内的一切最初都是从欧洲引进的。然而，即便是从德国购买的陶瓷人偶，也孕育出了破损时只需更换头部的美式合理主义；以著名童星秀兰·邓波儿为原型的人偶销售火爆；赛璐珞丘比特人偶风靡一时……种种迹象表明，美国恋物、崇尚波普艺术的特性，在构思人偶方面也表现得淋漓尽致。

无须多言，人偶是各个时代的人们的心情写照，也是喜爱人偶之人走过的历史的投影。

端详这些古董人偶时，我们既可以超前地认为这些人偶本身很可爱，也可以自由地思考它们诞生的时代，想象它们曾拥有几代主人。无论如何，于人偶自身而言，它们总是希望与所有者保持近亲或恋爱关系。

　　看着它们的这段时间，既像聆听妓女回忆往昔的时间，也像倾听自身哀愁的时间、在奶白色的晨光中一起欣赏古老香颂的时间。对我来说，共享工作以外的感性的时间，就是和人偶一起生活时所感受到的喜悦。

人偶一哭，
我也会跟着难过起来

《蓝眼睛的洋娃娃》是我回到童年的乡愁车票，也是我初次嗅到的外国味道。它带有些许哀伤的气息，总会不经意间引起我的愁思。

长大成人后，我的内心呈现出回归旧物和远离日本的倾向。因此，我从十年前开始收集法式人偶，但绝对称不上专业收藏。换言之，这不是朱莫[1]或哪个年代的西蒙[2]之类的以生产者为轴的收藏，而是基于偶然的相遇，亦代表了我不停变换的感情。当然，还有对价格的考量。

现在，在巴黎圣多安旧货市场购买的人偶是我的最爱。关于这个人偶，我有一段奇妙的回忆。几年前，我和作家寺山修司一起去德国一座叫埃森的城市做戏剧方面的工作，酬劳有近一百万日元。然而，这笔钱在此后我们暂住的宾馆里被偷得分文不剩。万幸的是我们有朋友同行。她是住在巴黎的女性朋友，来埃森看戏后，带我们去伦敦、巴黎游玩。在圣多安旧货市场的人偶店前，她察觉到我渴望的神情，将购买人偶的钱——约四十万日元——分文不差地借给了我。

1.
朱莫（Jumeau），成立于19世纪40年代初的法国公司，设计、制作高质量瓷娃娃。

2.
西蒙，即四谷西蒙（1944—），人物画家、演员，从小学开始制作人偶，被誉为"日本球型关节人偶第一人"。

我之所以如自家孩子一般疼爱它，也是因为这段经历吧。

拧紧螺丝后，人偶体内的八音盒就会响起。与此同时，它会用懒洋洋的动作，提起手里的绳子。绳子的末端挂着一个小丑风格的小人偶，随着绳子的动作上下移动。紧接着，人偶的另一只手拿手帕擦了擦眼睛。

这个动作会给每个人带来不同的感受，而我为此设想的场景是，人偶哭着说："我心爱的人偶坏掉了。"这种心情，我太能感同身受了。

埃德蒙·杜拉克[1]的
一千零一夜

只要看到"一千零一夜"这几个字,我们眼前就会浮现如热沙彼岸的海市蜃楼一般微光交错的熟悉景象。

那不是欧洲的功能性空间,也不似日本从自然中学到的朴素色彩和形态,而是金银耀眼的人工庭园、白光闪耀的商铺墙壁分散在中近东植物茂密的山丘和洞穴中的景象,就和马可·波罗笔下的日本一样具有异国风情。

与黑烟一同从小罐子里冒出来的魔人,从地面飘向空中的地毯,在空中奔跑的木马,因咒文而开闭的洞窟,从灯口进出的巨人……故事中异想天开的画面正是阿拉伯风格的体现。若非如此,山鲁佐德也就无法用这些"天方夜谭"安抚山鲁亚尔王心中的疯狂。

我曾在幼时读过日本画家田中良、川上四郎绘制的《一千零一夜》。川上四郎的《阿里巴巴和四十大盗》绘本中有一幅莫吉娜往壶里倒油的画。月夜下,后院歪斜的白土墙上的红瓦和一旁的驴子都让我尤为

---

[1] 埃德蒙·杜拉克(Edmund Dulac,1882—1953),出生于法国的英国插画家,"插画黄金时代"(1880—1920)的杰出艺术家。1907年出版的《一千零一夜》(又称《阿拉伯之夜》)是他的成名作。

喜欢。

在电影中看到的《一千零一夜》是迈克尔·鲍威尔执导的《巴格达妙贼》。这位导演曾通过《红菱艳》《曲终梦回》《平步青云》展现出绝妙的影像技术。《巴格达妙贼》中最棒的一幕是印度演员萨布骑在留着金钱鼠尾辫的巨人肩膀上飞向天空的画面。

我似乎还看过美国演员托尼·柯蒂斯主演的《一千零一夜》电影，但记不清楚了。

此外，法国电影《阿里巴巴和四十大盗》则是雅克·贝克创作的喜剧版。影片中，演员费南代尔一边高歌"阿里巴巴"，一边牵着驴大步前行。

在较新的电影《蝗虫之日》中，凯伦·布莱克在好莱坞的电影院观看《巴格达妙贼》。在让人想起麦克斯菲尔德·帕里什[2]画作的彩色电影中，飞天魔毯等场景突然以黑白色调出现，瞬间让人有穿越回五十多年前的错觉。

得到埃德蒙·杜拉克画的《一千零一夜》，已经是十几年前的事了。白色的皮质封面，奶油色的丝带装订在书脊的另一侧，类似于日本的"帙"[3]。这是限量三百五十册的版本，书上还记有"307"这个数字和又细又小的"Edmund Dulac"签名。

杜拉克虽被归类为英国黄金时代的插画家，但他是法国人。或许

2.
麦克斯菲尔德·帕里什（Maxfield Parrish，1870—1966），美国画家、插画家，以鲜明饱和的色彩和理想化的新古典意象引领了美国插画的黄金时代，也是20世纪最具代表性的艺术家之一。

3.
帙，包裹、保存和装本的工具，以厚纸为芯，表面贴布。

是出于这个原因,他对女性的刻画比拉克姆[4]更温柔。他虽和拉克姆一样受到拉斐尔前派[5]的影响,但在表现侧脸、衣裳的皱褶等细节时又具有拟古典主义的风格。此外,他很擅长在合适的场景下展现动态的神情。

不管怎么说,他作品中的陶器、厨房用具、贵金属所洋溢的光辉,以及照射在清真寺屋顶上的光线都太过宁静、甜美了。甚至可以说,这微暗、甜美的光芒,正是杜拉克二十五岁时出版的第一本《一千零一夜》的特色所在。

此后,杜拉克又画了两本《一千零一夜》。画到第三本时,他去除了画面中的光和影,取而代之的是东方风格的装饰性幻想。

那令人联想起波斯细密画的平面画完成度非常高,但不知为何,我却始终更喜欢描画美丽女性、略带喜剧色彩的男性,且略显世俗的第一本。

4.
拉克姆,即阿瑟·拉克姆(Arthur Rackham,1867—1939),英国插画黄金时代的代表画家之一。

5.
拉斐尔前派(Pre-Raphaelite Brotherhood),19世纪英国的艺术团体。团体不满僵化的学院艺术,反对以拉斐尔为代表的文艺复兴艺术家开创的各种法则,提倡到文艺复兴之前的"原始画家"的作品中寻找灵感。

论保罗·德尔沃[1]

风景篇

保罗·德尔沃总是独自在街上徘徊。和只为我们展示街景中的阴影的基里科[2]不同,他试图从城市居民的身上捕捉影子。

城市的后方是峡谷,预示着未来某一天世界巨变后的形态。

巴尔蒂斯[3]的城市居民带有浓郁的乱伦气质,保罗·德尔沃的城市居民则是裸女、戴礼帽的男子和年轻男子。然而,他们与她们,或者她们之间、男性之间的关系,连德尔沃自己都不知道。

我们所看到的确实是都市的街景,居民们的职业却并不明晰,因为那是只存在于德尔沃脑海中的幻影都市。

我们知道德尔沃笔下的情景没有故事,而这一不可思议的设定又创造出了更加奇妙的情景,我们处在这种双重结构之外。

说不定德尔沃笔下的街景就和电影的布景一样不存在背面。话说回来,不知藏身于何处的导演德尔沃究竟是个什么样的男人?

德尔沃绝不是画家,而是雕塑家和建筑师。他所创作的雕塑和建

1.
保罗·德尔沃(Paul Delvaux,1897—1994),比利时画家,曾在很长一段时间里徘徊于新印象派和表现派之间,其间受基里科和勒内·马格丽特影响,这促使他加入超现实主义画派。

2.
基里科,即乔治·德·基里科(Giorgio de Chirico,1888—1978),希腊裔意大利画家,形而上画派创始人之一。

3.
巴尔蒂斯(Balthus,1908—2001),原名巴尔塔扎·克洛索夫斯基(Balthasar Klossowski),法国具象绘画大师,善画少女肖像、街景、室内景象等。

筑物大多随意地散布在街景之中。这和孩童用棋子创造无目的的风景如出一辙。

德尔沃有一只小狗。他会给小狗喂食奇怪的食物，并为小狗书写的城市绘制设计图。因此，它的视觉位置会因狗的自卑心理而微妙地高于人类。

德尔沃一边喝着咖啡，一边描绘没有自来水的城市。这个时候，嘴上滔滔不绝的，就只有他养的狗了。

我对德尔沃笔下的风景并非毫无不满，比如其中看不到音乐和风的痕迹。然而，若是我的不满被填满，那便称不上德尔沃笔下的街景了。

那么，德尔沃笔下的城市到底在哪儿呢？尽管画中有裸体的女人，我还是会忍不住想象那是北国的一角。这是我根据对街中阴影的模糊印象推理出来的结论。

德尔沃有很多推理作家的朋友。他曾把一名罪犯巧妙地藏匿于城市中。

有一天，我提着黑色皮包，想顺便去德尔沃的城市收取燃气费。因为，除此之外，我找不到任何方法进入这座迷宫。运气好的话，我说不定能见到整座城市的管理员德尔沃。

裸女卧于天蓬床。可是垂挂下来的蕾丝为何能纹丝不动？这应该是气象研究所的课题吧。

德尔沃的世界描绘的是一度冻结的事物正在缓慢融化的过程，泛着蓝色的光就是最好的证据。

德尔沃的创作年份永远是年轻的,就像有几个冷冻人跨越数代地继承了他的意识,让他不断地起死回生。

德尔沃笔下的裸女个个魅力非凡,奈何体温太低,让人根本不想触碰。

德尔沃的城市本就是一个被羊水包裹的浮游体,无法用手触摸。

这篇文章是在明知不合乎常理的前提下写成的。

这是一首献给保罗·德尔沃先生的颂歌。

我的中原淳一[1]体验

那场灰色的战争在小学六年级生的集体疏散中迎来了终结。战后不久复刊的《少年俱乐部》[2]不再是装订好的杂志，而成了印刷后直接折叠起来的折页。从书店回来的路上下起了雨，我只好用它遮挡雨水，把它淋得湿乎乎的。这真是一段沮丧且悲伤的记忆。

我曾购读《少年俱乐部》和松野一夫[3]负责封面插画的《少年》[4]，比我小三岁的妹妹则爱买《少女》[5]。不久后，《向日葵》[6]和《Soleil》[7]开始发行，妹妹便改买这两本了。

妹妹不看我的少年杂志，我倒是经常翻阅她的杂志。

《Soleil》的装帧形态比当时的大部分杂志都要豪华，开本类似于正方形，封面用纸也是带涂层的。封面插画也总是让我期待，不仅能

1.
中原淳一（1913—1983），日本画家、服装设计师、出版人。

2.
《少年俱乐部》，以少年为受众的综合性月刊，1914年由日本雄辩会讲谈社（后改名讲谈社）创刊，1962年停刊，共出版了611期。

3.
松野一夫（1895—1973），日本插画家、西洋画家。

4.
《少年》，少年杂志，由光文社于1946年至1968年间发行。

5.
《少女》，少女杂志，由光文社于1946年至1963年间发行。

6.
《向日葵》（ひまわり），少女杂志，1947年由中原淳一创办的向日葵社出版，1952年停刊。1984年由国书刊行会出版复刻版。

7.
《Soleil》，女性向季刊/双月刊，1946年由中原淳一创刊，1960年停刊，共发行了63期。题为法语词，意指太阳、向日葵。创刊号使用了法语原文，后改为片假名"ソレイユ"，第9期之后改为平假名"それいゆ"。

看见有别于中原淳一一贯风格（在线稿上涂色）的水彩画，在他去巴黎期间，封面还改成了油画。翻开光洁厚实的封面，能看到彩色或双色的内页，还有异形的小尺寸页面。它既像一座拥有很多房间的城堡，又像一位提着几个小篮子的少女。这么说来，我与"少女"形象的邂逅，与其说是在现实人生中，倒不如说是在《Soleil》中。我知道宝冢和《马里于斯》《范妮》[8]等名作，了解窗帘上的荷叶边，熟悉胸花、花束、贴花、流苏、衬裙、女孩的发型和人偶，认识芹泽光治良[9]、川端康成、铃木悦郎[10]、长泽节[11]、内藤RUNE[12]，都始于这本杂志。

我在设计公司工作时，文案同事本间真佐夫曾在电梯里对我说："RUNE问我，宇野先生现在多大了。"我立刻回想起在《Soleil》中遇到的RUNE先生笔下的少女和人偶。那个RUNE先生居然提到了我……这令我感慨万千。

如今，在画插画时，我依然不自觉地会用G笔[13]勾线，也会把人物的瞳孔画得很大。这种几乎已经刻入DNA的习惯，一定来源于中原淳一带给我的体验。

8.
《马里于斯》(*Marius*)、《范妮》(*Fanny*)和《塞萨尔》(*César*)合称"马赛三部曲"，由法国剧作家、小说家马赛尔·帕尼奥尔（Marcel Pagnol, 1895—1974）创作。

9.
芹泽光治良（1897—1993），日本小说家。

10.
铃木悦郎（1924—2013），日本插画家、画家。

11.
长泽节（1917—1999），日本插画家、水彩画家、设计师、散文家、时尚评论家、电影评论家。

12.
内藤RUNE（内藤ルネ，1932—2007），本名内藤功，日本插画家、设计师，日本"Kawaii"文化的先驱，师从中原淳一，为众多少女杂志绘制插画。曾在长达十五年的时间（1984—1998）里为《蔷薇族》绘制封面。

13.
G笔，一种蘸水笔，主要用于漫画绘画。

与梦二的画相伴的日子

遇见竹久梦二[1]的画究竟是什么时候的事呢？仔细想来，应该是战争结束一两年后、我念中学的时期。那时，我从父亲一个喜欢画画的朋友那里借了一本木版书[2]——《谁哉行灯》[3]。

画中那种极尽哀伤的甜蜜，于我而言虽是未曾体验过的感觉，但又似旧时记忆一般令人怀念。梦二的画在大正至昭和初期风靡一时，与昭和九年出生的我看似毫无交集，却实实在在地呈现出一种共通的旧时情感体验。时至今日，我还是不太明白为何这本书题为"谁哉行灯"，但这丝毫不妨碍我与书中的世界完成刻骨铭心的交流。

即便是现在，我也能用一种相当确切的感觉回想起这些十几年前的画。

戴着紫色御高祖头巾[4]的女人身着一件箭羽纹的和服，用毛刷晕

1.
竹久梦二（1884—1934），日本画家、诗人。

2.
木版书，用木板雕刻（使用特定木刻工具于木板上雕刻的凸版印制技术）印制的图文书。

3.
《谁哉行灯》（たそやあんど），竹久梦二编辑的民谣集，含十幅他创作的木版画，由玄文社于1919年出版。"谁哉行灯"意指立在江户新吉原店头、带有屋顶结构的落地灯笼。

4.
御高祖头巾，江户时代中期（18世纪初）至明治、大正时期女性常用的御寒头巾。有说法称，此头巾的原材料为苎麻制成纱线时产生的废屑，故得名"苎屑头巾"，又因谐音而被讹传为御高祖（日莲上人）头巾。也有说法称，此头巾因与御高祖像的头巾形状类似（将头部全部包裹起来仅露出眼睛），故得名御高祖头巾。

染而成的天空飞舞着雪花。女人拥有雪一般的肌肤,唯有眼睛下方略为厚实的嘴唇是红色的,只有这一部分似因呼吸而湿润。

身穿浅绿色和服、系着橙色带扬[5]和黑色宽幅腰带的女人宛如艺伎,宽大的腰带包裹着躯体,像在诉说她的人生,一如正因为静默才能拥有许多故事的夜晚的黑暗。从大领口露出的瘦削的脖子和微微弯曲的身体线条,散发出可怜又可爱的魅力。

我还记得洗碗的女人身旁开着的梅花,也记得自己没忍住临摹了其中一幅,它应该至今还留在名古屋老家的某个角落吧。在对作画逻辑以及立体主义、野兽主义、达达主义、超现实主义等产生兴趣的少年时期,这是一种非常"违规"的行为。它让我感到内疚和害怕。这是我第一次体会到把艺术当作兴趣爱好是怎样的心情。

不久后,有人给我看了他收藏、归纳好的几十张插画剪报。现在回想起来,那些都是连载在报纸上的《秘药紫雪》[6]和《如风》[7]的插画。它们虽然都是受立体主义、新艺术主义等现代风格影响的钢笔画,但全部具备梦二的个人特色,与他的其他画作一样气质独特。

在那之后,我与梦二的画一直距离遥远。我毕业于名古屋的工艺高中图案科[8],来到东京成为平面设计师。现在回想起来,当时,我虽没有做出像样的平面设计,但至少在精神上是平面设计师。

5.
带扬,装饰和服腰带的重要配件。

6.
《秘药紫雪》,1924年9月起在《都新闻》连载的图画小说。

7.
《如风》(風のやうに),1924年10月起在《都新闻》连载的图画小说。

8.
图案科,即设计班。在制作美术品、工艺品或普通工件时,人们会先将创意或设计用图表示出来,因此日本曾将"设计"称作"图案"。

(78)

1955年，河野鹰思、原弘、龟仓雄策、伊藤宪治、大桥正、早川良雄、山城隆一等一线设计师在日本桥的高岛屋举办了"平面展，1955"。这次展览远远超出了以往用印刷还原绘画或我们所说的"便化"[9]"单化"[10]等朴素的方法论，纯粹用机械艺术的精髓凸显了印刷表现中潜在的美感。这些作品无一不尖锐，无一不有个性和格调，有的甚至散发出文学的气息。从这些发现中，我愈发意识到自己已与绘画诀别，并逐渐为这种印刷炼金术式的新美学所俘虏。

在那之后又过了十多年，回过神来，我已在从事设计工作的同时画起了插画。人生真是充满了讽刺，曾经的诀别意志不知何时消失殆尽了，画插画的行为已经无法从我的日常生活中抹去。

成为插画师之后，我开始尝试思考插画的本质和它所蕴含的问题，这才发现竹久梦二此人极具插画师的资质。插画师的工作并非以科学方式反映大众的意识，而是将自己视为大众中的一员，通过感受快乐和悲伤来获得创作灵感。换句话说，所谓插画师，应该通过展示自己的状况或者为展示状况所消耗的能量，来实现面向大众的表达。

在这一点上，梦二的表达也非常准确。从他的工作量和涉及媒介的丰富程度可以清楚地看出，其作品中的真实感有多么受大众喜爱。如果这本书（《竹久梦二》）在1968年的今天能够传递到很多人的手中，那么我们可以认为，即使相隔半个多世纪，他提炼出来的本世纪初的

---

9. 便化，原为日本画的基础画法，后被延伸为设计手法，即以自然形态为素材进行精密描写，在此基础上进行适当的变形。

10. 单化，大正末期至昭和初期在日本流行的广告图案设计技法，总结自对欧美海报设计的理解，即尽可能地将文字和商品用"单一化"的方式表现出来。

人类情感仍然具有新鲜（或者说既不旧也不新）的、佛家口中"业"一般的普遍性。能够将这样的插画集结成一本书，梦二的才华可谓亘古未有。

关于阿瑟·拉克姆

骑士黑尔勃郎和涡堤孩的爱情故事是莫特·福凯[1]写的，戏剧版《温蒂妮》则出自让·季洛杜[2]之手。

1909年，阿瑟·拉克姆为《涡堤孩》绘制插图。在"纸月亮丛书"版《仲夏夜之梦》[3]中，能看到荒俣宏[4]先生对拉克姆的工作的详细介绍。我早在他为《爱丽丝梦游仙境》画插画时就成了他的粉丝，但对他并没有那么了解，只是作为一名插画师爱上了他的插画作品。

我年轻时，曾有人说我与比亚兹莱的作品有相似之处，这怎么可能呢？孕育我的风土是梦二，是桦岛胜一[5]，是伊藤彦造[6]，是河目悌二[7]，也是初山滋[8]。不过，就在刚才我还在思考，梦二和初山滋显然受过比亚兹莱的影响，岩田专太郎[9]笔下女性的身材比例也与比亚兹莱相仿，小村雪岱的黑白平衡很有比亚兹莱的风格，冈本归一[10]与拉克姆也说不上没有共通之处。此外，青木繁[11]与克里姆特[12]笔下的世界也有些相似，而我喜欢的松野一夫则受到装饰艺术的影响。我不禁开始认为，阿瑟·拉克姆乃是插画本源一般的存在。

1.
莫特·福凯（La Motte-Fouqué，1777—1843），德国浪漫派作家，职业是军官，祖先为法国贵族。前文提到的爱情故事是他的成名作《涡堤孩》（Undine），出版于1811年。

2.
让·季洛杜（Jean Giraudoux，1882—1944），法国外交官、剧作家、小说家。剧本《温蒂妮》（Ondine）发表于1939年。

3.
阿瑟·拉克姆配图版，1979年新书馆发行，书中收录了荒俣宏的文章——《描绘"仲夏夜之梦"的画师》。

4.
荒俣宏（1947— ），日本作家、翻译家、博物学家、幻想文学及神秘学研究者、风水师、演员。

培育出拉克姆这棵伟大巨树的英国，是一个保守与前卫共存的不可思议的国家——戴礼帽的老人和戴镀银眼镜的摇滚歌手在酒吧同席，成为一道靓丽的风景；名为"自由先生"的洋装店突然如孔雀翅膀一般繁荣起来，却又在转瞬之间消失不见。

再比方说，到了20世纪的今天，《爱丽丝梦游仙境》中一边喃喃自语"哎呀，糟了！我要迟到了！"一边奔跑的兔子依旧以人类之姿在伦敦的街道上跑来跑去；双层巴士还没停下，就从上面跳下来一位仿佛来自《鹅妈妈童谣》的老婆婆；沿着商场自动扶梯飞奔而上的绅士……这些都是日常生活中随处可见的风景。

乔治·哈里森[13]醉心于印度音乐，大卫·鲍伊创作了献给安迪·沃霍尔的歌曲——这种不分国界的文化大概在海盗船大量出现的时代就已拉开帷幕。而所谓文化，本就始于抢夺和迷恋吧。

英国人阿瑟·拉克姆生于1867年，逝于1939年。他的祖先是以普罗维登斯岛为据点的海盗，这一点也很耐人寻味。

我从拉克姆笔下的女性形象身上嗅到了来自拉斐尔前派的影响。我非常喜欢既有青年气质又有少女气质的中性风格的女性。

5.
桦岛胜一（1888—1965），日本插画家、漫画家。

6.
伊藤彦造（1904—2004），日本画家、插画家。极度精细的画风让他在大正至昭和时期风靡一时。剑豪伊藤一刀斋的子孙。

7.
河目悌二（1889—1958），大正、昭和时期的日本画家，善画"童画"（面向儿童的绘画，特指日本美术史上一种绘画类型，这类绘画也被归类为在大正中期因儿童文学兴起而形成的儿童文化之一）。与初山滋、冈本归一、川上四郎、武井武雄并称"童画第一世代"。

8.
初山滋（1897—1973），日本童画画家，以一生不拘泥于一种画风的自由奔放特质著称。

从这层意义上来说,《仲夏夜之梦》也是一个有众多精灵登场的故事。而我们现在在谈论的,是德国浪漫派时代一个名叫涡堤孩的精灵的故事。被问及这部作品出自什么典故时,作者福凯提到了一本关于地水风火之精的拉丁语古文献,作者是16世纪的瑞士炼金术师帕拉塞尔苏斯。

让在大地或水中栖息的少女显露身形,确实与炼金术的思路是一致的。

当女性和骑士们分散在诡异的妖怪群或动态的风景中时,拉克姆画作的魅力才被最大程度地发挥了出来。

9.
岩田专太郎（1901—1974）,日本画家、美术考证家,曾为多部连载小说绘制插画,并在众多杂志、书籍的封面上发表画风独特的美人画,被誉为"昭和插画第一人"。

10.
冈本归一（1888—1930）,日本童画家。

11.
青木繁（1882—1911）,日本西洋画家,浪漫主义代表画家。

12.
克里姆特,即古斯塔夫·克里姆特（Gustav Klimt, 1862—1918）,奥地利象征主义画家。

13.
乔治·哈里森（George Harrison, 1943—2001）,英国吉他演奏家、歌手、作曲家、电影制作人,披头士乐队成员之一。

CHAPTER III

卢纳蒂克日记

ルナティック日記

原宿丘比特男等

卢纳蒂克（lunatic）这个词有"病态""离奇""不同寻常"等含义，在这里，我想写写拥有这类特征的人。

在街上漫步时，每当遇到这类人，我都会有些感动，甚至会因有幸见证真正的艺术诞生的瞬间而感到无比激动。不论他们是否真的在创作作品，艺术都毫无疑问地与他们同在。这种气质是我梦寐以求的，即便其中也包含了我所抗拒的特征。我想，我所需要的，正是他们身上的那种主观的热情……

东京站的地下通道里，一名蓄着长发的中年男子正在笔记本上记录着什么。

他的身上散发出艺术家特有的，抑或小说或电影中才会出现的那种怀旧、古典的氛围，让人抵挡不住好奇心的诱惑，不由自主地走近他，试图一探究竟。

笔记本上的内容是和螺旋弹簧一般简单的图形，密密麻麻地填满了一页。笔的动作和让·丁格利[1]的自动文字记录器如出一辙。不过，让我认出他是卢纳蒂克的关键性证据，还是弥漫在他周围的那股腐臭味。

我很喜欢美国漫画家斯坦伯格，仔细观察他画中的手写体文字便不难发现，它们的曲线也是螺旋形的，能让人瞬间辨明其中蕴含着带有讽刺意味的高雅的幽默。说不定，这个人是斯坦伯格的狂热粉丝，或是拥有相同创意的天才艺术家。

说不定，他根本不是地球人，而是来自其他天体的人。说不定，那些图形就是正儿八经的文字。

※

他是我在南青山发现的一位四十岁左右的男性。这个人上半身裸露却打着领带。他给人的感觉很自然，说不定哪家公司就有这样的董事。另外，他那一头白色的长发，也很像数学家或科学家。

对了，那张脸很像达·芬奇。他看起来很快乐，像小兔子一样蹦蹦跳跳地走着。

突然，他攥紧拳头，摆出了外国人在演讲中投入感情时的架势。我想，这一定是他构思出会飞的老板椅或自动盖章机等伟大发明的瞬间。

---

1. 让·丁格利（Jean Tinguely，1925—1991），瑞士当代艺术家、画家、雕塑家，以机动艺术创作闻名。他以作品来暗讽文明工业社会中盲目生产过剩的现象。

※

　　她是我在地铁日比谷线见到的中年女性。她妆容朴素，却穿着色彩艳丽的长筒袜。

　　她的两条腿，一条是绿色，一条是红色——正好，大家可以联想一下意大利的国旗。说起来，她的衣服很像意大利即兴喜剧的小丑服装。而且，她还有一把和长筒袜颜色一模一样的红伞。红色的腿和红色的伞之间夹着一条绿色的腿——这安排完美得令人妒恨。

　　她的头发梳得很顺，三个约三厘米宽的发卡在头发上整齐地列着队。

※

　　他是我在原宿遇到的男性。他单手抱着丘比特人偶，走路晃晃悠悠，似乎喝了一点酒。

　　他之所以看起来像腹语师，是因为丘比特有一头乌黑发亮的头发，仔细观察便能明白，那是其实是一顶假发。

　　我把视线移向那名人类男性，他的头部出现了光晕。原来，他才是假发的主人。

小猫给的一千日元

　　夜色，是最能催生幻想的背景。江户川乱步说过，浮生若梦，唯有夜晚的梦才真实。没错，没有什么能比夜晚看到的幻影更真实了。光天化日下的鬼屋、戏院、酒吧有一股傻劲儿，让人难以置信"这居然也能骗到人"。没错，夜晚才是幻想的帝王！

我看到了一头象。
深夜，一头小象试图搬起大楼入口处的木材。
　　出现在贴着瓷砖的大楼门旁的这头象，拥有黑亮且结实的鼻子、尖尖的前额和大大的耳朵。毫无疑问，它是非洲象。
　　不过，这其实是我的幻觉。真实的景象是这样的——黑得发亮的鼻子是磨损严重的汽车轮胎，轮胎压在黑乎乎的疑似帐篷面料的东西上，木材则是防滑用的。
　　之所以出现这样的幻觉，应该和我昨天的经历脱不了干系。昨天，我在图书馆里翻看一本题为《人猿泰山》的摄影集，从埃尔摩·林肯饰演的第一代泰山到约翰尼·韦斯穆勒、莱克斯·巴克饰演的泰山，再到近期上映的《泰山王子》中的泰山（克里斯多弗·兰伯特饰演）——历代泰山，悉数登场。如此快乐的幻觉，我真想多体验几次。

再说说我认识的一个年轻女孩的男朋友的故事。

他走在夜晚的街道上，发现一只黑白相间的小猫正抬头看他。他回看一眼，小猫便扭头快步离开了。

据说，此时，小猫露出一副"如果你信任我，就跟在我后面"的表情。

走了一会儿，小猫在小巷的中间位置停下了脚步，再一次抬起头看他。它似乎在说些什么。他往脚边一看，一张一千日元的纸币掉在地上。小猫说："送给你。"

虽然是小猫给的一千日元，但他下定决心，要学习小猫埋屎的精神，把罪证销毁。于是，他转身走向便利店，小猫也乖乖地跟在后面。

他买了盒装牛奶，走到外面，把牛奶一点一点倒在手心，喂给小猫喝。

那之后的事，我就没再过问了。

忍不住咬狗的男人

从精神病理学角度来看，西方的"恶魔附体"和日本的"狐狸附体"似乎是同一个概念。如此说来，"狼人"和它们确实没什么区别。

电影里的狼人，在变身的前一刻，也就是从正常过渡到异常的时候，因为对变身有预感，所以会明显地感受到恐惧。像杰基尔博士[1]这类用化学或者说药物来完成转变的人，反而表现出了把变身视为玩乐的态度。这么一想，透明人、民间故事中的"隐形衣"说不定也是和他们相同的存在。

今年夏天，我和朋友们一起在银座散步，在强烈的午后阳光下，一位老伯正往手推车里堆纸板。刚要摆出推车的架势，他突然"嗷呜嗷呜"地叫唤了起来。

那声音回荡在高楼大厦之间，让我惊觉原来城市正是由沥青构成

---

1. 杰基尔博士，英国作家罗伯特·路易斯·史蒂文森（Robert Louis Stevenson，1850—1894）的长篇心理惊悚小说《化身博士》中的主人公，是文学史上首例双重人格形象。故事中，杰基尔热衷于剖析人性中的善与恶。他利用自己研发的药剂将人性中恶的一面成功分离，却意外催生出一个独立的人格——海德。后来，"杰基尔和海德"（Jekyll and Hyde）一词成了心理学"双重人格"的代称。

的丛林。那是充满野性、略显悲凉的好声音。

手推车旁有一只疑似杂交品种的中型犬。老伯说不定是在向这只狗发出"出发"的信号，或是为了安慰在酷暑中煎熬的狗，正用言语为它打气。

至少在我看到的时候，积极驱动手推车的是老伯，狗还未进入这一状态，这是不争的事实。

我非常感动，回家后也尝试性地对大雄（我家的猫）"喵呜"了一声。然而，它愣住了，抬头看着我，一副"你是不是有毛病"的神情。没办法，我只好用人类语言重复一遍："来，吃饭吧。"话音刚落，它立刻两眼发光，发出"喵喵喵"的声音，好像很高兴。很遗憾，猫语很难。

不知道是因为他的心意还是技巧，总而言之，那位用狗语吠叫的老伯让我很是敬佩。

※

说到狗，不得不提1964年，也就是举办东京奥运会的那一年。当时，我一边听广播一边工作，从收音机里传来了这样的新闻——

公司职员某某先生咬住了狗脖子，狗的伤势很重，恐怕要几周时间才能痊愈。新闻还说，案发后，某某先生逃往了后山。从已知信息来看，我觉得这位上班族应该是经历了每晚回家途中都被狗吠的事件，所以恼羞成怒了。那天他碰巧喝了酒，一看到这只狗，就触发了从杰基尔博士转变成海德先生的机制。看来,他是让自己变身成狗了。

接下来就是我的想象了。变成狗的某某先生用四只脚猛地一蹬地面,突然扑向那只可恨的狗,咬住了它的脖子。狗的凄惨叫声究竟引来了它的家人还是警车,我就不得而知了。警笛声一响,犬人作为犯罪分子的意识就会被唤醒,驱使着自己的四条腿火速逃往后山。我还记得,听到这则新闻的时候,我非常理解某某先生的这种行为,心想:"哎呀,这个人现在变成狗了。"

※

接下来,我要说个轻松愉快的故事,关于在六本木和西麻布,有时也在四谷和潮流店铺前分拣垃圾的卢纳蒂克人。据说,他能巧妙地用口哨模仿小鸟的啼鸣声。他的声音爽朗而欢快。无论是谁,只要听到他的声音,都会怦然心动。因为早上才回家的人常常看到他的身影,所以我给他取了名字,叫"黎明的帕帕基诺[2]"或"东京夜莺"。

※

名叫中村幸子的插画家,是一位随身携带油性魔术墨水[3]的长发女性。我让这位女性,在烤串店里,在我的牛仔裤上作画。她画了一张既像猪又像大象的人脸,风格相当突出。从那以后,每每穿上这条

---

2. 帕帕基诺(Papageno),捕鸟人,男中音,莫扎特创作的歌剧《魔笛》中的人物。

3. 魔术墨水(Magic ink),日本著名油性马克笔品牌。

牛仔裤，羞耻心和"这是小幸的画！"的骄傲之情就会在我心里对峙，甚至爆发内战。

在六本木的酒吧里，当时还留着寸头的我，被小幸在脸上画了又长又宽的鬓发。还有不和我们一伙儿的吉他男等人，有的被画上了鬓发，有的两条眉毛被连成了一条，有的眉间被画上了青筋，有的被画上了美人尖……总而言之，一个又一个富有冲击力的漫画人物诞生了。小幸几乎没有和对方交谈，光靠仿佛可以用手捧取的独特笑容，就能取得在别人身上涂鸦的许可，这技术和胆量令我折服。

走出位于地下的酒吧，外面已是早上。马路上，刚刚被小幸画了一字眉的"活人画布"正在等待出租车。没有阳光照射的寒冷街道上的身影，是一幅滑稽与哀伤交织的超现实主义风景。

嘎吱咔嚓急性腰痛

前几天，我正要从椅子上站起来，突然，急性腰痛犯了。

人们都说，急性腰痛常见于拿重物或腰部用力过猛的时候，但我当时身轻如燕，连一支铅笔都没拿。而且，由于事发于白天，也不可能出现被月亮的妖气所影响的情况。

不如，今天就聊一聊奇怪的病吧。

日本人给急性腰痛起了个很有趣的俗称，叫"嘎吱腰"。这种命名既体现出了那种突如其来的感觉，又很像拟声词，在语感上还表现出了年过中年的无力感，甚至能从中感受到人在面对突发事件时的那份惊慌失措。

我犯急性腰痛，只不过在站起来的瞬间。还有人因为用来搬家的纸箱是空的，好不容易做好心理准备的肌肉失望了，嘎吱一下就腰痛发作了。

另外，也有人打个喷嚏就把腰给"嘎吱"了。

我犯腰痛后,打喷嚏自不必说,就连咳嗽也会让腰嘎吱嘎吱作响。即使是平常的举动,也会让我感受到无穷无尽的恐惧。

我还听说,曾经有人因打喷嚏而肋骨开裂。

※

这是发生在电视刚开始普及的昭和三十年左右的事。

一位编辑朋友的父亲,在黑白电视上观看了力道山[1]的职业摔跤比赛。

照例,对方会用犯规技痛击力道山,迫使力道山在后半场爆发压抑已久的愤怒。当令观众翘首以盼的空手劈击就要炸翻全场的时候,那位父亲用力过猛,导致尾骨骨裂。

这个故事也如实地记录了当时的力道山有多么让人心潮澎湃。

※

某编辑在爬高楼的楼梯时,为了爬上存在于其脑海中却没有实体的一级阶梯,不慎踩空,造成跟腱撕裂。

即便如此,仅仅是一级阶梯的感觉误差,就能让拥有希腊神话英雄之名[2]的肌肉"啪"的一声崩裂,这真是既可笑又可怕的故事。事到如今,我才意识到头脑和肉体的关系是非常微妙的。

1.
力道山(1924—1963),在日朝鲜人,第二次世界大战后日本最具代表性的职业摔跤选手,被誉为"日本职业摔跤界之父"。

2.
跟腱的英文是 Achilles,和阿喀琉斯同名。

顺便一提，今年6月27日，我的朋友和田诚先生在车站的台阶上踩空了一级，把脚扭伤了。第二天疼痛仍未减轻，他便去药店买膏药。因为发现膏药的商品名叫"运动员膏药"，他深感敬佩，就把此事写成了文章。而这篇文章，被一直关照我的编辑朋友剪了下来，用传真交到了我的手上。能对这种内容两眼放光，这位朋友也相当卢纳蒂克啊，我深感敬佩。

文身记

在远古时代,文身是仪式或种族的象征,后来才作为一种身体装饰发展起来。欧洲、美国的文身以及最近的日本文身都是用针会上下振动的机器雕刻出来的。日本的古法文身则是用针刺入皮肤表层。据说,色料会在皮下扩散,色彩鲜艳,能维持很久。在雕刻的时候,还能听到肉被撕裂时的"刺啦"声。

这次,我想聊聊亦可称之为"在人的皮肤上雕刻出来的插画"的文身的故事。

在大约二十年前,我通过摄影师认识了一位文身师。

他把寸头染成了红色,鼻下蓄着胡子。他说想用我的画文身,我欣然答应,毕竟这种体验实属难得。

接受文身的是一位来自千叶的女性。自那之后,一到周末,我就搭乘文身师的车前往千叶。

虽然没有详细打听过,但这位女性似乎是黑帮的"大姐头",也是一位沉默寡言的美女。偶尔会有道上的小弟开车送她,若是看一眼握着方向盘的手，有时便能看到看起来很难开车的手指形状。

每一次雕刻，血都会隐隐地渗透出来，所以，我每次只画四五平方厘米的草稿，待文身师完成那一部分后，再继续画画、雕刻。

有一天，我发现文身师的脚腕上有奇妙的色彩，很像修拉[1]的画或克利[2]的抽象画。这和画家的调色板是一样的，为了测试德国和美国的色料进入皮肤后会变成什么颜色，只好牺牲最接近手腕的皮肤。无论是那份心意还是毫无意义的形状都很美丽。它不似后背或手臂上的文身那般妖媚或恐怖，反倒轻快且富有诗意。

"我见过一个奇怪的人。他是外行，却从脚腕开始给自己文身，就用一根线条，一路文到肚脐边，接着就不知道该怎么办了。思来想去之后，他让线条横穿腹部，接着开通了另一根线条，一路延伸到脚腕。他让我想个办法补救一下，于是，我把他的下半身雕刻成了看不见线条的形状。"

这是当时我从文身师那里听到的故事。

大约两个月后，文身完成了。

正因为是在人的肌肤上刻下伴其一生的印记，这份工作才会让我紧张不已。不知道是太过紧张还是紧绷的弦突然断了的缘故，最后签名的时候，我竟把自己的名字给拼错了，而且直到雕刻完成后我才注意到这个问题。于是，我只好把平时写得很小的 r 改成 R，来遮掩自己的失误。

如果有人看到有 AquiRax 签名的文身，那正是我的作品。

---

1. 修拉，即乔治·修拉（Georges Seurat, 1859—1891），法国画家，对光学和色彩理论特别关注并为之做了大量实验。

2. 克利，即保罗·克利（Paul Klee, 1879—1940），瑞士画家、美术理论家。他的艺术是一个复杂的文化现象，独特且让人捉摸不定，无法被简单地归类为表现主义、超现实主义等艺术类别。

画画的猫千姿百态

因为有很多喜欢猫的人，所以市面上也出现了很多关于猫的摄影集。在此，我想介绍的是伦敦的出版物——*WHY CATS PAINT*（为何猫咪要画画）。在埃及发现的猫木乃伊的前肢之间夹着莎草纸。而在莎草纸上，有被认为是猫的作品的"像画一样的东西"。据说，因此还诞生了关于"猫或许会画画"的学术研究。

书中提到，学术界正在争论猫在画画的时候是否会让物体上下颠倒的问题。首先是在画画时把凡·高的《向日葵》放在身侧的巴斯特君。巴斯特君所画的画，地板的地平线位于上方，疑似向日葵的部分在下方展开。这只猫，我们就称它为"姑且算是伪作派"吧。

泰格君则开始在黄、粉、橙三种颜色的纸上创作系列作品。此时，它和画都只呈现出初期的状态。到了后半部分，它开始强迫性地不断重复上色，且这种强迫症愈演愈烈。到最后，它只能把纸撕掉，以此获得内心的安定。这是一只名副其实的疯狂猫。

此外，不知出于结构方面的需要，还是因为绘画行为自带运动节奏，米斯蒂小姐总是一边跳跃一边作画。跟着节奏不停地画，画面完成了也继续画。登上舞台之后，米斯蒂小姐的创造力还会进一步爆发。

颜料的颜色是由实验者决定的。实验者有没有借助猫的手或用猫手状的笔进行加工、有没有把猫移动到合适的位置、猫能自主选择蘸在手上的颜料吗……我虽抱有诸多疑问，但不可否认的是，这些都是相当优秀的画作。其中既有抽象表现主义，也有粗犷点彩派，还有具象派（？），似乎真的迎来了猫执画笔的时代。

这本书还进一步考察了被猫抓咬之后的布的破损形态，认为其中隐藏着图像，猫的这一举动亦非单纯的恶作剧，而是一种创造行为……

高迪与舍瓦尔

这次，我想聊聊西班牙的高迪和法国的舍瓦尔这两种月风建筑。舍瓦尔那奇形怪状的建筑，我没见过实物，所以参考了涩泽龙彦先生的《来自幻想的画廊》（美术出版社）。

四分之一个世纪前，我在巴塞罗那看到了高迪的圣家族大教堂。

当时的工程进度还没有现在那么快，只建好了前面的四座尖塔和回廊的一部分。即便如此，坐电梯登上那座塔，然后沿着螺旋状的楼梯往地上走，光是如此单纯的行为就足以让我无比感动。

在圣人、动物、爬虫类等无数装饰中，有一只乌龟让我印象深刻。直至今日，我仍能记起见到它时的奇妙感受。

它位于一根柱子的底部，呈现出背负着柱子或是龟壳上长出柱子的形态。对于基督教教堂而言，它无疑带有一些异教气质，我甚至觉得它来自东方。在印度一带的图像中，有大象骑在巨大的乌龟背上，大象背上则是水盘状的地球的画面。我不禁将这只乌龟与这样的宇宙观联想到了一起。

高迪的龟柱或许是一种隐喻，代表着对地球可能会迎来可怕结局的不安，抑或对人类在面对地球时束手无策的无奈。想到这里，我对高迪是个奇人的感慨越来越强烈，越想越觉得他是个拥有奇妙风味的建筑家。

※

　　说到与众不同的建筑，不得不提法国邮递员费迪南·舍瓦尔仅凭一己之力建造的宫殿。它形似阿拉伯风格的寺院、印度风格的神殿、中世纪风格的城堡和瑞士的牧场小屋，但并不是对这些样式的严谨还原，更像是呈现出了他对这些风格的想象，堪称幻想中的立体雕刻。

　　作为建筑物，它的居住性和功能性几乎都被忽略了。据说，退休不再当邮递员之后，舍瓦尔在这座宫殿的入口附近建了一栋小房子，在那里种田度日。建造完宫殿后，舍瓦尔又开始建造自己的墓地。据说，墓地建成时，他已经八十六岁了。从骑自行车送邮包、收集奇形怪状的小石子，发展到规模如此宏大的游戏，到底是什么样的能量在推动着他？果然，我还是想把舍瓦尔先生归类为月风人种。

　　高迪将怪异的造型用正儿八经的设计图呈现了出来，其他人则光靠设计图便成功地将其立体化，这种将平面客体化的能力实在令人叹服。不过，更让我惊讶的是舍瓦尔独自完成的立体接龙式图像提取法。我虽能通过想象理解其中的快感，但不可否认的是，这项工作需要超乎想象的体力来支撑。在我看来，这不像出自人类之手。

两位卢纳蒂克画家

若说塞尚是异常的画家,可能会有人站出来抗议。但于我而言,塞尚身上那种捉摸不透的感觉正在变得愈发浓郁。

其中一个捉摸不透的特征便是他对颜料的留白。塞尚的一部分画作尽管完成度相当高,却并未用颜料填满整块画布。比如《坐着的农民》等作品,在人脸的正中央能看到留白的痕迹。

如此微小的留白,自然不是没工夫上色的问题,我们很难揣测其中的深意。不过,可以肯定的是,对于塞尚来说,他并不介意出现留白,或者说,他很喜欢这种留白。而对我来说,这种留白有一种超乎寻常的现代感……

关于这个议题,我推荐大家阅读画家兼作家赤濑川原平[1]的杰作——由光文社出版的《名画读本》。

※

一说起卢纳蒂克画家,我便立刻想到出生在立陶宛的佐嫩斯坦[2]。

---

1. 赤濑川原平(1937—2014),日本前卫艺术家、作家、漫画家。

2. 佐嫩斯坦,即弗里德里希·施罗德 - 佐嫩斯坦(Friedrich Schröder-Sonnenstern, 1892—1982),德国艺术家、画家,原生艺术(Art Brut)和局外人艺术(Outsider Art)的代表人物之一。佐嫩斯坦是他为自己创造的名字,意为"阳光星辰"(sun star)。

用日本人的视角来解释这个名字,它就像"月星彦"[3]一样,总让人觉得有哪里不太对劲。我在大约二十年前看过这位画家的展览。五十号(大概是两张报纸那么大?)的大幅画面被他用彩色铅笔填满,画中充满受过正规教育的画家所无法想象的奇妙图像。他的狂热一览无余。他的色彩感觉与人体解剖图有几分相似。

　　他的作品中随处可见心形或代表男女性征的符号,与公共厕所的涂鸦有着相似的情趣,却又散发出捉摸不定的高雅气质。

　　他的生活方式也与常人不同。若是在肉店和酒馆赊账太多,他便会随手抄起一张半透明的包装纸来临摹自己的画,然后把画拿去抵债。实际上,我所拥有的他的手绘稿都画在折叠好的牛皮纸上,有几处细节证实了这则轶事的真实性。比方说,有一幅画是先从画面的左侧开始画的,画到一半,他又转而从右侧开始画。结果,这两部分的衔接处出现了错位,无法完美地连接在一起。

　　这是用半透明纸张临摹时偶尔会出现的失误,佐嫩斯坦却对此满不在乎,随随便便就将其交给了别人,实在是个古怪的画家。

3.
日语中,"彦"是对男子的美称,常被用在男性的名字中。

走过阿多福[1]

我住在六本木，工作的地方也不远，就在麻布十番。这一带以前林立着武家宅邸，山丘上有六棵高大的松树。这一带的地形有山有谷，是大家常说的建在坡道上的街区。芋洗坂、永坂、鸟居坂、黑暗坂、七面坂、仙台坂……这里的坡道无穷无尽。

位于我自家后方的坡道叫作阿多福坂。此地名的由来是，这个坡道的中间位置是一段平地，前后则都是坡道，而这个形状恰巧与阿多福脸上的凹凸结构十分相似。阿多福豆[2]虽与阿多福的形状相似，但很小巧可爱。

若把这个坡道视作阿多福，那未免太过宏观了，甚至比拉伯雷[3]的《巨人传》都要规模宏大。登上这个坡道时，我突然想到自己现在或许正走在塌鼻梁上，便顿觉心情大好。如果阿多福独自发笑，她的脸颊附近绝对会发生剧烈的地震。登这个坡道的时候，千万注意不要

---

1. 阿多福，一种常见的能乐女面，特征是额高、脸圆、鼻梁低。在古代，日本人认为这是有福之人的面相，可以驱除恶魔或邪祟。如今，它逐渐被用于形容一些很有特点或容貌丑陋的人（特指女性），甚至延伸出了更多贬义的用法。

2. 阿多福豆，将大颗蚕豆放入铁锅内煮成的颜色发黑、味道香甜的料理。

3. 拉伯雷，即弗朗索瓦·拉伯雷（François Rabelais，1494—1553），文艺复兴时期法国人文主义作家之一。

说奇怪的话。还有,千万别走小碎步,这会让她脸上的皮肤发痒。

离我工作的地方很近的坡道上有一家时装店,店前有一头黄铜象。最初,每当走夜路看到它的剪影的时候,我都会感慨:"啊,在这种地方竟然有一头象……"它的身高大约是1.5米,是一头小象。虽然耳朵很大,但比起非洲象,它更像印度象。它的风格更接近东方,颇具民族风的氛围让时装店变得很有个性。不过,缠在小象腿上的锁链让人有点在意。我首先想到,这条锁链会不会是一种"把小象当作生物来对待"的修辞手法?然而,最终,我还是得出了"这是为了防盗"的结论。

我又联想到了另一种形象,这令这头小象看起来就像一场悲剧。那个形象是宫泽贤治的童话故事——《奥斯倍尔与大象》里的白象。它的脖子上挂着玩具纸板鞋和时钟,嘴里说着"真不错啊"。结果,到了第二天,纸板破了,铁钟坏了,只剩锁链和砝码紧紧地束缚着它。

月夜里,这头小象就像在抬头仰望月亮,低声说着"再见了,圣玛利亚"。我很喜欢这条店门口的路。

在这家店旁,有一户不做任何生意的人家。在大多数日子里,坡道一旁都锁着一只猫。它从不畏惧路人,就像三越百货商店前的狮子一样超然。它是一只橘猫,我蹲下抚摸它的脖子时,它既不生气,也不会高兴得发出咕噜声。它的脖子上戴着写着"小咪"的名牌,和我老婆的名字发音一样,所以家里一有不愉快的事,我就会怒气冲冲地瞪着这只猫。

有一回,我看到小咪领着家里人散步。主人说,它在外面待了一天,晚上回家前想散散步。那时,我觉得这只猫颇有狗的气质。

浑身是屎君

有父母想给自己的孩子起名为"恶魔",在社会上引发了不小的话题。被命名为"恶魔"的孩子究竟会如何成长呢?我的脑海中浮现出各种各样的情景,但无论我如何发散,都觉得弊端更多。再说句不负责任的话,拥有这样的名字,倒也不失为一件趣事。首先,我觉得人应该拥有自由取名的权利。以"恶魔"为名的孩子或许真的会长成恶魔一般的人,但名叫"善郎"的人也有成为恶魔的可能性。

我供职过的设计公司的董事之一山城隆一先生有时会叫我"恶魔",究竟是因为"恶魔"和"亚喜良"在读音上相近[1],还是他在讽刺我的性格不讨人喜欢,我不得而知。但不可否认的是,我其实很喜欢被人这样称呼,说不定他早已摸透了我的喜好。

有一次,我收到一封写着"宇野恶喜良先生"的信。如果寄信人是熟人,那自然可能是玩笑,但事实并非如此。说实在的,我觉得"恶"比"亚"更有现实感,也更有力量。歌舞伎领域也有恶七兵卫之类名字带"恶"的人物,只不过比起"善恶"中的"恶",这里的"恶"

---

1. 在日语中,恶魔读作 akuma,亚喜良读作 akira。

更接近于恶作剧或男子气概的感觉。

就在最近,我收到一封收件地址错到让我非常难过的信件。我家所在的建筑物名叫"DOMI麻布",结果被写成了"DOJI[2]麻布"。因为寄信人是有点严厉的设计师前辈田中一光先生,所以我有一种被训斥的感觉。

据说,有些地方的人会给人取"恶魔""不是人""谁也不是""无名之辈""熊""恶犬""可怜""浑身是屎"等名字。

---

[2] 意指"愚笨"。

CHAPTER IV

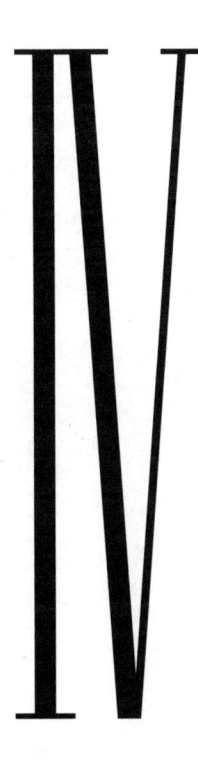

花窗玻璃，我的乡愁

ステンドグラスへの郷愁

关于裸体画的
自言自语

1

裸体画这个词听起来颇有古风的韵味，也伴有几分对好时代的甜美乡愁。

姑且不提裸体画中是否蕴含着画家本人的猥琐情感，于欣赏的一方而言，赏裸体画，就是以画家的笔为媒介堂堂正正地将女性裸体视为艺术，同时又将对情欲的期待隐匿于心。在我看来，这是裸体画所蕴含的古典图示。

这种古老的图示，作为一种普遍的意识也相当深入人心。在昭和四十六年发生的大久保清犯罪事件[1]中，犯人将自己的恶行粉饰成了画家和模特之间的"神圣关系"。他戴着贝雷帽，在汽车后座放上画布等作画用具，和女性搭讪。"我想让美丽的你当我的模特。"就是这样的邀请让多名女性惨遭不测。不过，即使不戴贝雷帽，也能实施犯罪行为。

---

1. 大久保清犯罪事件，1971年，大久保清连续杀害了八名女性，当时被媒体评价为"战后最恶劣的连续诱拐、杀害女性事件"。

因此，对于大久保来说，这不外乎一种仪式，贝雷帽则是一种精神上的小道具吧。

我第一次画女性裸体，大概是在中学二三年级的时候。战争是在我小学六年级时结束的。两三年后，几家主攻女性裸体素描和速写的绘画研究所、速写研究所陆续成立，直到高中毕业我都很热衷于在那里画画。不过，不知为何，后来我几乎不再画女性裸体了。追溯当时的记忆，我总觉得，似乎只有戴贝雷帽的人才能画出技术精湛、触动人心的作品。

同样意指裸体的还有外来词"nude"，但它给人的感觉与绘画相去甚远，更适合用来指代摄影类型或脱衣舞之类的表演类型。

顺便一提，有部分遮挡的照片被称为"semi-nude"，"nude model"一词也只在摄影领域内使用。

不仅限于女性裸体，即便是静物画也很难让我提起兴趣。比起用造型意识、构图能力等冰冷的认识画出来的画，我更喜欢情绪饱满的画，它们蕴藏着画家对所画对象或感动或怜爱的丰富情感。玫瑰本应被华丽的花瓣包裹着，露出骄傲的脸庞，如铁一般僵硬的玫瑰、用尺子画出来的裸女都很枯燥无味。不论是残忍还是情色，只要是表现人类情绪的情感，都会让我为之着迷。

2

德加[2]的《舞女》和《浴女》都是将素描能力发挥得淋漓尽致的画作，我却更喜欢帕辛[3]笔下的女性。画中的女人们在画家面前展现出如日常生活一般慵懒的性感。几个少女对自身的性感产生了生动的反应，就像在自己身上找到玩具的孩子一般。

在这些女人面前，帕辛确确实实地存在着，用他的画笔记录了她们的身姿，但与此同时，他也如空气一般透明。

于我而言，帕辛的画之所以不可思议，正是因为画家的体质让女人们感受不到男人的体臭，如同与同性相处一般自由放松。就好像他掌握了使身体变得透明的技巧，又或是拥有与变色龙相似的特殊才能，能将自己的身体融入娼妇馆的壁纸图案之中。

3

法国有一位名叫拉蒂格[4]的摄影家，生于 1894 年。他是中产阶级出身，小时候便拥有了自己的相机，并以此为契机开始拍照。他的拍摄行为来自好奇心的驱动，因此，他始终是一个保持业余精神的形而

2.
德加，即埃德加·德加（Edgar Degas, 1834—1917），法国印象派画家。

3.
帕辛，即朱尔斯·帕辛（Jules Pascin, 1885—1930），原名朱利叶斯·平卡斯（Julius Pincas），美国画家，原籍保加利亚，巴黎画派（École de Paris）的一员。

4.
拉蒂格，即雅克·亨利·拉蒂格（Jacques Henri Lartigue, 1894—1986）。虽然拉蒂格的摄影作品很有名，但摄影于他而言只是业余爱好，他始终认为自己的职业是画家。他也是法国第一位在生前将自己的全部作品捐给国家的知名艺术家。

上式的少年。

例如，他会独自在石阶上跑上又跳下，不厌其烦地沉浸于这类单纯的游戏中。因为他非常热心且快乐地重复着这个动作，目击了这一切的女性也跟着一起玩了起来。在这一瞬间，拉蒂格变成了摄影师，在静态的风景中，拍摄了一张以扭曲的形状悬浮在空中的女性的照片。初期人力飞机坠落时的情景；热衷于赛车的大人们；试图骑驴却失败、不慎让裙边飞起的女性；撑着伞从围墙上纵身跃下的绅士；将丰满的臀部放在马桶座上、瞪着相机的女性，她的表情如同苛责恶作剧的孩子的母亲……他的照片总能让人联想到少年恶作剧时坏笑的表情。

我为何要在此介绍拉蒂格呢？这是因为，在模特与将其作为客体进行二维表现的艺术家之间游戏般的关系上，拉蒂格和帕辛拥有相似的天赋。

4

马蒂斯[5]笔下的裸女以及以宫娥为主题的众多画作我都很喜欢。

马蒂斯也有画面中仅有裸体女性的画作，但更常见的构图是女性分散在壁纸、窗户、窗帘、椅子、观叶植物、床、镜子等室内装饰中。

---

5. 马蒂斯，即亨利·马蒂斯（Henri Matisse，1869—1954），法国画家、雕塑家、版画家，野兽派创始人和主要代表人物。

这些画作展现了马蒂斯对室内装饰的喜好，非常有趣。此外，我猜测，他喜欢的风格是将色彩和各种不同的形态融入只有纯肉色的裸女画面中。马蒂斯的窗户大概是为飞天魔毯准备的通道，迎接由它带来的东方韵味。

画素描、版画中的女人时，马斯蒂无须为了色彩效果而增设小道具，一切听凭个人兴致，与画油画时自然是不同的。她们各自露出独特的表情，适当地淫荡，时而潇洒，时而知性。这些裸女虽然被进行了相当大胆的艺术变形，但马蒂斯的画家良知并未让她们流于低俗，而是保持着恰到好处的平衡。

马蒂斯的线条是在室内乐奏响时现身的蛇，是跳爵士舞的蛇。

马蒂斯的线条之所以鲜活，是因为马蒂斯的指尖饲养着蛇，它知道偷食禁果的女人拥有怎样的欲望之眸和欢喜的身体。

5

对我来说，爱德华·马奈[6]的《奥林匹亚》是一幅不可思议的画作。这幅画刚发表时，因为白色肌肤和黑人仆从的对比给人以性刺激，遭到了社会道德层面的诋毁。关于其中的缘由我也不大清楚，但我觉

6.
爱德华·马奈（Édouard Manet，1832—1883），法国画家，19世纪印象主义的奠基人之一，现代主义绘画之父。

得通过衣着与裸体、白人与黑人的对比来感受情色，是一种相当多元的感受方式，是一种高等的感觉。

然而，让我觉得不可思议的并非此事，而是这幅画中的照明问题。仆从手中花束的包装纸背面也有一些光线，由于光源的位置很低，若是自然光，除了夕阳之外没有其他可能，但若是夕阳，色彩的黄色调应该会更重一些。

马奈大概是想画出阴影少、光照充足的画面，但这样的照明条件，应该只有习惯在日常生活中使用相机的现代人才能想象得到。换句话说，这只可能是照片，而且是用镜头和闪光灯间距不到五厘米的相机拍摄的。或许当时已经有燃烧镁粉的照相术了，但即使是使用镁粉，也会尽量把手举高，光源的位置也应该更高才对。近来，有不少插画师照着用闪光灯拍下的照片作画。关于这幅画的创作方式，我竟只能想出这一个合理的解释，这一点让我觉得很不可思议。

和我一样关注点奇怪的人，可以看看这幅创作于1863年、藏于卢浮宫的画作的资料。

八段独白

构思画面时,我通常会将白色肯特纸或白色画布置于眼前,任由它们来诱出形态。这类似于雕塑家用凿子来探索木头和大理石中已经存在的姿态。

这绝不是人们常说的"从画师的指尖诞生",而是一场由心灵和头脑主导的发现,就和在白天观察星群的天文学家一样。

这八段独白,是我面对由方格组成的稿纸、以文字这一符号为载体开始创作时,某一天、某一刻的内心独白。

变身

在我的画作中,有一部分事物会逐渐变身成各种各样的形象。这或许是因为我开始在平面设计领域创作作品了。

试图生产能带来强大冲击力的插画时,假设以手为主题,我会先在脑内的画布上画出真人的手,然后眺望一会儿。

接着,在不知不觉间,其中的一根手指变成了蜥蜴,静脉则成了两栖动物的尾巴。

我总是有时间等待自己体内与现实一致的形象变身,当它完成变身的瞬间,我会如同抓住生物一般捕获它,将它固定在一张白纸上。那是类似于降灵术的工作。

在我心中,变身的过程类似于一场接龙游戏,比如手……手套……桃花……滑雪……学校……小溪……蜥蜴。就像这样,形象会不断浮现又逐渐消散。

在形象浮现并不断变化的过程中,我会越来越轻盈,也越来越有感觉。做平面设计时,我似乎是从意识开放的阶段开始工作的。

此时必须生成的是排除因果报应式的情节、不需要说明就能明白的简洁的"一幅画",所以我也将自己的方法论调整成了之相符的形式。

灯泡谭

看书的时候,书页的空白处突然出现阴影,将铅字遮挡住了。我正疑惑这是怎么了,抬头一看,发现灯泡在向我眨眼睛。

如同呼吸一般忽明忽暗,几次明灭之后,"啪"的一声,灯泡不亮了。

等待片刻后,我取下它,在新灯泡带来的光照下,看着那只余温尚存的死去的灯泡。此刻,我忽然觉得,若能将一名少女囚禁在灯泡里那该有多好。

芒迪亚格[1]把少女关在钻石里，我却想把少女养在电灯泡里。

在我当时的画作中，少女坐在钨丝上荡秋千。弯弯曲曲的灯丝是鲜花的藤蔓，夜晚一来临它便会自动亮起。不过，它没有灯泡特有的光芒，而是像花灯一样朦朦胧胧地亮着。待它亮起之后，少女的秋千就开始不停歇地晃动起来。

那幅画是很久以前画的，仅代表那个时期的一种个人理想。令人意外的是，有一天，我竟在秋叶原发现了一家卖花灯泡的小电器店。

囚禁在灯泡里的不是少女，而是花。买回家点亮一看，茎叶闪烁着绿色的光芒，花则是紫色的。

花有五六种，形似玫瑰、紫罗兰、瞿麦、菊花之类的都有，颜色各不相同。

在下雨天的傍晚点亮花灯泡，熟悉的室内会瞬间变作世外桃源。

在这样的时候，我总是忍不住思考，很久以前被我关在灯泡里的少女，现在过得如何？

---

[1] 芒迪亚格，即安德烈·皮耶尔·德·芒迪亚格（André Pieyre de Mandiargues，1909—1991），法国作家。本篇提到的情节出自他的短篇小说《钻石》。

机械恐惧症

我时常会觉得所有机械设备都是可怕的，这或许是因为我对机械的运作方式不甚了解。

每每到了这样的时刻，我总会想起小时候。那时，只要收音机的声音不清晰，我就会用尽全力敲打它。等到手敲得麻木了，收音机便会复活。

不习惯摆弄机械设备的人，似乎很难戒掉用暴力来驯服它的癖好。但世上也有爱机械爱到骨子里的人，他（她）们绝对不会对机械设备有任何的怠慢。

于他们而言，机械报废之后复活的瞬间能带来至高无上的快乐。浮现在他们脸上的笑容，会令人联想到人造人动起来时科学怪人的神情。

他们和机械零件之间，似乎有着我无法想象的共鸣。每一个齿轮的重要程度，都像文字或图像的碎片之于我一般。

正当我对此深感羡慕时，有一天，一位一只脚被齿轮同化、另一只脚依旧柔软的少年出现了。后来，少年的背上长出了翅膀。在画中，他就像一位机械天使。然而，如今再看，我却觉得画中那种被齿轮牵制、无法飞翔的氛围，比转动齿轮飞向空中的表达更为浓郁。

虽然没有机械恐惧症那么夸张，但我的胆怯似乎在这幅画中暴露无遗了。每每看到这幅画，我都忍不住苦笑。

大眼瞪小眼

我几乎没有画过区别于人物画的那类风景画。这或许是因为，于我而言，人类才是最亲近的风景。

人类这种生物身上有各式各样的风景，既有让人联想到街道的女人，也有让人感受到公园的少年。

此时，女人身体的一部分映出街道、少年的背影变作田园之类的画作不知不觉间就诞生了。这就是我的风景画。

这与我少年时代常常一边观察人类一边画画也不无关系。那时，我有幸获得春阳会[2]宫胁晴[3]老师的指导（在我至今为止的人生中，这也是唯一一次），她禁止我使用B值较大的软铅笔，建议我使用自动铅笔高硬度的铅笔芯，削尖它，在画画时注意细节。

刻画脸上的阴影、一根一根的睫毛、瞳孔的形状，以及它们与光的关系时，都要力求精细。由这种作画方式完成的作品有着与铜版画相似的氛围。

不用斜线画阴影，体现明暗时要分析光的角度和强弱，观察光线对立体的人产生怎样的作用，顺着方向把阴影变成线画出来，并不断重复这一作业。

为此，我必须执着地、长时间地注视着人。那时，我甚至觉得自

---

2. 春阳会，日本西洋画、版画的美术团体，1922年由小杉放庵、山本鼎、梅原龙三郎、岸田刘生等人成立。

3. 宫胁晴（1902—1985），日本油彩画家。

己与模特大眼瞪小眼的时间比作画的时间还长。

这种对视的记忆,似乎对我以画画为生之后的作品产生了不小的影响。即使对"身体"这一整体形态很满意,我也会因为不满意其中的一根睫毛而不停修改它。

熨衣服的女人

以前,我曾在欣赏毕加索的画时生出了一丝疑惑。画中是一位正在熨衣服的女人,但是,她身上的衣服非常修身,看起来很难活动。

从熨斗的重量来看,前后左右移动熨斗无疑是一项重体力劳动。这样的工作和着装完全不匹配,实在令我在意。在重新审视画面的过程中,我发觉毕加索是受"熨衣服的女人"这一情景启发,试图表达一些什么。

或许,他是想通过描画女人在熨衣服时俯身的幅度、身体的重心,来讲述一段人生。

从画中女子很年轻这一点来看,或许是想表达青春吧。若是如此,身着连胳膊都不方便抬起的紧身衣是她个人的愿望吗?

这就是阅读画作的乐趣,如同阅读一本很厚、很优秀的推理小说,却要花费双倍的精力。这是因为阅读画作并非追着别人的故事走,自己才是故事的创作者。

而且，我创作的故事和画家想表达的观点完全不同也是有可能的。然而，即便如此，你也不能指责我的故事是错误的吧？

阅读画作时，我也会突然想起一些章句。怎么说呢，问题只有一个，答案却有成千上万种。

少年与马

我的作品中经常出现少年与马。在我看来，这是两种非常接近的存在。少年是超越时间和时代的生物，有时看起来像少女，有时也会被理解为女人。

少年总是处于中间位置。作为动物界与少年最相似的存在，马也是我心中挥之不去的形象。

马的脸似乎是我心情的投影。比方说，一边听瓦格纳的音乐一边作画时，面带悲伤的马就会出现在纸上；当我模糊地回忆起当天下午在街上擦肩而过的女孩，不知何时就画好了面色柔和的马。

与借由马脸反映心情一样，描画少年时，最能让人感受到表情的，是他背上（肩胛骨附近）的骨头。

少年有时会张开翅膀，有时也会将自己的性感展露出来。

不可思议的是，无论画的是少年还是马，我都不曾参照真实存在的模特，而是将不知不觉间在记忆中积蓄起来的形象当作线索。

无论是马这种生物,还是少年这种生物,我其实都没有见过很多。或许,浮现在我脑海中的那一瞬间,他们就已完成了艺术变形,也正因如此,我才总想把他们固定在纸面上。

每当看到有少年或马的画,我都似在其背后追逐着那些时刻的自己。

关于内行和外行

近来,无论哪个领域,内行和外行的界限都变得模糊了。例如,我曾听说,办音乐会时,若节目单上全是外行绝对唱不出来的高难度曲子,现场必是门庭冷落;若是节目单上大量出现稍加学习就能吟唱的曲子(姑且不论真假),客人也会多起来。我还听说,太过漂亮的女演员往往人气不高,反倒是对男人来说触手可及、对女人来说稍加努力就能成为的女演员更受欢迎。

事实上,活用葛丽泰·嘉宝、玛琳·黛德丽等极其上镜又彻底凌驾于日常之上的女演员的戏剧构作已经很难成立了。即使整天开着电视,也鲜少能遇见美到让人惊讶的女演员。

这种倾向似乎和这几年很流行的卡拉OK(最近还出现了搭配台词的"芝居OK"[4])也有关系,因为任何人都可以轻松地满足自己的

4.
芝居OK(シバオケ),"芝居卡拉OK"的略称。卡拉在日语中意指"空",OK是管弦乐(Orchestra)的略称,加在一起是指没有主唱人声的音乐伴奏。芝居OK则是配合演歌、民谣等熟悉的伴奏,表演自由创作的舞蹈、体现人情世故的戏剧等。

变身愿望和自我表现欲,无须再将这种欲望投射在演员或歌手身上。

尽管各领域的深度都大不如前,但这种风气对与学院主义格格不入的我来说并不是坏事。每当看到电视在播《超级变变变》,我总会想,要是自己也不嫌麻烦,尝试享受这段既是观众也是演员的时间,一定会很开心吧。

电视与我

从很早以前开始,我就习惯于开着电视工作。我很少直面电视、看特定的节目,各种各样的影像如流水一般出现在我的视野边缘。有时,我会中断集中在工作上的注意力,转而望向瞬息万变的画面。

这十多年来,由于我一直过着鲜少出门的生活,电视画面似乎起到了与外界相连的通风口作用。有时,我会专注地观看新闻节目报道的事件,也会一边盯着电视剧一边发呆,心想,原来现在受欢迎的是这样的作品,还会通过欣赏最近很受欢迎的漫才师们的表演,确认外界的真实情况。总而言之,我和电视屏幕的交往,就和凝视窗外风景一样。

电视似乎是最能反映现实的媒介,它的内容杂乱又难以厘清,总给人一种不太干净的感觉,我很喜欢。

正因为喜欢这种繁杂和低俗的感觉,我才经常看广告,也看体育新闻,时而对电视不停输送过来的"现在"持批判态度,时而积极主动地接受现实。

电视节目的有趣之处在于丝毫没有专家的气息,这似乎与文化本身失去界限的现象相通。

一小时前在警匪片里被杀的演员,一小时后在家庭剧里喜笑颜开——我倒是特别喜欢这种电视节目特有的谎言。

名为海报的恐惧，
或令人怀念的风

仔细想来，我的插画多是为戏剧海报而画的。与因宣传媒介多样化而逐渐失去需求的商品海报相比，这一领域的寿命还很长。

在剧场、售票处、排练场甚至演员和工作人员休息室的墙壁上，海报就像战场上的旗帜，发挥着至关重要的激励作用。这不仅是面向大众的告示，也是为自己点燃斗志、带来狂热与觉醒之力的标志。

在大多数情况下，戏剧海报是基于剧本和导演的想法描绘出来的具有象征意义的画面，但偶尔也会用主演的肖像来创作。不过，即便是后者，也不会偏离整场表演的风格和概念。

在天井栈敷[1]刚成立的时候，我有过寺山修司还没写完剧本，演员阵容也尚未确定，我却已经开始绘制海报的经历。在《一千零一夜物语·新宿版》的海报上，我随意画了一个从乳房里挤奶、喝奶茶的女人。结果，和魔术师商量后，寺山修司真的让她出现在了舞台上。

在那个年代，大家无须讨论戏剧概念也能靠感觉共鸣。我们既是

1.
天井栈敷，1967 年创立的先锋派剧团，
领导者是寺山修司。

同志，也是共犯。那是20世纪60年代，一个幸福得不可思议的时代。

戏剧既不像建筑那样在一段漫长的时间里与生活紧密相连，也不似科学、数学那般建立在过去的体系上，只在一定时期内影响人的精神和情绪。它很虚幻，鲜度会随着时间流逝而不断退化，一如墨水、纸张会褪色那般。正因如此，提高创作时的鲜度非常重要，这与吃东西要"应季"很相似。换句话说，时代之风（风潮）亦等同于正在流逝的事物，但它更华丽，也更虚无。这种心情正是绘制海报的魅力所在吧。

所以，绘制海报基本上没有什么方法论，像风一样自由。倒不如说，在风中寻找时代的身影才是我喜欢做的事。这阵风大概会一直吹到地球崩坏的那一天吧。有时，它还是会为我们重现古老时代的奇迹之窗。

赏红叶

不久前我还认为俳句不过是老人用来消磨时间的嗜好，没想到，转眼之间，我也老了，并且在不知不觉间学起了俳句。

如今，一到下雨天之类让人会在情绪上变老的时刻，我就会带着收录了大量季语的俳句辞典而非文库本走进咖啡店。

接到这篇文章的约稿后，某一日，我忽然发现季语中除了"红叶"还有"红叶狩"。若按其字面意思来理解，"红叶狩"应该和意为采收水藻、芦苇的"藻狩""芦狩"一样，意指采集红枫的枝条。实际上，它的含义却更接近于观赏菖蒲、樱花、梅花，或者说，是指用眼睛去收集美的事物。写下"收集"这两个字之后，我又忽然想起小时候看的歌舞伎所作事[1]——《红叶狩》，里面有一个扮作美女的鬼。

我依稀记得，武将一行和高贵的公主一行在红叶尽染的户隐山中相遇之后，宴会就开始了。武将醉酒后，在梦中得知公主其实是山里的女鬼，于是醒来和她激烈地搏斗了一番，这场舞剧就这样落幕了。

红枫叶和其他植物的红叶就像用胡粉颜料绘成的背景那般华丽，

---

1. 所作事，在歌舞伎狂言中由舞蹈构成的剧目。

又像贴上金箔的漆工艺品那般奢华，但它既不是樱花白也不是粉色，既非不透明也全然达不到透明的程度，应该无法与所谓的幽幻的韵味相媲美。

红枫的落叶和樱花的落花都会在将来的某一日重生。然而，通过樱花的落花看到的清澈的无常感以及死亡的意象，甚至会散发出具备贵族气质的文学性。盛放的樱花树下埋藏着尸体——这句话当然是一种比喻，但也有形而下的真实感。

在希区柯克的《怪尸案》中，有一具尸体被埋在红叶尽染的山中。虽说这本就是一部尸体被数次转移、颇具喜剧色彩的悬疑电影，但由于情节在被鲜艳的黄色、红色浸染的山中展开，由此带来的轻松、明快的基调还是让人出乎意料。

与装帧的相遇
如同一场恋爱

我很喜欢以前见到的雪岱的装帧。

四六规格[1],盒装。在印有蓝色底色的书盒上,手写字"おせん"(阿仙)以漏白的方式竖向排列着,在它的上方,白梅正垂下枝头。

封面上,雪岱风美女正褪去和服,大概是在为入浴或更衣做准备吧。

六曲屏风被折叠成两曲,被遮挡的女人仅露出上半身。整体色调以白色为主,只在一小部分使用了褪色的朱红色。

这是邦枝完二[2]的书,发行于昭和九年。说句多余的话,昭和九年也是我出生的年份,所以尤令我记忆深刻。《阿仙》应该是1933年在《朝日新闻》连载的小说,当时,小村雪岱为它画的插画备受好评,是插画中的名作。

雪岱是一名日本画家,曾受雇于资生堂宣传部,所以应该也从事过设计工作。他的画,只有懂设计或印刷美学的人才画得出来。翻阅

1.
四六规格,日本印刷物的规格,原纸大小为788mm×1091mm。将原纸裁成等大的32份后装订而成的书籍尺寸为4寸2分×6寸2分(约127mm×188mm),因此得名"四六规格"。

2.
邦枝完二(1892—1956),日本小说家。

欧洲的资料时，我猜想，比亚兹莱等人的插画应该为雪岱带来了不少灵感吧。

为何这么说呢？因为，在过往的传统浮世绘和江户时代的出版物中很少能看到浓度100%的黑色（K100%），这种独特的黑是在雪岱之后才出现在日本的。考虑到资生堂设计室在查阅资料方面得天独厚的环境，我认为雪岱应该看了不少比亚兹莱的作品。

然而，即便如此，雪岱的黑也恰好是日本的黑，是漆器的黑，是缎子的黑，是带有艳丽光彩的黑，是如歌舞伎中的黑子[3]一般可见又不可见的抽象符号般独创的黑。

雪岱在歌舞伎舞台设计领域也留下了名作，可谓意匠大师。

雪岱的装帧既是剧场，也是帷幕，是展现幕布拉开过程的装置。

也可以将之视作为演出效果而穿的和服，它是精神、趣味、美学和气度的体现，有时还会向裸体转变。

雪岱的装帧，拥有勾起阅读欲的魅力。

说到资生堂，我记得小时候家里有一本山名文夫和山六郎合著的书，叫《女性的小插画》[4]。

山名文夫是资生堂的设计师，也是近代设计史和插画史上极为重要的创作者。那个大名鼎鼎的资生堂明朝体风格，我记得就出自山名文夫之手。有一家名叫PLATON社的京都出版社，川口松太郎和岩

---

3. 黑子，在歌舞伎表演换场时搬运道具的后台人员。因为让观众看到会影响戏剧效果，所以黑子的装扮是黑布蒙面、全身黑衣。

4. 《女性的小插画》（女性のカット），1928年由发行《女性》《苦乐》等杂志的PLATON社（1922—1928）出版。

田专太郎都曾与之有过工作关系，山名文夫和山六郎将这家出版社发行的女性杂志《女性》上的小幅插画收集起来，汇编成了这本书。我依稀记得这本装在单色厚纸盒里的书和红梅花雀的翅膀一样都是暗绿色的，纸张有光泽，用了烫黑工艺。在设计方面，在三线边框内，用倾斜的曲线绘成的唐草纹很有装饰艺术风格。不过，我手边没有这本书，这些都只是残存在脑海中的记忆，或许没有那么准确。

如果把雪岱比作和风，那么山六郎和山名文夫就是洋物，是欧洲，是埃菲尔铁塔的剪影，是蒸汽机车，是线与面，是黑色蕾丝领，是时事讽刺剧舞女的身体，是黑色康康帽和帽上的网纱。

我对插画家山六郎了解甚少，不过，我曾去他位于成城[5]的家中拜访，与他交谈过，也曾邀请他写过一篇文章。他的文章有着大正时代浪漫主义者的特性，也散发着知性的光辉，不愧为多摩美术大学的讲师。

我并不清楚《女性的小插画》的装帧究竟是二位中的哪一位设计的。可是，我自认为对平面设计界相当了解，却不曾获得有关山六郎的消息，这应该能说明他不是设计界的人。考虑到线条将封面内侧包裹住的感觉，我认为这大概率是山名文夫的设计。整体氛围就像以现代风格来呈现威廉·莫里斯[6]等人的英式典雅，充满时髦的洋味儿。

雪岱的装帧设计成功地在近代书籍的结构上添加了和风的装饰，

5.
成城，东京都世田谷区地名。

6.
威廉·莫里斯（William Morris, 1834—1896），英国设计师、诗人、作家、翻译家、社会主义活动家，现代设计之父，工艺美术运动的奠基人，拉斐尔前派的重要成员。

山名文夫则将书籍的古典风格以现代的感觉进行了重塑。

说起来，我偶尔也会做装帧设计的工作，不过我无法自信满满地说，我的作品能成为别人谈论装帧时的谈资。虽然其中也有自己喜欢的作品，但我无法站在客观角度来判断它们的好坏。更何况，基于不同的相遇方式，人与书的关系既有可能发展成恋爱，也有可能只是擦肩而过，这也会左右人对装帧设计的看法。

高桥睦郎[1] 诗集的装帧

当时，我正在日本设计中心工作。公司在叶山[2]秋谷海岸附近有一栋海景房，夏日的周末或其他时间，我们常常在那里度过。

在那里，我们如孩童一般嬉闹，将平日里制作广告时的沉重心情抛诸脑后。木村恒久和我就像东宝"社长系列"[3]里的森繁久弥和三木纪平，推倒拉门，吞云吐雾，玩温泉游戏——总之，用无聊的事充实自己。

在海里，木村恒久把折成两半的救生圈当作鳄鱼，玩起了泰山游戏，潜入水中和浮出水面时的表情堪称绝品。不过，他不慎在海里踩到碎玻璃，脚受了伤，最后被救护车送往医院了。

片山利弘坐在单人橡皮艇上，一边不停说着"好漂亮"，一边捞起一种蓝墨水颜色的名为"僧帽水母"的电水母。他的下半身全是被蜇的伤痕。

在这样悠闲散漫的某一日，一个表情柔和但在我们周围鲜少能看到同类的青年向我搭话。他说自己在九州出了一本诗集，这次想做第

1.
高桥睦郎（1937— ），日本诗人。

2.
叶山，位于神奈川县三浦半岛西部的海边小镇。

3.
社长系列，东宝在1956至1970年间制作的喜剧电影系列。国民演员森繁久弥扮演处于高度成长期的企业的社长，是整个系列的主角，三木纪平则扮演喜欢宴会的营业部长。

二本[4]，希望我帮他设计装帧。这位青年就是高桥睦郎，身为诗人却不在我们公司的广告文案室工作，而是负责项目管理。

　　我虽然对诗歌了解不多，但曾和诗人安西均（他也在企划推进部门工作）合作，也因为杂志的工作和白石嘉寿子、牧羊子合作过，不至于到打退堂鼓的地步，于是接下了他的邀请。同公司的摄影师泽渡朔为他拍了照片，我便把那三幅肖像照用在装帧中了。

　　最终，它变成了一本书脊包布、封面是两块硬纸板的书。不可思议的是，我对整个设计过程没有丝毫印象。环衬是类似于经过刷毛加工的天鹅绒的黑纸，现在已经不生产了。扉页用的是带条纹、有光泽的特种纸"micalaide"。据我所知，在那之前，只做过裁切处理的硬纸板和带毛的纸张从未被用在书籍装帧上，印刷厂或出版社或许曾接到投诉，但我实在记不清了。若是现在，我应该做不出这样的设计吧。高桥君似乎对它很满意，它也是我的最爱。

　　在感受过硬纸板古朴的质感之后，扑面而来的是将所有光线吸收殆尽的黑暗。然后，有光泽的条纹扉页带来了回归日常的感觉，引人进入正文的部分。这种时间的仪式，大概是擅长装模作样却不自知的"年轻"季节的产物吧。

　　此后，高桥睦郎诗集的装帧设计工作由横尾忠则、和田诚接手，抵达极致奢华的境界。

4.
即 1964 年由现代诗工房出版发行的
《高桥睦郎诗集：蔷薇之木 虚假的恋
人们》。

春信[1]的色彩感觉

在我读中学的时候,家里有一个比我还高的架子,上面放着一个旧包袱。有一天,我踮起脚取下包袱,打开一看,里面竟是木版印刷的线装书。

虽然字迹已经几乎看不清了,但我记得第一页有一幅唐风山水画,画中屹立着表皮粗糙的岩石。

翻着翻着,描画男女性行为的春画就出现了。接连出现几幅之后,我突然产生了疑问,又返回第一页,重新看了看那幅山水画。原来,那是一个占满一整页的身体器官。

大概是父亲偷偷放在架子上的。由于偷偷翻阅它,我不仅表演了一出荒诞的闹剧,还养成了一种奇怪的习惯——在一段时期内,将一切浮世绘视作色情图片。

我喜欢春信的画,或许正和这一体验有关。

春信的画中没有令人吃惊的夸张成分,反倒有一种"过往那可憎的失败绝对不会再次降临"的安心感。用"安心感"来评价一幅画是

---

1. 春信,即铃木春信(1725?—1770),江户时代中期的浮世绘师,善画纤瘦、令人怜爱、表情细腻的美人画,是锦绘(彩色版画)诞生的重要推手。

有些奇怪，但春信的画是敏感、温和的，于我而言是容纳、安抚情绪的小宇宙。

春信对浮世绘的贡献是巨大的。最初，浮世绘是只使用单一墨色的"墨摺绘"，后来又经历了"丹绘""红绘"[2]等时代，终于，在春信的推动下，彩色印刷——"锦绘"的时代来临了。

然而，这不过是顺应时代潮流的变化，与电影由无声到有声、由黑白到彩色、由标准银幕到宽屏银幕的变化在本质上相同，我不觉得这是什么特别值得惊讶的事情。而且，关于这个问题，与资本家、雕刻及印刷相关的技术人员等画家以外的因素也有很大的关系。

毋宁说，我之所以喜欢春信，是因为在大家都在使用彩色的时期，他既不流于华美，也避开了原色，将克制且高雅的色彩感觉发挥到了极致。可以说，春信在浮世绘中找到了属于自己的文学性。

我对插画的兴趣始于很久以前。

或许，我对插画的喜爱、感激之情远胜于绘画作品。

我很喜欢石井鹤三的插画，他对形态和角色的刻画极为准确。我也很喜欢宫本三郎，他的素描能力堪称完美。松野一夫让我坚信西方的风土人情绝对如他所绘。河目悌二笔下的母亲生动得就像刚洗完茶碗从厨房离开一样。这些都是我喜欢的插画家，但我尤其喜欢木村庄八。

永井荷风《濹东绮谭》的插画固然出色，但是，只有连载于《每

---

[2] "丹绘""红绘"都是浮世绘早期的上色技法。"丹绘"是在墨摺绘的木板上手工添加以"丹色"（朱红色系，在铅中加入硫磺和硝石烧制而成）为主的颜色，"红绘"则是在"丹绘"的基础上，用源自红花的植物性颜料取代矿物性的丹色。

日新闻》的舟桥圣一的《花之生涯》的插画，让我在高中时期心潮澎湃地期待着每一天的报纸。那些插画充斥着浓厚的情欲，令我不由自主地陷入一种隐秘的情绪。

仔细观察便不难发现，画中人物的表情并不清晰。她们虽不似"引目勾鼻"[3]那般模式化，但拥有将"女人"这一形象符号化后以简单的线条描绘出的脸，以及类似于文乐木偶的无机质的手。这样的人物一旦以和服之姿坐下、起立、走路，就会展露出非常色情的肉体。

不只是人物，庄八笔下的和室以及房屋整齐排列的街景都带有日式住宅独特的气质，不时出现在插画中的小曲的歌词、文章、英文等书法也让人觉得新鲜，这种感觉，就像在看非常现代的版面设计。

文章的内容似从春信身上绕开了，实际上，木村庄八的画总会让我联想到春信。

不过，提到春信时更应该聊一聊的或许是小村雪岱。

毫无疑问，雪岱的画在造型性上与春信有共通之处，但他笔下的女性形象与春信不同，不符合我的喜好。

雪岱画中黑色与白色的平衡、紧张的空间感、夹杂的抒情性、因大胆裁切画面而产生的暗示性等都让我欲罢不能，唯独胸部的大小我无法接受。女人赤裸着上身，胸部很厚。对于畏惧丰满体型的我来说，那根本不是能撩拨情欲的对象。

3.
引目勾鼻，平安至镰仓时代大和绘的表现技法之一，以一条线勾勒出细长而清秀的眼睛和呈现く字形的鼻子，嘴巴的部分则以小小的朱红点表示，主要用于描画贵族男女的容貌。

于我而言，在描画女性形象的感觉上，春信与庄八是一致的。

怀月堂安度[4]一派创造的女性形象拥有显而易见的女性魅力，她们堂堂正正地展示着自己的肉体，摆出将系在腰前的和服腰带推出身体的姿势。歌麿笔下的女性则拥有完美、均衡的身材，完全可以用黄金比例来形容。与她们相比，春信创造的女性形象在我眼里是隐约带有人工造型感的。

打个比方，她们类似于中国历史上的缠足女性，或出现在维多利亚时代少女写真集中的被迫模仿大人的少女。她们都是透过男人的眼睛塑造出来的女人，而男人的嗜好大多源自共通的心理。

春信的画中没有虐待或受虐倾向，但通过《雨夜参拜》《笹森阿仙[5]》中的阿仙，以及《本柳屋阿藤》中透过裙摆缝隙隐约可见的两名女性的白色小脚，可以感受到恋物癖式的情色要素。尤其是《雨夜参拜》，明明是刮着大风的室外场景，对脚的描绘却依然克制，这或许是在表明，春信心中的性感，源自恋足的心理。

春信曾在出道初期画过"芝居绘"[6]等，但后来就只画美人画和风俗画了。或许，对春信来说，比起男人装扮的女人，女人本来的容姿更有意思。出现在春信画中的男性人物也不具备阳刚之气，反倒带有文雅、温柔的气质，甚至看起来像是女扮男装。

4.
怀月堂安度（生卒年不详），江户时代的浮世绘师，活跃于宝永至正德时期，以菱川师宣为代表的菱川派衰微之后。门下有长阳堂安知、度种、度秀、度辰、度繁等弟子，以工坊的形式创作以吉原游女为题材的肉笔浮世绘（非版画，用笔直接在布或纸上创作的浮世绘），留下了大量美人画，风靡一时。这一派画师被称为"怀月堂派"。

5.
笹森阿仙（1751—1827），江户谷中笹森稻荷门前茶屋"键屋"的看板娘，也是"键屋"主人键屋五兵卫的女儿，据文人加藤曳尾庵（1763—？）在其随笔中所述，笹森阿仙与"柳屋"的柳屋阿藤、"蔦屋"的蔦屋阿芳并称"江户三美人"。约从1768年开始，笹森阿仙成为铃木春信的美人画模特。

歌舞伎的世界里有"江户的荒事"和"上方的和事"之说[7]，春信笔下的世界，与"和事"中的情景是一致的。春信若有春画，那一定是技术精湛、充满细节、缠绵入骨不停歇。

我想起前些天在东京国立博物馆看到的一幅春信的作品。

各种浮世绘作品按年代顺序排列，从初期的肉笔画、单色木版画，到丹绘、漆绘、红摺绘，再到锦绘。这时，春信登场了。首先映入眼帘的是《见立竹林七贤》《座铺八景》之类的名作。在那之后，一幅《卖水少年》很"突兀"地出现了。

在画面中央偏下再微微偏右的位置，有一个胸腹和两腿都露在外面的少年。他挑着长长的扁担，扁担两端各挂着一只水桶。

这种描写市井风俗的作品，早在春信以前就已经出现在屏风画和绘卷中了。但是，排除画家兴趣不说，让既非美女也非美男子的卖水少年，成为大量生产的木版画商品的唯一主角，这是何等地自信。我因春信的无所畏惧而感到兴奋。

少年的背后什么也没有，只有泛白的朱红色背景。

欣赏春信的画作时，我总是在想，究竟在哪里能找到他笔下的这种颜色。我非常喜欢春信特有的这种接近粉色的朱红。

它不像红色或朱红色那么感性。它就像我们闭上眼睛、透过眼皮

6.
芝居绘，以歌舞伎为题材的浮世绘。

7.
江户时代，以京都、大坂（今大阪）为中心的畿内地区被称为"上方"，与江户歌舞伎相对，在上方诞生、发展的歌舞伎叫上方歌舞伎。诞生自江户的荒事，即由拥有超人力量的主人公展现其勇猛姿态的一种特殊表演，从表演方式到服装道具等都十分夸张。诞生自上方的和事则是与荒事相对的表演方式，以温和、优美著称。

感受春天的曙光时所看到那抹暧昧的色彩。它独具气质，也带有一丝甜美的倦怠。

在《雨夜参拜》等作品中，春信在和服的衬里和下摆等极少的空间里，如同挥洒调味料一般使用了这种颜色，而对于这幅画的重点——鸟居，他却坚决不使用相同的红。从形而上的角度来解释的话，和服下摆处使用了这种颜色的几条曲线，也可看作一种隐喻。

《卖水少年》背景的颜色既不是泥土的颜色，也不是天空的颜色，更不是草的颜色，可以说是一种抽象的色彩。如此想来，这幅画所拥有的将少年包裹起来的奇妙空间感，会不会源自春信的子宫幻想呢？朝着这个方向，我的空想仍在不断遨游。

抒情画，抑或
镜之国的少女们

我心血来潮，想查一查有关"抒情画"的理论，于是来到图书馆，翻开大约五种百科辞典，却完全找不到"抒情画"这一项。"抒情诗"之后，词条很突兀地就跳到了"处女怀胎神话"或"助色团"。

不过，关于抒情诗的解说很有意思，它与抒情画有几个共通的要素，我稍微摘录几句：

> 诗的三大形式之一，与叙事诗、剧诗齐名。表现作者强烈主观情绪的诗。原为在古希腊里拉琴（Lyra）的伴奏下，由个人吟唱的诗歌。自古以来就有很多以恋爱、对神的敬畏以及对自然之爱为主题的咏叹性短诗。不同于讲述事实或故事的诗，抒情诗的作者不拘泥于诗的表面形式，而是运用丰富的想象力和旋律，将自己的感受和思考原封不动地呈现出来……比起客观的叙述，更注重感情的流露，这种抒情诗般的心情被称为

"抒情性"(lyricism)。(福田陆太郎)

一目了然。撇开历史上的发展不谈,只要把"诗"替换成"画",这段释义几乎就是一段抒情画论。

不拘泥于客观描写,将重心放在主观情绪上,这让我立刻联想到竹久梦二。与高畠华宵[1]和中原淳一相比,情感上的艺术变形显然比准确刻画形态的素描在他的画中比重更高。与纤细的脖子相比,那脸和眼睛是多么地大,身体线条又是多么地婀娜啊。与柳枝垂落、随风摇曳的曲线相比,手和手指之大,简直堪称异样。

正如梦二所说,他"用画笔创作诗",这是一个将感伤直接转变为形态的过程。

因此,我不难想象,对于这些特征,梦二的粉丝有多么视如珍宝;而对于讨厌梦二的人来说,这种情感上的夸张表现,显然会让不快指数立刻飙升。

就我自身而言,在一系列抒情画中,我最喜欢梦二的作品。他的主观表现亦即针对情绪的艺术变形是在其独特、堪称天才的造型感的支撑下完成的,这无疑极具魅力。不过,最理想的还是梦二在无意识的情况下表现出来的造型感。在我看来,他晚年在美国、欧洲旅行时画的《青山河》等油画,都是面对纯艺时由自卑感孕育出来的悲剧。

---

1. 高畠华宵(1888—1966),日本画家,善画拥有独特的三白眼、无国籍风格的表情、中性气质的人物。

驱使画家拿起画笔的本就是感性，造型意识不可能独自存在。我觉得，梦二的魅力还是在于情感浓至极致时转化为空间感和造型性的惊心动魄的平衡。

华宵和淳一对风俗的感觉异常敏锐，透过穿着或配件等细节能自然地明白他们笔下的女性人物有着怎样的性格和心情。反过来说，这样的女人都会打扮成这样——这代表了一种构思和美学。

说到抒情画中的脸，一般都是大大的眼睛和小花般的嘴唇。这甚至已经成了一种象征符号。因此，少女们可以放心地把自己的脸转移到那张脸上，成为画面中的女主角。

那闪闪发光的眼睛大概是用镜子构成的，少女们悄悄地将自己映在里面，转眼之间就成了二维世界的居住者。

因为《向日葵》《Soleil》是比我小三岁的妹妹在战后最爱读的杂志，所以我的中原淳一体验也是从那时开始的，不过几年之后就结束了。虽然时间很短，但那个灰色的时代正是我最为敏感的少年时期，所以中原淳一带来的冲击也异常强烈。

《Soleil》是一本非常奢华的杂志，其中有不少双色或四色的页面，由于刊登了很多照片，使用凹版印刷技术的彩页应该占比很高吧。另外还有稍小一圈的页面、可爱的窄幅页面。接近正方形的时髦封面当然出自中原淳一之手。不过，没过多久，封面纸就有了涂层，像现在的覆膜纸一样富有光泽。

写手阵容包括川端康成、内村直也、串田孙一等人，画师阵容并非只有中原淳一，高井贞二、铃木悦郎、内藤 RUNE、长泽节、玉冈德太郎、宫内顺、村上芳正等人也贡献了诸多优质的画情。

《小妇人》《范妮》《马里于斯》等名作，我都是在中原淳一的插图故事中读到的。此外，淳一、水野正夫、内藤 RUNE 的人偶制作栏目也很有趣。实际上，水野正夫在名古屋举办人偶制作培训班时，我还和朋友一起参加过。现场全是女性，只有我们两个是男的，实在有些尴尬。结果，人偶还没完成，我们就放弃了。

我对宝冢歌剧提起兴致也是受《Soleil》影响。我曾拜托妹妹带我去看，结果，独特的舞台氛围和观众高涨的热情将我击倒，让我足足卧床了三天。我从小学起就看歌舞伎，对男性扮演的女性并不排斥，没想到竟对女性扮演的男性形象感到无法适应。我没有抱怨《Soleil》的意思，这仅仅只是我个人的体质和感觉的问题，而且我现在已经可以非常投入地观赏宝冢歌剧了。

当时，以生活感觉为主题的杂志还有《生活手帖》。我喜欢花森安治[2]的封面画、小插画和随笔，也喜欢藤城清治用人偶或剪影艺术讲童话的部分。不过，《生活手帖》的生活提案或许的确是成熟的，但过于简单，比如就算只看其中一条围裙的设计，也会发现它欠缺华丽和梦想。

从这一点来看，《Soleil》可谓战后罗马式艺术的象征，即使是盛放苹果的空箱子，也会贴上《Seventeen》和《VOGUE》的杂志内页，

---

2. 花森安治（1911—1978），日本编辑、平面设计师、记者，《生活手帖》的初代主编。

还会在裙子上贴花,在装点生活上倾注了极大的热情。尽管在大人眼里这是少女趣味,但我认为这是对只在乎功能性的好时代的反叛,也是对在漫长的战争中丢失的美好心灵的文艺复兴。

"抒情画"这个概念好像是蕗谷虹儿[3]提出的,简而言之,就是比起造型要素和先锋性更重视人类情感的画作。

按照普遍的说法,这一系谱始于竹久梦二,再延续至高畠华宵、蕗谷虹儿和中原淳一。

这类画家似乎都很喜欢印刷这种媒介。

还年轻的时候,梦二就开始给报刊投稿装饰文章的小插画了,也曾绘制明信片和信纸信封套装。后来,他又涉足木版画,有过不少出版物。华宵的经历与梦二大同小异,中原淳一甚至在三十三岁就成立了自己的出版社,还发行了杂志,足以证明他对大众传播媒介的结构和平面艺术的热爱。而且,正是因为其独特的感觉和所表达的哲学观念与时代相契合,《Soleil》的销量才能呈现出爆炸性增长的状态。

不信任甚至蔑视印刷技术的画家不在少数。尽管如此,他们却对蚀刻版画和石版画很感兴趣。要我说的话,创作版画和光学制版固然不同,但都是印刷。从原理上来说,石版画属于平版画,也就是平版印刷的原始形态,蚀刻版画则是凹版,和凹版印刷是一个道理。木版

---

3. 蕗谷虹儿(1898—1979),日本插画家、诗人、动画导演。

画和油毡浮雕版画就更不用说了，它们等同于凸版印刷。只要活用印版所特有的效果，就能产生独具魅力的作品。而且，我可以断言，中原淳一的拥趸大多是被印刷媒介的魅力所俘获，而非原画。

此外，近来，我对抒情这一性质的情绪开始变得敏感。比如上次看德尔沃的画展，我就觉得其中几幅冷冰冰的形而上学的作品应该是抒情画。我还想过，莫迪利亚尼[4]那独特、夸张的变形会不会是由抒情带来的变化。我甚至认为，毕加索蓝色时期的特质正是抒情。换言之，我越来越觉得，比起造型上的坚牢，画家的情感以及他们飘忽不定的心情更让我着迷。

我画画的时候，总是格外关注女孩的发型和服装，细致地描绘蕾丝花边以及牛仔裤的缝线。此时，我总会忽然意识到，我对这些细节的执着，与少年时期深受中原淳一的影响有着千丝万缕的联系。紧接着，我的脑海中便会充溢着粉色蝴蝶结、用雏菊点缀的胸花、格纹面料等中原淳一心爱的小物。

4.
莫迪利亚尼，即阿梅代奥·莫迪利亚尼
（Amedeo Modigliani, 1884—1920），
意大利画家。

始于巴克斯特[1]

从初中升入高中的时候，我选择了可以画画的学校——名古屋市立工艺高中的图案科。因为每个班只有大约十二名学生，所以普通课程是木工科、金工科、图案科的大约四十名学生聚在一起上的。

上专业课时，我们有独立的教室，里面有几本陈旧的参考书籍，列昂·巴克斯特的画集也是其中之一。收录在画集中的作品，是他为佳吉列夫[2]率领的俄罗斯芭蕾舞团设计的服装，也就是说，尼金斯基[3]所穿的牧神和玫瑰花精的衣服也在其中。当然，这是我后来才具备的知识，那时我仅凭感觉就喜欢上了这些画。每每翻开画集，我都有想把其中几页偷偷带回家的冲动。我有过只因觉得好玩就从书店偷书的经历，但不知为何，对那本书，我竟有些犹豫。

20世纪70年代初的某一天，一位舞蹈家抱着一大束鲜花来到我的房间。他就是井上博文[4]。井上先生当时是蒙特卡洛俄罗斯芭蕾舞团[5]的一员，原俄罗斯芭蕾舞团成员安东·多林[6]也在那里，因此，他对

1.
巴克斯特，即列昂·巴克斯特（Leon Bakst, 1866—1924），俄罗斯画家、舞台及服装设计师。

2.
佳吉列夫，即谢尔盖·佳吉列夫（Sergei Diaghilev, 1872—1929），俄罗斯艺术活动家，以创立俄罗斯芭蕾舞团（Ballets russes）而闻名。

3.
尼金斯基，即瓦斯拉夫·尼金斯基（Vaslav Nijinsky, 1889—1950），出生于乌克兰基辅的天才芭蕾舞蹈家，现代芭蕾舞的开创者，1909年加入佳吉列夫创办的俄罗斯芭蕾舞团，编导、演出了《牧神的午后》《春之祭》等不朽的芭蕾舞名作。

4.
井上博文（1935—1988），日本芭蕾舞蹈家、芭蕾舞制作人，1958年成立井上芭蕾舞团。

佳吉列夫的事迹有所耳闻，而我也间接地打听到了关于俄罗斯芭蕾舞团的故事。

他委托给我的是《火鸟》的装置、服装设计以及海报的绘制工作。井上先生对舞者的美学风格要求极为严格，即使舞技再高超，不够美就不算过关。用现在的话来说，即一切以视觉为重。曾经有一次为《灰姑娘》还是《吉赛尔》挑选王子的扮演者，他的最终选择并非舞者而是男模特，由此可见他对"美"有多执着。如果井上先生还在世，我们一定能看到更加有趣的舞台。

五年前，也是非常突然地，我接到了一通约访电话，来自齐藤千雪女士。她就是70年代在我为《火鸟》设计的装置上跳舞的那个人。齐藤千雪女士和妹妹梢女士一起创办了一个名为"DANCE ELEMENT"的舞蹈团体，每年都会举办一场热情似火的公演。

从那以后，我在四年左右的时间里，为舞台作品提供了美术方面的支持。近两年，我不仅负责美术部分，还写剧本，对舞台艺术的爱已经到了病入膏肓的地步。我是因为喜欢才这么做的，所以不觉得有什么，但对于接到我的委托的朋友们而言，这应该是不小的困扰吧。去年，小渕桃[7]女士接下了为舞台服装手绘图案的工作。在一周左右的时间里，她每日往返于位于横滨矶子的家和我在麻布十番的工作室

5.
蒙特卡洛俄罗斯芭蕾舞团（Ballets russes de Monte-Carlo），前身为1913年成立的俄罗斯芭蕾舞团，佳吉列夫去世后，俄罗斯芭蕾舞团走向消亡，直到1985年才在其原驻地摩纳哥改名重建。

6.
安东·多林（Anton Dolin，1904—1983），英国芭蕾舞蹈家、编舞家，原名悉尼·弗朗西斯·帕特里克·奇彭多尔·希利-凯（Sydney Francis Patrick Chippendall Healy-Kay），安东·多林是他进入俄罗斯芭蕾舞团时佳吉列夫为他起的俄语名。

7.
小渕桃（小渕もも，1944— ），日本插画师、设计师，毕业于桑泽设计研究所。

之间,到末班车的时间为止,一直在纯棉平布和佳积布等面料上直接绘制图案。她的设计乍一看是连续图案,但实际上在某处带有四维空间的相位,给人的感觉更接近于抽象画。这种大胆的温柔,表现出了舞台服装对当代风格的适应能力。在结束高强度工作的第二天,我总觉得她会和往常一样再次出现。毫无疑问,我们已经是"共同体"了。

"ON THEATRE 自由剧场"[8]制作电影版《上海浮生记》[9]的时候,为了协助他们,我好几次通宵达旦地工作。但不知为何,做戏剧类工作的时候,奇妙的兴奋感和疲劳感总是同时出现。这种感觉,就像在不知不觉间将自己丝毫不想染指的致幻剂一饮而尽了。这或许是因为,戏剧并不像绘画或插画那般自成一体,而是由将人体包裹在内的服装和通过灯光效果带来变化的装置构成,可谓一种不定型且未完成的存在。每个要素都像是在以做加法或做乘法的方式展开,而且,正因为深知一旦有所懈怠,整体的可能性就会减少,整件事才变得非常棘手。

不管怎么说,佳吉列夫都是个令人敬畏的怪物。把毕加索、马蒂斯、乔治·布拉克、马克斯·恩斯特、玛丽·洛朗森、尼杰[10]、巴克斯特、基里科、德朗、科克托、里蒂[11]、斯特拉文斯基、奥里克、拉威尔等艺术家统统卷入这场创作,实在是一件很了不得的事。毕加索为芭蕾舞剧《游行》设计的服装堪称雕塑作品,基于"芭蕾舞等于舞

8.
ON THEATRE 自由剧场(1975—1996),日本剧团,前身是1966年以佐藤信为中心结成的"自由剧场"。

9.
《上海浮生记》(上海バンスキング),1984年上映的歌舞片,根据日本剧作家斋藤怜(1940—2011)创作的同名戏剧原作改编。戏剧版由 ON THEATRE 自由剧场于1979年首次公演。

10.
疑指尼金斯基。

11.
疑指莉迪亚·乐甫歌娃(Lydia Lopokova,1892—1981),俄罗斯著名芭蕾舞蹈家。

蹈"的传统观念来看，它们是令人难以置信的存在。不过，既然剧本是科克托写的，音乐又出自萨蒂之手，那还有什么是不可能的呢？于我们而言，这件1917年的作品既是"不能跳舞的服装"的极端例证，也是莫大的激励。毕竟，早在八十年前，就已经有人在做这么先锋的事了。

在1999年公演的《恶之华》中，"DANCE ELEMENT"的齐藤千雪女士接受了我的提议，让一只巨大的蜗牛在中场休息时横穿舞台。据说，当看到一只颇具科幻色彩的蜗牛驮着高达两米、仿若古董的银塔时，观众们以为它的移动全靠遥控操作。实际上，里面有一个人。操纵这一切的，正是著名的换装人偶演员——松本弘子女士。

有关克里姆特的
二十六章

我对名为古斯塔夫·克里姆特的画家并不了解,但不知为何,他的作品总给我一种似曾相识的错觉。这篇文章,便是关于其作品和人物的速写。

※

不幸的是,我从未见过古斯塔夫·克里姆特的原画,对他的认识全来自我所珍藏的克里姆特画集(GALERIE WELZ SALZBURG 出版)。

因此,请将这篇文章,视作我敬献给那些高高在上的女神,抑或因洁白无瑕而出现在混沌且充满幻想的银幕上的女演员们的一首颂歌。

我天生不爱学习,只看图片,几乎不读文字。这种行为导致的结果,打个比方,就是我永远只知道美少女的半边脸长什么样。

在我不了解的另一边脸上,或许隐藏着可怕的伤痕。这种神秘的可能性,甚至加深了我就图片展开幻想这件事的魅力。

克里姆特是一个不使用黏土和窑的陶艺家。他在高级陶土上，以浮雕的形式雕刻出了带有深邃阴影的人物面容、似乎随时都可能动起来的爬行动物般的手指等。金、银所象征的平面感以及其他色彩的明亮透明感，都因被施以名为"世纪末的维也纳之忧郁和堕落"的釉而散发出光芒。

克里姆特笔下的东方，以高更、凡·高的作品以及当时席卷欧洲的东方幻想为背景，这几乎是不争的事实。

但是，这些东西一旦进入克里姆特体内，待到从他的指尖喷涌而出时，就充满了克里姆特自身的光辉。这是因为，克里姆特从大脑到指尖的神经是由玻璃构成的"丝绸之路"。

克里姆特是桥梁施工员。

克里姆特架起了从东方以及拉斐尔前派通往自己的奈何桥。此后，新艺术派和装饰派艺术家们也架起了从克里姆特通往自己的桥。

克里姆特是身材高大的壮汉。

与奥斯卡·王尔德所写的《道林·格雷的画像》中的情形相反，笔下的美丽女性越多，克里姆特的身体就越肥满，也愈发让人觉得他像一头"心思细腻的熊"。

克里姆特为众多女性作画，却从未留下恋爱记录，坊间仅流传着他与弗洛格姐妹中名为埃米莉的女性之间的绯闻。我们必须更深入地了解这头心思细腻的熊的爱情底蕴。由此，我们或许可以发现他是如何决定绘画主题的，甚至可以快速地发现"糯米纸森林"的根茎所在。

克里姆特是雕塑家。

他的大部分工作是为货币雕刻薄浮雕。他以自己的实力，准确地刻下了与货币等价的高贵灵魂。

这正是与"刻"字相称的精妙、细腻的技术的结果，是经由自然分娩诞下的灵魂。

从"用画笔抒情"这层意义上来说，竹久梦二与他是相似的。二人都竭尽全力地表达了他们所生活的时代，且都在作品中体现出了历史的普遍性。

而且，他们都未将自己视作名为抒情的马，而是把抒情当作客体，自己则是自由自在将其驾驭的骑手。从这一点来看，他们也是同类。

当抒情性和时尚元素结合时，稍有不慎便会落入俗套。当这种结合碰巧具有完美的倾斜性时，有时会像流星一样绽放出伟大的光芒，而一旦失败，就会被悲惨地留在历史的后方。

我们用两只眼睛辨别远近，克里姆特却将两只眼睛分别转向了不同的事物——生与死，年轻与衰老，白天与黑夜，男人与女人，情欲的极限与觉醒，立体与平面，群众与个人，人物的皮肤与服装，维也纳与东方，曲线与直线，透明与不透明，欢喜与苦恼，处女与妖妇，等等。

克里姆特是不写台词的剧作家，但他也没有用哑剧的方式演绎内容，人物们只是以特定的形态各自存在着，不知道对方的台词，更不会像歌舞伎演员那样收到摘录出来的自己的台词。克里姆特将人物们如国际象棋的棋子一般安置妥当，在此之上构筑宏大的故事情节。他就是这样的剧作家。

我们常常试图造访克里姆特笔下的爱欲之城，可是，那城市的光太过寒冷，黑暗太过阴沉，女人们的身体时而如猫一般丰满，时而又骨感万分，透过皮肤，似能看到骨架的存在。而且，不可思议的是，当我想用手触摸它时，它却始终与我保持恒定的距离，无法靠近。

例如，克里姆特笔下的爱欲并非花中的恋人们或以曲线为背景的恋人们，而是通过只描绘女性、将女性的恍惚画到极致来呈现。对此类美学的追求，无论蒙上多么优美的面纱，都是为男人们而存在的。更确切地说，这是克里姆特为了填满自己深不见底的欲望沟壑而踏上的旅途。

然而，若要说克里姆特的目标是满足，我又觉得并非如此。

(158)

克里姆特笔下的爱欲，佯装出一种被水晶封存的官能氛围，而在水晶立方体的尽头，却是实实在在的绝望。这种虚无感因此被残酷的哀愁笼罩。

这间密室的墙壁，有三面分别装饰着中国风、阿拉伯风、日本风的花纹，另外三面则分别铺满了纯金的色彩、花朵纹样以及无尽的黑暗。

克里姆特的裸体画建立在名为骨骼的机制之上，肉轻盈地附着在上面。肉香中弥漫着尸臭的味道，爱欲之花因此而绽放。即便画中的肉体很丰满，内在的骨骼也已然腐烂。从这层意义上来说，克里姆特或许是个尸臭爱好者。

克里姆特是克拉纳赫[1]的后裔。在克拉纳赫之后的几百年间都未曾有人再次挑战孕妇的爱欲，而他做到了。即使体内有异物，孕妇也没有感到痛苦，反而因拥有即将诞生的分身而感到骄傲。

但是，在刻画女性的伟大时，克里姆特也描绘了肉体施虐的快感。

克里姆特是一位为寻找能够登上舞台的女演员而竭尽全力的制片人。他实在太过热忱，甚至装扮成各种各样的职业的人来满足这个愿望。

---

1. 克拉纳赫，即老卢卡斯·克拉纳赫（Lucas Cranach der Ältere, 1472—1553），文艺复兴时期的德国画家，善画肖像和女性裸体。

他时而是镇上的肖像画家,时而是酒馆的酒鬼、吉卜赛神婆,时而又是收税人、幼儿园老师、马戏团团长、银行行长、墓场守卫……数不胜数。

克里姆特既是医生,也是验尸官。

他总是神色凝重地看着尸体,事实却是,他会在回家后一边回味那令人怀念的尸臭,一边品尝干邑白兰地。与其说克里姆特喜欢犯罪,毋宁说他的命运决定了他必须时刻注视着死亡。

克里姆特是调酒高手,他调制的鸡尾酒醇香四溢。那芬芳的酒香带有几分死亡的味道,闪耀着令人神思恍惚的光芒。那美丽的色彩蜿蜒曲折,能奏出乐章还闪闪发光,影子却是灰蒙蒙的,让人感受到压抑和崩坏。

喝克里姆特调制的鸡尾酒时,我们吞下的是甜美的野性和维也纳的鼎盛时期。然而,若问我们是否能体会到味觉上的快感,我们必须坦言,诱我们奔向死亡的毒,已让我们感到麻木。

※

到目前为止,我主要写的是克里姆特的人物画,接下来也该说说他的风景画了。不过,我觉得那些风景画中的人物,也很像记录时间飞速流逝的风景。

青年是嫩绿色的幼树，妇人是在曲线优美的枝条上结满华丽果实的树木，老人则是枯朽的老树。

于克里姆特而言，风景就是文本。那里有克里姆特所具备的所有技巧的源泉。例如花的色彩与叶的平面、草原的平面与树木的曲线、枝条那自带韵律的线条，以及用微妙的色彩变化点彩[2]而成的织物般繁密的叶子，还有昭示着崩坏终会来临的天空、不安地颤抖着的小树枝。这些风景与克里姆特笔下的人物没有本质上的区别。

克里姆特的风景画中有他自己的影子。当他的影子被投影在建筑物的墙壁上时，那里就会充满宁静祥和的气息，但当影子延伸到树木上时，点彩的笔触便会开始焦躁不安。湖水平稳地倒映着哀愁，粼粼的波光传达着他深深的悲伤。

克里姆特的风景画当然属于印象派的范畴，但与法国的印象派不同，他的画总是带有深邃的阴霾，不知何故，整体给人以阴郁的印象。

换句话说，这是幻方在风景中胎动的迹象。

在克里姆特的风景画中，必然会有绽放的花朵。不过，仔细一看便知，与其说它们是盛开的花朵，毋宁说是严格按照克里姆特的审美原则排列的假花。

2.
点彩，绘画技法之一，用点或接近点的短笔触作画。

那经常出现的罂粟花的朱红色,似乎是克里姆特曾存在于这个世间的血的证据。

克里姆特的风景是日本画。

他有一幅描绘湖水的画,题为《阿特湖中的岛屿》[3]。整幅画几乎都被平静的涟漪占据,只有右上方有一座小岛。日本有句话叫"樱花树下埋藏着尸体"。在什么也没有的湖面下,或许沉着一具已经形成尸蜡的女人的身体,而克里姆特的真面目,也被这幅画掩盖了。

※

我虽写了这么多关于克里姆特的文字,但从未想要接近他的本质。不过,若能借此感受到他的部分轮廓以及一丝丝的体味,那便是至高无上的幸福了。

---

[3] 《阿特湖中的岛屿》(*Insel im Attersee*),创作年份约为 1901 年,是克里姆特在奥地利阿特湖度假期间创作的风景画。

横尾忠则的
《彷徨的夜太》[1]

本来应该捶胸顿足、愤愤不平的时刻，我却因为敌人太过出色而忍不住鼓起掌来。

横尾忠则为《彷徨的夜太》绘制的插画就是如此卓越的作品。

《彷徨的夜太》自1973年1月起在《花花公子》上连载了一年。我也是一名插画师，却没能抵住诱惑，从连载伊始便鬼使神差般地将它们剪下来收藏。

在故事的开端，主人公彷徨的夜太以占满一整面对开页的形式登场。他穿着黑底、带橙色花朵图案的小纹[2]，衣领则在红白格纹和黄色中变换，其中黄色部分的左侧绣着菩萨，右侧绣着基督，就和服来说相当时髦。这种"歌舞伎风格"与当时刚在伦敦摇滚圈崭露头角的大卫·鲍伊、马克·波兰等人的华丽摇滚风格有共通之处，对我造成了不小的冲击。

小说中提到，夜太的和服是破旧的唐栈[3]，刀是双刃的，类似于西

1.
《彷徨的夜太》（うろつき），日本作家柴田炼三郎（1917—1978）创作的时代小说，配图、设计工作由横尾忠则（1936—）负责，最初连载于日版《花花公子》（週刊プレイボーイ），1975年结集成书。据说，连载时，二人曾在高轮的王子酒店闭关一年。

2.
小纹，日本和服的一种类型，特征是面料上的纹样以不规则的方式排列。

3.
唐栈，日本的一种棉织物，细小的竖纹是其特征之一。

(163)

洋剑，而且是直刃的胁差[4]，横尾忠则却对此毫不在意，甚至可以说是完全无视。然而，他无疑将柴田炼三郎笔下那种知性无赖的形象准确地刻画了出来。顺便一提，在小说中，基督和菩萨是夜太脚底的文身。

此页，夜太站在富士山前，但翻到下一页，夜太便失去了踪迹，只能看到富士山和海岸。当然，这是经过精心设计的横尾忠则式合成制版，这种呈现方式即便只是对编辑技巧的灵活运用，也实在高明得令人心生妒意。

到了第二期，出现在画面中的是有蝙蝠在飞的夜晚的海，下一个场景是口含胁差、双手持刀站立的夜太。这里的服装已经不一样了，和服里面还穿了一件镶金的T恤，好像在说，诸位，用现实主义的眼光看这幅画本就不对。

事实上，柴田炼三郎也参与了这场模特拍摄，默许了这种处理——关于这一页，我们只能这么理解。

虽然这幅插画是四色胶印的，但整部作品中既有单色的插画，也有一小部分彩色的文字。无论是插画还是设计，都是堪称顶级的娱乐之作。

4.
胁差，日本刀的一种，刀刃长度在30厘米至60厘米之间。

花窗玻璃，
我的乡愁

横滨开港纪念馆

在几乎能与横滨的山下公园和中华街连成三角形的中区本町，有一栋两层楼的洋房。

安政年间[1]，山下町已是外国人居留地[2]，殖民地风格的木结构洋房鳞次栉比。到了明治十年（1877年）左右，海岸大道上建起了银行、领事馆、海关、政府机构、教会、商品仓库等建筑设施，商馆[3]从1番馆一直排到272番馆。夜幕降临时，在雾笛声和煤气灯的映衬下，这里的风景就如日本内部的异国一般富有情调。

明治四十二年（1909年），为纪念横滨开港五十周年，当地举办了纪念馆设计竞赛。最终，来自东京的福田重义获得了胜利，由横滨的工程师山田七五郎和佐藤四郎负责深化他的设计方案、绘制施工图。这座纪念馆于大正三年（1914年）动工，同年开馆，是用红砖和花岗

1.
即1855年至1860年。

2.
外国人居留地，《日美修好通商条约》生效期间（1858—1899），日本政府为外国人开辟的居住、商业活动区域。

3.
商馆，开设在外国人居留地的兼具住宿和仓库功能的商业设施。特定国家的商人必须共同居住在一家商馆内，不能自由外出和交易，只有得到当地政府特许的当地商人才能访问商馆进行交易活动。

岩混合砌筑的新文艺复兴建筑。在这座建筑内，有几面花窗玻璃。

不愧是以"开港纪念"为主题的建筑物，花窗玻璃的图案也都具有纪念意义。佩里[4]乘坐的波瓦坦号[5]、在两只凤凰守护下的横滨市标、以富士山为背景在路上来回奔波的人力轿子、乘渡舟渡河的旅人等日本风物是这些花窗玻璃的灵感来源。

我对古典风格的偏爱较为明显。拿夏天穿的浴衣举个例子，我完全无法接受战后开始出现的纹样风格十分现代的浴衣以及红色、绿色、艳粉色等彩色浴衣，颜色还是通体蓝色好，纹样我也更喜欢江户时代的。

我对花窗玻璃的喜好也是如此。虽说从哥特式时期到巴洛克时期的大部分事物我都喜欢，但对于新艺术风格和装饰艺术风格的事物，我总是十分挑剔，更别提夏加尔[6]的花窗玻璃了。

不过，非得给纪念馆的花窗玻璃定性的话，它们应该属于新艺术风格吧。它们虽然自带一种独特的趣味，但就作品本身而言，绝对称不上高质量的好作品。

例如，轿夫和旅人的脸上多是相似的表情；在有黑船的画面里，三只海鸥中有两只是相同的形状；天空的色彩和设计缺乏变化……诸如此类不尽如人意的地方还有几处。

当然，这里的花窗玻璃既没有欧洲中世纪教堂的花窗玻璃那样的写实主义，也缺乏新艺术运动那般精炼的形式主义，甚至可以说是"将

4.
佩里，即马修·卡尔布雷思·佩里（Matthew Calbraith Perry，1794—1858），美国海军将领，因1853年率领黑船打开锁国时期的日本国门而闻名于世。黑船是日本近世初期对南蛮船或洋式外国船的称谓，因船体涂以黑色而得名，有时也特指1853年佩里所率舰队。

5.
波瓦坦号（Powhatan），佩里第二次赴日时率领的七艘战舰之一。

6.
夏加尔，即马克·夏加尔（Marc Chagall，1887—1985），现代绘画史上的伟人，生于俄罗斯，后入籍法国，历经立体派、超现实主义等现代艺术实验与洗礼，发展出独特的个人风格。

日本画和西洋画杂糅在一起后，营造出来的新趣味"。或许，我们可以将它们视为一种象征，代表着横滨这座城市曾经拥有的两副面孔。

站在画出这些构图的画家的角度来思考一番，我认为他应该对"开港纪念"这一主题没有太大的兴趣。也可能是施工方有具体指示，要求画出这样的图案。

问题在于，受委托的画家是否有能力基于指定的主题展开自己的想象。若是富有想象力的人，必然能在这些花窗玻璃上呈现出更多令人兴奋的喜悦吧。

不管怎么说，在这座昏暗的建筑物里仰望花窗玻璃，万千感慨总会慢慢涌上心头。随着目光由远及近，感慨之情也会愈发膨胀。

这是因为，此时，视线已从绘画转移到了工艺。

欣赏整体的时候，总觉得它们作为一幅幅的画作尚有欠缺之处。而一旦靠近，就能在被灰暗铅条限定的区域中[7]，看到彩色玻璃那宛若海浪的肌理和耀眼的光芒，一如一片片垂直升起的玻璃之海。

把小时候玩的弹珠对着太阳一照，就能看到里面有很多气泡。在我的记忆中，它看上去就像一个小小的天体。用自己的弹珠瞄准对方的弹珠，若能击中，在弹珠离手的瞬间一定会有准确的预感。与预感一同到来的，还有对弹珠相撞后破碎的恐惧。把有裂痕的弹珠放在阳光下照一照，有时会有一股宇宙崩塌般的悲伤涌上我的心头。

---

7. 在制作花窗玻璃的过程中，细窄的铅条起到连接玻璃块的作用。中世纪的花窗玻璃大致按这样的方式制作：先用沙子（二氧化硅）、石灰石（碳酸钙）和碳酸钠制成被称为"钠钙硅石"的混合物，再在混合物中加入金属氧化物，以产生不同的颜色。接着，工匠使用"圆筒法"处理熔融液体，将之吹制并压扁成彩色薄板，再把薄板切成小块，用铅条连接，组装成设计师想要的图案。

那些拥有钴蓝色、淡粉色、绿色口沿的冰的容器，如晨雾般烟雾缭绕的乳白色的东西又或色如沼泽水的东西……看着花窗玻璃，那种对玻璃的乡愁就会向我袭来。

如今，横滨的异国情调已不似过去，反倒与现代美国十分相像，洋品店、咖啡店、汉堡店、法式甜品店、大型停车场、常见于威基基或拉斯维加斯的豪华度假酒店等设施随处可见。回过神来，我正站在几栋旧洋房的其中一面花窗玻璃前，直面自己陈旧的过去。

光与色彩的歌声
——日本工业俱乐部

丸之内被称为办公街区。当然，在大家的印象中，那里本就是高楼林立的繁华街道。但是，每当周日旅行归来、从东京站丸之内出口出站的那一瞬间，让人质疑"这才是东京本来面貌"的寂静街道就会出现。此时的感觉，就像突然遭遇一群巨大的无机物；像在暮色之下，隔着被香烟熏得发黄的眼镜，欣赏基里科形而上的风景画。然而，实际上，我们连滚铁环的少女、玩捉迷藏的少年们的影子都看不见。

到了深夜，这里便呈现出了无人的景象。出租车飞速掠过，仿佛想要尽快逃离这片令人毛骨悚然的废墟。

在 1914 年前后、东京站刚竣工的时候，这里应该是一片繁华且充满活力的街区吧。1920年,日本工业俱乐部出现在仍在建设过程中的丸之内。这栋建筑以当时风靡欧洲的装饰艺术风格为主调,但若增添一些我个人的想象,它其实更接近于美式风格,而非欧式。比如,将这栋五层的建筑物向上拉伸成高楼大厦,它就很像纽约一带的建筑物了。

建筑物正面最高的地方有男性和女性的立像。男性拿着十字镐,女性拿着缠线板。煤矿和纺织是当时最具代表性的产业。这两座立像与建筑外墙色系相同,都是奶油色。这种立体化的设计也没有偏离装饰艺术的风格特征。

在保证建筑整体美感的前提下,日本工业俱乐部的花窗玻璃依然拥有美丽的色彩,直线和曲线维持着恰到好处的平衡,充满艺术装饰格调的设计感呈现出一种精致的美感。这些炫目的半透光画面分布在一楼和二楼的楼梯平台以及楼层之间(比如二楼和三楼之间,到五楼为止共有四个巨大的画面),在被称为大会堂的会场入口上方,也有一些气质高雅的小作品。

一听到"装饰艺术"这个词,我的脑海中立刻浮现出"图案"这两个字。

平面设计这一领域在过去被称为"图案"。我在名古屋的工艺高中学的也是图案专业。当时,新出版的设计入门书很少,在旧书店找到的书籍又几乎是一样的内容——一点一点地简化玫瑰花的写实画,最后将它变成呈螺旋状的不同大小的三角形,或是直线在一个圆内不断往内侧收缩的图形。书中说,这个过程被称为"便化"或"单化"。而

"便化"之后得到的玫瑰花,毫无疑问就是装饰艺术本身。

当时,图案科公用的资料中,有很多与装饰艺术时期有关的内容,比如和田三造[8]、为"光"牌香烟设计包装的杉浦非水[9]等人的设计作品集,还有列昂·巴克斯特为俄罗斯芭蕾舞团设计的服装作品等。其中,我尤为喜欢巴克斯特画集中关于《牧神的午后》(如今回想起来,那应该是为尼金斯基创作的作品)的一幅画。画中,金色的角藏匿于牧神的一头金发之中,宛若食草动物的生殖器官,就连身上的黑色斑点都多了一些奇妙的性感。在牧神的背后,带有装饰艺术纹样的面料在风中飘扬,散发出令人着迷的魅力。每每看到这幅画,我都想偷偷地把它带回家去。这份感情太过强烈,以至于过了三十多年,我仍然记忆犹新。

不知是受关东大地震冲击,还是被空袭的风压影响,日本工业俱乐部的其中几面花窗玻璃,出现了铅条膨胀、画面弯曲的情况。

以我的喜好来说,欣赏花窗玻璃时,应该按照从上到下的顺序。不过,设计师的想法恐怕与我相反吧。因为它是建筑物的一部分,画面当然会从一楼开始进入人们的视野。

一楼的花窗玻璃曲线较多且图案较为戏剧化,往高楼层去,会逐渐过渡到一种理性的静态风格,颜色也会与白色墙面、木材上的黑

---

8. 和田三造(1883—1967),日本油画家、版画家、色彩设计师、服装设计师,1954年获第26届奥斯卡金像奖最佳服装设计奖。

9. 杉浦非水(1876—1965),日本平面设计师,日本商业美术的先驱,现代日本平面设计的奠基人之一。

色涂料、阶梯的白色大理石和谐地融合在一起。这类似于教堂音乐里的童声合唱，在庄重的风琴声中，少年们总能发出比往常华丽的声音。换句话说，只在花窗玻璃的乐章，光和色彩会放声歌唱。

罗马式教堂
——下山手天主教堂[10]

神户是一座建在坡道上的城市。再度山、摩耶山等六甲连山的地表朝向南方平缓地伸入大阪湾，就在这片土地上，神户沿东西方向横向伸展着。

那里有港口，有中华街，有元町[11]。或许是因为都有很多外国人居住，神户和横滨拥有相似的异国风情。

时髦的女性也很喜欢这里。靠近山脉的外国人住宅区附近有很多时装店和咖啡馆。

穿红鞋的女孩被外国人带走了——这首童谣[12]的歌词中出现了"横滨的码头"，如今，横滨甚至有穿红鞋的女孩的铜像。打开窗户就能看到港口[13]——淡谷则子[14]歌声里的港口又在哪里呢？事实上，它究竟位于横滨还是神户，至今仍没有定论。

---

10. 下山手天主教堂，建成于1910年，神户最古老的教会建筑，1995年在阪神大地震中被摧毁。

11. 元町，与东京银座、大阪心斋桥一样，是日本著名的高级商店街，位于神户市中央区。

12. 即野口雨情作词、本居长世作曲的日本童谣《红鞋》(赤い靴)。

13. 出自藤浦洸作词、服部良一作曲的歌曲《离别的蓝调》(別れのブルース)。

14. 淡谷则子（淡谷のり子，1907—1999），日本歌手，日本香颂界的先驱，被誉为"蓝调女王"。

话说回来，这些歌词都体现了日本人心中港町风景共通的异国情调。或许，唯有沉醉于歌声的心情，才能孕育出与土地形象紧密相连的真实感。

下山手天主教堂位于山手路靠近山的那一侧。不知是用泥沙填平了坡道，还是耸起的部分被推平了，总之，它建在石墙上方的平地上。

据教会出版的小册子所述，这座教堂原本是为保护小箱子——"约柜"[15]而建的建筑物。这个小箱子里装着无限的众神，周围聚集着每一个时代的普通人、圣人和天使。因此，教会礼仪不仅是聚集在这里的现实之人的圣事，也是天国的圣事，即同时具备垂直、水平关系的圣事。而将其以视觉形式表现出来的，便是教堂中的雕像和画作。

下山手天主教堂是罗马式建筑。在它的正面有一座漂亮的木制祭坛，供奉着身着蓝衣的耶稣雕像。这座雕像和后方的"耶稣受洗"都很逼真，皮肤的质感和红润的脸颊栩栩如生，让人觉得很真实。拿日本的佛像来举个例子，镰仓时期的佛像是公认的写实主义雕像，即便如此，它们身上依然有将思考具象化的影子，也鲜少使用与真人相似的肉色。西方的写实主义，或许与相信神灵存在的这份信念有直接的联系。在其后方靠近天花板的位置，有五块花窗玻璃。它们接收着外部的光线，将平静的色彩投射到建筑物的内部。

---

15. 约柜（Ark of the Covenant），里外用金包裹的皂荚木制柜子，古代以色列民族的圣物，出自《圣经·旧约》。"约"是指上帝和以色列人订立的契约，而约柜就是放置上帝与以色列人所立契约（刻着十诫的两块石板）的柜子。

正中间是关于"圣家族"的花窗玻璃，穿着衣服的小耶稣位于正中间，左边是若瑟，手持象征贞洁的百合，右边则是拿着《圣经》的玛利亚。在它的左右两边分别是"圣伯多禄"和"圣方济各·沙勿略"，再往外就是两块关于"圣亨利二世皇帝"的花窗玻璃。

这五块叙尔皮斯风格的花窗玻璃制作于18至19世纪，据说是从法国运过来的，其他的木雕祭坛、雕像、画作也都来自法国。遗憾的是，除了这五块之外，其他的花窗玻璃都没能被成功制作出来，为此精心绘制的二十四幅画稿被装裱起来，原封不动地安放在窗户的位置上。这些画稿都是叙尔皮斯风格的，水平相当高，但它们只是草图，本应被制成花窗玻璃，在吸收自然光后散发出美丽的光芒，最终却只能用完全遮挡了光线的形式来展示，实在太不自然了。因此，即使在异次元空间（垂直和水平交错的教堂）内，十二名使徒和十二名福音传道者、天使、圣人、殉教者的生命也没有被表现出来。光的照射，或许是生命诞生的隐喻。

说到"教会"这个词，我想起北原白秋[16]的诗集《邪宗门》中出现的波罗苇僧、伴天连、圣礤[17]等字眼。在这些汉字的上方，有用片假名标注的外来语读音。外来语和汉字的邂逅是奇妙的。这就像汉字将不同的世界巧妙地融合在一起，拥有拼贴画一般的效果。它能令人相信，在目眩神摇的他方，这一异国的宗教是真实存在的。电影方面，

---

16. 北原白秋（1885—1942），日本诗人。

17. 即天国、神父、圣十字架。

我能快速回忆起《巴黎圣母院》中的巴黎圣母院、《痛苦与狂喜》中的西斯廷教堂、《稚情》和"唐·卡米洛"系列中质朴的教堂，但给我以凄怆印象的，当属《罗马风情画》中的教堂。在教堂里举办的充满无尽爱意和恶意的时装秀，是文明成熟和崩塌的预兆，美得让人不寒而栗……记忆的匣子一旦打开，就很难关上了。

彩色玻璃上的花鸟画
——伊势丹百货

二十多年前，我曾住在西武新宿线的鹭之宫站附近，每次去市中心都得在新宿换乘。

我从小就喜欢百货商店，长大之后也常常去伊势丹。

我很喜欢入口装饰艺术风格的布置，那里有我当时喜欢的佛罗伦萨设计师埃米利奥·普奇[18]的专柜，还有面向青少年的时装专柜。

那时我还很瘦，仍穿得下青少年的冲锋衣。成人服饰中少见的休闲装，我也会在这里购买。

我还记得那里有一间面向屋顶花园的茶室，里面有一座海豚和丘比特造型的小喷泉。

---

18. 埃米利奥·普奇（Emilio Pucci, 1914—1992），意大利贵族、时装设计师、政治家。

我久违地去了一趟伊势丹。我虽对这栋建筑物感到怀念，但依然摸不透花窗玻璃的具体位置。

我只好去接待中心询问。然而，我心中的不安还是应验了。两位工作人员也不清楚它们的位置，只能打电话给内部人士询问。

百货商店是最大的多功能综合型场所，各式各样的商品群、丰富多彩的活动令人应接不暇。在这些不停变换且值得记忆的内容中，古老的花窗玻璃自然不配有一席之地。最终，他们建议我去本馆正面右侧深处的楼梯看看，说它应该在七楼与屋顶之间的楼梯平台的墙上。

一到那里，百货商店内噪音交错的喧嚣感一瞬间就变淡了。我仿佛位移到了拓扑空间，终于从人类与巨大商品合成之后散发出来的气味以及人工照明中解放了出来。正是透过花窗玻璃照射进来的光线，以及从屋顶入口照射进来的大量自然光，营造出了这种超脱于百货商店的空间感。

这块花窗玻璃以纵向的长方形为主体，上侧是半圆形的，里面做了花和蜻蜓的设计。几乎相同的画面排成三列，只有色彩的分布是不规则的。

据说，日本花窗玻璃的历史，始于为伊势丹制作花窗玻璃的小川三知。1900 年，小川三知远赴美国，走遍十七家花窗玻璃工厂，掌握所有技术，并将这些技术带回了日本。

当时的美国技法与传统的欧洲技法有很大的不同。欧洲倾向于在玻璃或彩色玻璃上用颜料描绘细节、做阴影效果，加热后用铅条拼接在一起，美国则是直接用铅条将彩色玻璃或宝石玻璃（略带凹凸、表面闪闪发光的玻璃板）组合在一起。可以说，在制作花窗玻璃方面，欧洲重视的是其绘画性、工艺性，美国则是以设计性或现代性为重。而在日本得到普及的，是美国的技法。

只要看看日本画就能明白，在日本，没有通过描绘影子来验证物体存在的概念。相反，日本人喜欢物体本身的形状、色彩所带来的直观的美，以及形式空间所蕴含的精神性。我认为，恰好是在形式简约方面的类同，成了美国技法和日本人偏好的交汇点。

伊势丹的花窗玻璃是外来技术在日本经历独立发展的典型一例，也是其中水准较高的作品。

画面整体接近黑白色，几乎只用几种不同质感的宝石玻璃构成。总的来说，这面花窗玻璃属于装饰艺术风格，极简的黑色铅条轻快地在画面上游走，和在洁白、干净、温暖的和纸上奔跑的水墨画一样简洁。花也好，勾勒蜻蜓的线条也罢，它们都既不似花，也不似蜻蜓，就像试图活用和纸之美的画家的线条一样，并不追求写实主义。

这三幅图案相同的花鸟画以淡淡的、微弱的线条和奶油色作为点缀，这种色彩的运用相当独特，一般来说，以花或蜻蜓为主题时，色彩总是很丰富的。

我这愚昧之人断然无法理解创作者的意图，我唯一能肯定的是，这些无色的花朵一定能在欣赏这面花窗玻璃的人的脑海中绽放出夺目的色彩。这或许是一种经过巧妙设计的"幽玄"吧。

清冷的彩虹玻璃
——东京女子大学

东京女子大学位于中央线的西荻洼站。

那天从早上就开始下雪了。时间已经进入3月，气温也相当高。或许是出于这个原因，那天的雪不似隆冬的粉雪那般从空中轻轻飘落，而是以相当快的速度成团地落下。

还未到和编辑部N先生约定的时间，我只好在车站北口附近建筑的二楼咖啡店里一边喝咖啡一边看着窗外，聊以消磨时间。雪以一种爽快的节奏从天空朝向地面持续下降，如同以特定的斜角不断射出白色子弹的速射炮。

我和N先生一同乘坐出租车来到一所大学，走进正对着公交车道的不算大的大门。一进门就能看到很像运动场的O形草坪花园，它正对着图书馆，左右两边是教学楼。学校大门的右侧则是礼拜堂和礼堂。

在此之前，我从未见过这些建筑。仅仅听到"东女"[19]这响亮的名号，我便擅自想象出充满古典尊严的威严的建筑群。然而，当它们以完全不同的形象出现时，我的感受首先被"意外"占领了。

图书馆几乎没有华丽的装饰，整体气质是简单、轻快、明亮的。

礼拜堂的风格与所谓的教会建筑相去甚远，反而更像我印象中的

19.
东女，东京女子大学的略称。

美国西海岸附近的礼堂，没有传统的影子，散发着自由、解放的气息。

不知为何，这两栋建筑总给人一种最近才建成的印象。比如，礼拜堂的内部使用了清水混凝土，乍一看像二战后的建筑。另外，图书馆正面入口的隶书刻字"东京女子大学·创立于一九一八年"虽然是从右往左写的，但现代得令人感觉违和。至于玻璃很多的二楼阅览室，只要配上几盆亚热带风格的观叶植物，就是最近很流行的光照充足的咖啡馆了。唯有嵌在各种地方的装饰艺术风格的花窗玻璃能体现出它的建造年代。然而，把装饰艺术当作一种元素引入现代的后现代主义中，这种做法依然非常现代。

礼拜堂大体是用不同类型的水泥砖堆砌而成的。这种将装饰效果和结构功能融为一体的做法很符合现代的品味。在这栋建筑与讲堂的连接处有一座塔楼。据说，在昭和十三年（1938年）这栋建筑刚建成时，从新宿一带也能远远地看到它。与在此之前的欧式学校建筑相比，这栋矗立在枝繁叶茂的武藏野杂木林中的明亮的现代建筑，无疑拥有健康的民主气息和象征自由的美感。

狭义上的花窗玻璃，指"一边用铅条将彩色玻璃连接在一起，一边在同一画面上绘制图画或设计图形，由此诞生的物品"。按此定义，此处的彩色玻璃无法被称为花窗玻璃。但是，若从广义上来理解，比如将花窗玻璃理解为"在建筑空间中，让自然光线透过几种不同类型的彩色玻璃，给内部带来美感的物品"，那么这面由彩色玻璃组成的礼拜堂墙面，就是来自花窗玻璃的最有效、最具新意的馈赠。

彩色玻璃以每种颜色一块的形式,被分别嵌入每一块水泥砖内。它们被规整地堆叠在祭坛后上方的墙壁以及两侧墙壁上。这些色彩从黄到绿,从蓝到紫,再到粉红、橙色,每一种颜色都在过渡到另一种颜色的过程中捕捉到了其他颜色的影子,形成一种光谱色,不是强烈的色彩,而是像清晨地平线上方的天空那样,呈现出淡雅、抒情的色调。

即便天上下着雪,在那一瞬间,我也仿佛看到了清冷的彩虹的光辉。

这栋建筑的设计师是出生于捷克斯洛伐克的安东宁·雷蒙德[20]。据说,他是跟随弗兰克·劳埃德·赖特[21]来到日本的,主要负责帝国酒店的设计管理工作。他在充分了解日本人精神构造的基础上,表现出了毫无杂质的温柔的感性,让我感动得浑身颤抖。

如画作一般的教堂花窗玻璃,会让人感觉自己误入了西洋镜中的世界,有些许诡异的感觉,但这也是其魅力所在。而在如这礼拜堂一般透明、抽象的空间内感受初夏的午后,聆听管风琴的声音,也是一种绝妙的体验。

20.
安东宁·雷蒙德(Antonin Raymond,1888—1976),捷克建筑家,主要在美国、日本工作,对日本现代建筑做出了卓越的贡献。

21.
弗兰克·劳埃德·赖特(Frank Lloyd Wright,1867—1959),美国建筑家,工艺美术运动美国派的主要代表人物,美国艺术文学院成员,与瓦尔特·格罗皮乌斯、勒·柯布西耶、密斯·凡·德·罗并称"四大现代建筑大师"。1913年,赖特为设计帝国酒店来到日本,此后也为此数次赴日。最终,帝国酒店于1923年竣工。

悲剧的西洋馆
——神户海洋气象台

新干线新神户站前的樱花早已过了盛开的季节,掉落在人行道上的花瓣,比树上的还要多。

我对今年的樱花特别感兴趣。去年年底,我们一群人莫名玩起了"打赌"的游戏。忘了是谁突然说出"你们认为今年的NHK红白歌会哪组会胜出?"之类的话,渐渐地,它就变成了一场又一场赌局,而且每个月都在持续。4月例会的主题是"东京樱花的开花宣言[22]是在4月10日前还是11日以后"。这些赌局最凄惨的下场也不过是为其他人支付当天的酒钱,与殊死搏斗的惨烈程度相去甚远。尽管如此,屡战屡败的人总是存在的,意气用事也就无法避免。

即便是些日常生活中微不足道的事,一旦成为赌局的主题,就会让人产生浓厚的兴趣。这些赌局虽然可笑,但也为生活增添了一种惊险刺激的味道。坦白地说,这个月,我赌输了。

神户的海洋气象台就建在樱花盛开的山丘上。

玄关前装饰着造型奇特的哥特式石雕,给人的感觉不像气象台,倒像是怪奇博物馆。打听之后我才知道,在遭到第二次世界大战的空

---

22. 开花宣言,气象厅观测员通过观察标准木(sample tree)来判断开花的时期,当标准木开了五六朵花的时候(不同地区的判断标准略有差异),观测员便会宣告"开花"。

袭之前，这座石雕本是屋顶的装饰之一。这栋只有一层楼高、有入口的半地下室建筑物曾经是三层建筑，甚至有三角顶和尖塔，是不折不扣的哥特式建筑。

其后方的建筑物也没有屋顶，墙壁也已倒塌，虽然所见之处还残留着砖砌的柱子和墙壁，但那光景就和欧洲城堡的废墟一样，连飘浮在那里的樱花花瓣都带有异国风情。此时此刻，我突然想听听拉威尔的《悼念公主的帕凡舞曲》。

这座气象台由三栋建筑物构成，花窗玻璃位于有穹顶的天文台内（天文望远镜已被转移至其他地方，不在此处）。

穹顶周围有狮子模样的装饰物，但其中几处已经脱落。狮子头很逼真，但最多也就二三十厘米宽，从下往上眺望时很难认出它是狮子，只有从相邻建筑物的三楼窗户看过去时才能看清。这个大小的脸，比起狮子，看起来更像蝙蝠。这让我联想到德古拉伯爵的城堡。

吸血鬼、狼人一类果然与月相变化和天体运动有着深刻的联系，夜幕降临时，这一带便会响起狼的嗥叫声和石棺盖打开时的嘎吱声——在春日的阳光下，我任凭自己的想象力驰骋。这一天，运送樱花花瓣的风，都有了几分血腥味。

顺便一提，神户的樱花开花宣言以这里的樱树为标准。

花窗玻璃位于这栋建筑内的两处地方——三楼到二楼之间的平台和二楼到一楼之间的平台。

低楼层的花窗玻璃画着在海上行驶的游艇，高楼层的则是在海浪上方飞翔的海鸥群。它们都以精巧的布局，巧妙地利用了相当狭长的空间。这种表现手法舒展、轻盈且流畅。原色之间不相邻，无色波纹玻璃的布局也精妙得令人心生妒意。数量庞大的海鸥虽然朝着同一方向翱翔，但是形态各不相同，体现出了相当卓越的素描造型能力和设计品位。在它们身上，丝毫看不见日本花窗玻璃身上若隐若现的笨拙感，手法精湛得甚至能听到游刃有余的一声口哨。

为我讲解这栋建筑物的是总务部的渡边先生。他给我看了几张战前或战时的照片，它们都已经褪成了枯叶色。不过，正因如此，一股怀旧之情才能涌上我的心头。它们就和幼时记忆中用蓝晒法[23]拍出的照片一样令人怀念。

其中几张照片摄于还未受损时的欧洲哥特式艺术风格的玄关，是把同伴以军人身份送往战场时的纪念照。也许是习惯如此，照片上的人都在笑。然而，我们都知道这段历史是一场悲剧，因此，从他们的表情中，我清楚地看到了悲伤。

这些照片在向我们证明，见证过诸多悲剧的建筑物，本身也是一场悲剧。

---

23. 蓝晒法（Cyanotype），铁盐印相法中应用最广泛的一种显影工艺，发明于19世纪。其基本原理是将含有铁氰酸盐和柠檬酸铁铵的溶液涂在相纸上，经阳光直射显影成蓝色的影像。

立体透视模型中的异国
——日本基督教团大阪教会

日本基督教团大阪教会的建筑[24]是由威廉·梅里尔·沃里斯[25]设计的。

沃里斯既是基督教神职人员，也是建筑家。不过，他最著名的身份，当属曼秀雷敦的日本代理商。

没错，就是那款令人怀念的软膏——一眼就能认出她是外国少女的可爱肖像，在复古铜版画风格的圆形铁罐封口盖上对着我们微笑。每每想起曼秀雷敦，幼时的几段记忆便会如附赠的礼物一般一同浮现。这也说明了它与那个时代和生活的联系究竟有多紧密。看到其生产商"株式会社近江兄弟"这几个字，我的内心就像点亮了一盏明灯，泛起一丝甜蜜的涟漪。

沃里斯先生以继承人的身份入籍华族[26]一柳家，自称一柳米来留。甚至有说法称，他是战后道格拉斯·麦克阿瑟[27]与天皇历史性会晤[28]

24.
这栋建筑于1922年竣工，1945年幸免于大阪大空袭，1995年因阪神大地震而几近毁坏，经修复保存至今，1996年被日本文化厅认定为物质文化遗产。

25.
威廉·梅里尔·沃里斯（William Merrell Vories，1880—1964），建筑家、社会事业家、传教士。出生于美国，1905年赴日，在滋贺县立商业学校担任英语老师，此后长期留在日本，为日本设计了很多西方建筑。1941年入籍日本。

26.
华族，存在于明治维新后至《日本国宪法》颁布前（1869—1947）的日本贵族阶层。

27.
道格拉斯·麦克阿瑟（Douglas MacArthur，1880—1964），美国军事将领。1945年8月15日，日本宣布无条件投降，麦克阿瑟被杜鲁门总统任命为驻日盟军最高司令，负责对日军事占领和日本的重建工作，9月2日作为盟国代表签字受降。

28.
麦克阿瑟与日本天皇在1945年9月至1951年4月间共举行了十一次重要会晤。

(183)

的功臣之一。真是不可思议的人物啊,简直就是怪盗二十面相[29]或多罗尾伴内[30]。

日本基督教团大阪教会位于大阪西区江户堀。

在那个既有花街风格的黑板墙[31],又有批发街风格的公共市场,还有金光教[32]建筑物的地方,它就像用坚固的红黑色砖块砌成的巨大仓库。

之所以将布道场所选在这里,是因为天生就背负着不幸的女人、精明能干的女人抑或忙于生意的男人是理想的目标群体吗?关于这个问题的答案,我不得而知。不过,金光教和基督教结为邻组[33],可以说是很有大阪特色的景象。

大厅右手边有通往礼堂的两扇门和通往二楼的楼梯。说句不恭敬的话,我觉得这个空间有点像以前的电影院大厅。

礼堂正面的祭坛部分有一扇大拱门,比它更小的拱门在左右两侧连成回廊。

这种拱门的曲线也被反复用于上方的窗户和回廊的窗户上,为木制的天花板、房梁的直线以及厚重的墙壁增添了一些柔和的气质。

这里和东京女子大学的教堂一样,都是新教[34]的教堂,既没有

29.
怪盗二十面相,精于易容术、狡兔三窟的怪盗,江户川乱步同名小说中的人物。

30.
多罗尾伴内,私家侦探,比佐芳武创作的同名电影系列中的人物,也被称为"拥有七副面孔的男人"。

31.
黑板墙,在砖墙上贴上黑色的木板后制成的板墙。

32.
金光教,创立于1859年的日本新兴宗教,战前神道十三派之一。

33.
邻组,第二次世界大战期间,日本国民总动员下最底层的一个上意下达兼互相监视的组织。其原型为江户时期的五人组、十人组(约十户人为单位所组成的邻里互助团体)。

(184)

耶稣圣像,也没有其他神像或相关绘画作品,就连十字架也只有一个,作为建筑物的附属品被装饰在钟楼屋顶上。

花窗玻璃位于礼堂的二楼、管风琴和唱诗班席的后方、邻近马路的墙面上。

它也沿用了拱门的半圆形设计,且恰好位于正门的正上方,半圆的圆弧部分向外凸出,起到装饰屋檐的作用。

它的画面设计是这样的——椰子树在近景和远景中排列,几株状似百合的植物开出了花朵。这一景象是否指向《圣经》中的特定地点尚不明确,但考虑到这是一栋否定偶像的新教建筑,我更倾向于认为,它只是一个没有意义、被随意创造出来的外国景观。在竣工当初(大正十一年),这幅画面自然是具备异国情调的,就像我小时候在博览会上看到的立体透视模型一样,拥有将人心带往异国的效果。

我还有一段与沃里斯先生有关的记忆。

那时我还是单身,所以应该是十五六年前的事吧。在我位于六本木的房间里彻夜狂欢之后,黎明时分,大家就和往常一样开始挤在一块儿睡觉。我和一位年轻的男性朋友都睡不着,于是一同出门散步。沿着鸟居坂往上走,便能看到一栋名为"东光会"的房子,我从很早以前就对它很感兴趣。白天,那里总是大门紧闭。但或许是清晨的缘

---

34. 新教,亦称基督教新教,与天主教、东正教并称为基督教三大流派,包括16世纪欧洲宗教改革运动中脱离罗马普世大公教会(大公的基督教)而产生的新宗派,以及随后又从这些宗派中不断分化出来的更多宗派。新教强调个人信仰和灵魂的救赎,认为信仰是个人与上帝之间的直接联系,不需要中介。新教徒相信《圣经》是灵魂的最高权威,强调《圣经》的独立解释。此外,新教在教义上强调因信称义,即是信仰而非行为决定个人的救赎。新教倡导简化宗教礼仪,摒弃了传统教堂中的诸多装饰,使建筑风格趋于简朴。

故，这一次，我竟见到了大门敞开的景象。我记不清自己对那个貌似管理人的中年男性说了什么，似乎谎称自己是摄影师。趁着醉意，我任由好奇心将良心吞没，丝毫没有觉得自己的行为有什么不妥。

近处和远处共有两栋楼，外立面有通往二楼的阶梯，布局很不规则的窗户和屋顶的氛围都很有西班牙的味道。如果窗台上再摆放着盆栽天竺葵，毛驴小银从建筑物的一侧向我们走来，那这里就是希梅内斯[35]的世界了。花园里种着各种花卉，在精心照料之下，它们都开出了大朵的花。

角落里堆放着安置在木框内的花窗玻璃，看到这番景象，我的直觉开始行动了。我不记得自己是直接索取还是提出"如果要扔，那不如……"，只记得自己用手推车载着其中四块走下了坡道。

这栋建筑也是沃里斯先生设计的，但现在已经不复存在了。最令我心痛的是，这些花窗玻璃竟被我卖给了古董店。

---

35. 希梅内斯，即胡安·拉蒙·希梅内斯（Juan Ramón Jiménez，1881—1958），西班牙诗人。他留下了许多诗集，其中最著名的是《小毛驴与我》（*Platero and I*，1914年出版）。在这本诗集中，他书写了自己与心爱的小毛驴（小银）的生活。——原注

和洋结合的花窗玻璃
——轻井泽万平酒店

据说,轻井泽之所以能作为避暑胜地发展起来,明治十八年(1855年)造访此地的两位西方人——英国传教士亚历山大·克罗夫特·肖[36]和著名英语文学研究者、大学讲师詹姆斯·梅因·狄克逊[37]——功不可没。

肖是建造别墅山庄和小礼拜堂的第一人。在万平酒店的前身龟屋旅馆度过数年夏天之后,狄克逊成了日式旅馆转型为西式酒店的关键人物。

不知为何,日本人似乎很喜欢外国人居住的区域,神户、横滨以及东京的原宿和六本木都是如此。大约二十年前,我还在原宿工作的时候,那里还非常安静。Co-op Olympia[38]地下的超市和Oriental Bazaar[39]里总会有外国顾客的身影,街上的风景也颇有几分异国情调。

我现在住在六本木一带。作为各国大使馆的所在地,这里也曾是异国风情浓郁的地方。现在的六本木和原宿,可以说是日本人根据年轻人可以接受的风格——美国纽约风、西海岸风、美国早期的殖民地风格、巴黎风、伦敦风、意大利风等——捏造出来的外国。

现在的万平酒店改建于昭和十一年(1963年)。虽然官方宣称这栋建筑采用了佐久地区[40]民家的风格,但公认的评价是,它看起来很

36.
亚历山大·克罗夫特·肖(Alexander Croft Shaw,1846—1902),加拿大传教士。肖初来日本时(1873年),加拿大仍是英国殖民地,他也是以英国教会(圣公会)牧师的身份来到日本的,因此作者在文中称他为"英国传教士"。

37.
詹姆斯·梅因·狄克逊(James Main Dixon,1856—1933),出生于苏格兰的英语文学研究者,1880年至1892年间在日本教授英语文学的课程,受他指导的著名日本人有斋藤秀三郎、夏目漱石等。

像德国沙伦[41]（曲板结构）的风格。

通往一楼大厅的走廊和餐厅之间的墙壁上，有两块巨大的花窗玻璃。其中一块画着大名及其随从行经此地、村民们在路旁跪拜的图案，另一块则很现代。不过，这个"现代"指的是这家酒店竣工的时期。画面左上方的白色葫芦形图案中写着皇纪二五九六年（昭和十一年）。在点缀着别墅式西洋建筑的风景中，有一辆疑似进口车的跑车，穿着那个年代的运动服的几名男女正在往里面塞高尔夫球包。另外，画面中还有骑马的人。看着这样的画面，我的脑海中不禁浮现出"潮男潮女"这个词。让江户时代与现代这两种不同性质的情景毗邻而居，这种想法，我觉得称之为"刻奇"更为妥帖。

这次，我依然从大厅往上走。楼梯平台的花窗玻璃上有三只乌龟。龟壳使用了类似真实龟甲的半透明玻璃板，与风格化的波纹图案形成对比，工艺感十足。

然而，真正的"名品"是嵌在大厅里的两扇立式屏风上的圆形花窗玻璃。这是一个直径只有四十厘米左右的小物件，却拥有高雅、美丽的气质。

枫树那暗淡的树干在画面的上半部分大胆地伸展着，黄色的叶子则呈圆形排列，二者之间形成了绝妙的平衡。另一块画着桔梗的花窗玻璃也不遑多让，野草由生动交错的曲线构成，蓝色的花朵则在这些

38.
Co-op Olympia，日本第一栋每一户售价都在一亿日元以上的豪华公寓楼，位于明治神宫、代代木公园、原宿站附近，建于1965年。

39.
Oriental Bazaar，贩卖日本工艺品、日式杂货、古董等日本特产的店铺，建筑外观很像神社。

40.
位于日本长野县。

41.
沙伦（Scharren），一种传统的建筑结构，通常用于房屋的屋顶或墙壁。这种结构具有特殊的曲板形状，用于支撑和加固建筑物。

(188)

曲线之间清冷地绽放。这两幅画面都使用了半透明、有颗粒感、让人联想到"梨地"[42]的毛玻璃。这种玻璃似乎吸收了光线，却又像自身发出微弱光芒的发光体，总之莫名给人一种日式材料的奇特印象。

这两幅画面都很有琳派风格，既有力又优美细腻。我忍不住去思考，这两块花窗玻璃到底为何如此气派。说不定，它们的制作者坚定地认为花窗玻璃就是日本的传统艺术。若非如此，他如何能将这种技术运用得如此自如，如何能让它们完美地融入日式生活。

位于轻井泽银座中间位置的一家照相馆的橱窗里，挂着几张明治时代的轻井泽照片。其中一张照片拍的是穿着美好时代[43]明信片上的服装、站在自行车旁边的外国妇人和看起来像她家人的孩子们。在这张照片的角落，能看到载着木柴的推车和一群日本农夫。这一画面让我有了不愉快的联想——他们和比戈[44]漫画中的日本人一模一样。

紧接着，我又回想起更不愉快的事情——当时，我第一次去国外，正心情很好地走在街上，突然，橱窗里映出了自己的脸。

42.
梨地，指和梨皮一样粗糙的质感，常见于日本传统工艺领域。

43.
美好时代（La Belle Époque），指19世纪末至第一次世界大战爆发（1914年）。此时的欧洲处于一个相对和平的时期，随着资本主义及工业革命的发展，科学技术日新月异，欧洲的文化、艺术及生活方式等都在这个时期日臻成熟。

44.
比戈，即乔治·费迪南·比戈（Georges Ferdinand Bigot，1860—1927），法国画家、插画家、漫画家，曾在日本生活十七年（1882—1899），留下了许多描绘日本世相的画作。由于他描绘日本的作品多为讽刺画，当时的日本人并未表露出兴趣。第二次世界大战之后，他的作品才得到日本人的重新评价，甚至被收录在社会课本中。

插画家和他们的作品

佩特佐藤[1]

佩特是一位图像地质学家。在"拙巧"[2]的全盛时期,面对藏于体内的一身技术,他肆无忌惮地选择了仅只开采"巧"之精髓。

这个矿脉已被经过抑制的都市感觉过滤,不会令人厌倦。

佩特是都市中的野兔,通过反射在大楼上的阳光感知季节,改变体毛的颜色。

他的作品之所以能在保持同质的抒情性和时尚的前卫性的前提下,从华丽的喷枪绘画演变为如今的色粉画,正是因为他拥有不凡的皮肤感觉。

佩特拥有和兔子相似的眼睛。

它们温柔且忧伤,同时也富有野性的气质,既敏捷又勇敢。那类

---

1. 佩特佐藤(1945—1994),日本插画家,本名佐藤宪吉。20世纪70年代,他因高超的喷枪绘画技巧得到了来自日本国内外的高度关注。他以近未来的女性为主题,以喷枪为工具,创造出一种独特的美人画画法。在纽约生活期间,他不仅从事插画工作,在妆发、服饰等时尚领域也很活跃。80年代后,他开始致力于用色粉画笔创作人物画,这类作品同样收获了广泛的人气。

2. 拙巧(Heta-uma),看起来很稚拙实际上很巧妙的艺术作品。此用语于20世纪80年代初由插画家、漫画家汤村辉彦提出,后来成为一种艺术思潮(文化现象),在当时的日本插画界掀起一阵狂潮。

似于受虐狂的顺从性格，正悄无声息地转变为攻击性的能量。

佩特是随风而鸣的手风琴，带有一丝甜蜜，悄悄唤起怀旧之情。然而，他所带来的音乐绝非古曲。他将自己托付给拂过时代变迁的风，音乐是他们之间的共鸣。

当风穿过佩特的身体时，为他带走了固有的臭气，只留下新生的爽快的旋律。

佩特是由科学家扮演的竹久梦二。佩特是由埃德加·德加扮演的化妆师。佩特是在庸俗的色彩上撒上婴儿爽身粉的奇妙仙子小叮当。

佩特是高唱都春美[3]之歌的贡多拉[4]船夫。

喉间唱出的歌声哀怨悠长，船身如强忍痛苦般摇摇晃晃。然而，随波荡漾的并非感伤主义，而是透明的罗马式艺术。

佩特是吹肥皂泡的诗人。他喜欢用肥皂泡映出男人、少女和青春，也喜欢在肥皂泡破灭或飞向远方时作一句诗。

在那双眼睛的深处，藏匿着些许奇妙的哲学。

3.
都春美（1948— ），日本演歌歌手、音乐制作人。

4.
贡多拉（Gondola），意大利威尼斯的一种特殊的水上交通工具，是一种轻盈纤细、造型别致的尖舟，已有一千多年历史。

井筒启之[5]

井筒启之戴着耳钉。我也打过耳洞,只不过因为化脓而愈合了。因为我的耳洞是外行用冰块冷却耳朵后用缝衣针扎出来的,所以我也没什么可抱怨的。唯一令我感到遗憾的是,在这方面,我无法向他展现我作为前辈的威严了。

大概是去年吧,井筒启之很爱穿黑色的高领毛衣。那是一件有门襟拉链、长得像短款斯宾塞夹克的毛衣,应该是阿尼亚斯贝[6]或 Y's[7]的,总之很时髦。

但这应该不是井筒启之从事时尚插画的原因。他总能将社会风俗准确地描绘出来。此外,他就像在相亲一般,会对男女的容貌表现出极大的兴趣。

过去的戈达尔、路易·马勒以及最近的王家卫的电影都很时尚。电影比小说更具时代感的原因也是出自对社会风俗的刻画吧。与文字所具备的象征性不同,被镜头如实捕捉的对象是具象的,因此,在刻画社会风俗方面,电影会更深刻一些。如果说小说所描绘的是当代社会,那么插图理应与之呼应,必须是真实、可信的。

井筒启之的好奇心不仅体现在刻画人物、风景、植物、静物方面,在他从色彩、画面表现到线描勾勒、形而下到形而上的转变中也能看

5.
井筒启之(1955—),日本插画家。

6.
阿尼亚斯贝(agnès b.),1975 年创立的法国时尚品牌。

7.
Y's,山本耀司的首个品牌,创立于 1972 年。

到。他那越来越强的设计感在铅字间建起了宛若都市的戏剧空间。

峰岸达[8]

峰岸达是一位神奇的酿酒师。

过去的事自不必说，就连昨天、今天早上发生的事，也会被他酿成旧照片中那令人怀念的深褐色渐变风景。

小说穿过峰岸达的身体，从指尖释出，变成恰到好处的酿造画。品尝这幅画时的口感是清爽的，余味却是轻盈愉悦但又带着强烈醉意的。

峰岸达是一位老派摄影家。他让一切运动、摇晃、呼吸的事物停止动作，制作静态的图像。模特们因被禁止动作而摆出了平衡、稳定的姿势。由此而来的照片和被夺走阴影的照片一样毫无真实感，却拥有残年暮景的美感。

在那些仿佛被人从箱底翻出来的画作中登场的，都是多么面无表情的人物啊。峰岸达既像为了让小说在读者脑海中绽放花朵而提供图像花蕾的花店老板，也像把消除表情后的插画塞入箱子的旅人。比方说，即便是为在报纸连载的小说而画的小幅插画，只要透过西洋镜来观赏，无异于新派剧[9]舞台的画面就会出现，诱我们进入小说的世界。

8.
峰岸达（1944— ），日本插画家。

9.
新派剧，明治中期（1888年）作为普及自由民权思想的手段而产生，后与歌舞伎（旧派）对立，又与新剧（明治末期之后，受近代西方戏剧影响而诞生的戏剧）划清界限，作为大众化的现代剧发展起来的日本戏剧的一种形态，也简称为"新派"。新派剧的表演方式仍受歌舞伎影响，从性质上来说，是一种新派的传统戏剧，介于歌舞伎和新剧之间。

峰岸达真是一位神奇的插画家。

向月亮嗥叫的男人
——小岛武[10]

我在柏青哥店开业时抽到的CD播放器非常优秀，可以同时播放六张CD。我从一大早就开始播放埃迪·科克伦、马克·博兰、利昂·罗素、汤姆·韦茨、埃里克·克莱普顿和甘斯堡的音乐，觉得自己仿佛是早年的DJ。我一边工作一边用耳朵捕捉音乐，思考着能不能把他们统称为"向月亮嗥叫的男人"。

就在这时，小岛武先生打来电话，问我能不能写一篇关于他的短文。我之所以觉得这个时机很有意思，是因为武先生虽然是都市派，但给我一种会在高楼的屋顶或露天的山谷向夜空中的明月嗥叫的感觉。嗥叫声中时而有男人的浪漫、愤怒和喜悦，时而有令人怜爱的感伤。

武先生这次的作品主要是出版物的插图。这些作品就像映照人生的月亮一样美丽而哀伤。

---

10. 小岛武（1940— ），日本插画家。

林恭三[11]

恭三君是在画布上表演的马戏团团长。他用一把刮刀代替鞭子操纵人和动物，还能听出混在音乐中的远方的海浪声。

恭三君是在庙会摆摊卖面具的人。他所卖之物，并非真实到令人吃惊的立体面具，而是像烤椪糖一样膨胀、有趣、令人怀念的面具。

恭三君是售卖不会旋转的唱片的唱片行。他的唱片，只要放在眼前就能听到音乐。无论是小猫的哈欠声还是夜车的喇叭声，钢琴曲还是摇滚乐，都能在他的店里找到。然而，店内却非常安静。这是因为，恭三君的唱片，是用眼睛播放给耳朵听的。

恭三君是有起床气的色彩学家。因为他能在眼皮下感知夜晚的沉重和清晨的光明，所以他制作的比色图表呈现出介于幻想和清醒之间的颜色，似明似暗，似重似轻，似苦似甜。

恭三君是写小说的喝奶娃娃[12]。从奶白色思考中诞生的恋爱小说变成了怪奇小说，怪奇小说变成了童话，童话则又变成怪奇小说。那些小说带有奇妙的味道也是出于这个原因。

恭三君是用纸黏土捏面人儿的手艺人。从他的指尖诞生的形态是玩具的进化型，看起来既可口又可爱，但同时也令人畏惧，因为它实际并不能食用。

---

11. 林恭三（1939— ），日本插画家，被誉为"日本黏土插画第一人"。

12. 喝奶娃娃，1955年左右开始流行的婴儿模样的人偶。它的嘴巴和下半身有洞，因此既可以用附赠的奶瓶给它喂水喂奶，也可以为它换尿布。

恭三君是骑着海豚的小提琴手。当海豚在水面上游动时，小提琴的音色是欢快的，但海豚一钻入水中，旋律就会变得阴郁。

然而，他的真实面貌，其实是雕刻彩色作品的雕塑家。为了追求不完全平整的微小的隆起，今日，他也在揉搓着黏土。

"恭三乐园"何时能发行如少女脸颊般微微鼓起的黎明色硬币？我拭目以待。

我喜欢的绘本

画得很尽兴的髷物绘本[1]
——《我是平太郎》

当《儿童之友》[2]编辑部的泽田先生把绘本故事《我是平太郎》（原作为《稻生物怪录》[3]）的工作介绍给我时，我经历了甚至想将之命名为"大怒涛篇"的激烈心情起伏。

首先，《儿童之友》创刊不久时发行过几本我很喜欢的书，比方说长新太[4]先生的绘本极为鲜美，散发出一股独特的芳香，仿若神明才能品尝的果实。那时我就在暗暗祈愿，如果我能有幸参与其中一本，哪怕只有一本，那该有多好。

初次见到长先生是在 1966 年。在我的恳求之下，松居直主编实现了我多年的愿望，让我见到了长新太先生。当时和我在同一家设计公司的横尾忠则也是他的粉丝，于是我们三个一同去日比谷的日活酒店[5]

1.
髷物绘本，以人物梳着日本传统发髷的时代为故事背景的绘本。

2.
《儿童之友》（こどものとも），福音馆书店于 1956 年创刊的月刊绘本，一年发行 12 期，每一期都是独立的绘本故事。

3.
《稻生物怪录》，三次藩士稻生平太郎（真实人物）在十六岁那年（1749 年）经历的与妖怪有关的怪异故事。

4.
长新太（1927—2005），日本漫画家、绘本作家。

5.
日活酒店（1952—1969），又称日活国际酒店，位于日活国际会馆六至九楼（顶楼），由影视制作公司日活直接运营，是当时的高级酒店，主要客群为外国人、演艺圈人士、文化圈人士。

赴约。

　　大堂位于相当高的楼层，远处的沙发上坐着一位很像长先生的人。然而，我们被服务生拦下了，理由是我们中有一个人（横尾君）没有系领带。在那种场合下穿牛仔裤之类的服装非常不合常理。我们只好请长先生出来，在 AMERICAN PHARMACY[6] 旁边的咖啡店内，才终于和他说上了话。

　　该怎么形容这种"说上话"呢？那时的长先生沉默寡言，实际情况是我事先准备好 A 和 B 两种答案，问他选择哪一种，他再慢条斯理地回答我。关键的对话内容我已经记不清了，似乎是询问他为何要从以直线为主的画风转变成以曲线为主的画风。

　　其次，这是我第一次以儿童绘本的形式画历史故事，百分之几的不安快速地掠过我的脑海，但还是想试一试的好奇心占比更高。从结果来看，我几乎是在一瞬间就接下了这份工作。

　　这个故事讲述的是少年武士在一个月左右的时间里遇到的各种怪物和怪奇现象。接下这份工作之后，各种各样的想法又开始在我的脑海中打转——如果是长先生来画，这些怪物一定会成为杰作吧；井上洋介[7]先生的"和物"也别有风味啊；片山健[8]先生来画的话，说不定能画出充满生活感和季节感的画呢……于是，我对泽田先生说："我认为自己还是应该拒绝这份工作。"然而，我得到的回复却是"我想看看

6.
AMERICAN PHARMACY，日本老牌药妆店，1950 年创立于东京美国海军将校俱乐部的一间房内，两年后搬迁至日活国际会馆，正式以 "AMERICAN PHARMACY" 之名开始营业。当时，这家店主要面向外国顾客，陈列着在其他店买不到的进口商品，对日本人而言，这里也是接触美国文化的窗口。

7.
井上洋介（1931—2016），日本画家、绘本作家、插画家。

8.
片山健（1940— ），日本绘本作家。

宇野先生的画"。这个简单、巧妙而又温暖的建议让我再次下定决心放手一搏。

来自片山健先生的手写信：

> ……山本五郎左卫门[9]的故事，我是经由足穗[10]介绍才知道的。我非常喜欢这个故事，也非常羡慕你。泽田先生的脑海中连我的影子都没浮现就去找宇野先生了，这就更让我羡慕了……

不愧是片山健先生，原来早就盯上了这部作品。我也收到了来自长先生和井上洋介先生的信件。我虽不清楚去掉那些感谢信必备的客套话后他们究竟作何感想，但他们都给出了"有趣"的回应，这让我稍微松了口气。

泽田先生借给我《太阳》[11]杂志的稻生物怪录特刊以及稻垣足穗的《山本五郎左卫门就此告退》（稻生物怪录改编版）作为资料。足穗的作品相当有趣，对于每晚都会遇到怪事的平太郎，他似乎注入了几分对少年的爱，为他塑造了一个大胆、心思缜密的形象。小说末尾，两

9.
山本五郎左卫门，在《稻生物怪录》中登场的妖怪。

10.
足穗，即稻垣足穗（1900—1977），日本文学家，发表了关于机械、飞机、天体等主题的众多作品，代表作有《一千一秒物语》《天体嗜好症》《少年爱美学》等。

11.
《太阳》，博文馆于1895年至1928年间发行的综合杂志，内容涉及政治、军事、经济、社会、自然科学、文学、风俗等领域。

个人物就这部作品进行了对话,这一部分非常有足穗的风格。其中一人说:"如果要把这部作品拍成电影,我想用爱克发[12]质感的深褐色。"

出自稻垣足穗作《山本五郎左卫门就此告退》:

> 客:如果要拍电影,得有女性角色吧?给平太郎配个可爱的少女当未婚妻之类的……
>
> 主:山本五郎左卫门怎么会找上有婚约的平凡少年呢?!
>
> 客:换句话说,这是在消减少年身上的可能性。既然做出了决定,不如果断地贯彻超现实主义吧。
>
> 主:肩负着单一的纯粹变化、绝对运动,将所有观众带入"卍"(万字符)之中。这也是在为万圣节做准备,我想让西方人看看这个故事。而且,我想把它做成重点面向英国和德国的电影。
>
> ……

拍成电影的想法相当刺激。如果是现在,我一定会利用SFX(特

---

[12]. 爱克发(AGFA),指爱克发·吉华集团(Agfa-Gevaert N.V.)生产的胶片。

殊摄影技术）创造怪物，通过色彩校正设计超现实主义色彩。我也会搭建美国电影而非日本电影的工作团队。不过，《罗生门》《用心棒》以及沟口健二《雨月物语》的摄影师——宫川一夫先生，我一定要借助他的力量。还有《黑水晶》[13]那样的人偶以及通过CG制作完成的变形，我也觉得很好。

黑泽明因资金问题未能将《影武者》拍成电影时，曾提出想用画而非胶片拍电影。我的想法与他类似。我试图从拍摄电影的角度去构思这些画。我让绘本中的人物频繁更换衣服，一如法国新浪潮电影中的人物那样。这种设计既能让画面效果更好，也没有脱离现实。毕竟，一个人在一天之内换好几次衣服也是有可能的。总而言之，我用这种模糊的思考方式为自己赋予了无限的自由。

在刀的设计上也是如此。我完全无视武士腰佩双刀的设定，只让平太郎在腰间挂了一把红色的长刀，就和以前的榎本健一[14]电影《三尺左吾平》一样。现在回想起来，我有些后悔没能借鉴电影中在刀鞘的鞘尖装轮子的创意[15]。

这些信件内容本不应该被公开，但因为有很多鼓舞人心的语句，还请允许我转载它们，聊作我的一点自夸和催人奋进时的参考文。

13.
《黑水晶》(*The Dark Crystal*)，1982年上映的奇幻电影，导演是吉姆·亨森、弗兰克·奥兹。在这部电影中，魔幻世界里的生物都由人偶"扮演"。

14.
榎本健一（1904—1970），日本演员、歌手，被誉为"日本喜剧王"。《三尺左吾平》是他主演的电影之一，1944年上映。

15.
《三尺左吾平》的主角田中三平是一个身高三尺三寸的矮小的男子，腰间的刀却有五尺长。为了防止长刀拖地摩擦，他在鞘尖装上了轮子。

"宇野先生用惊人的笔力描绘的历史故事,让我不禁想脱帽致敬。如此新颖的表达和强大的执行力着实让我心潮澎湃。"(井上洋介先生)

"这不是一本单纯讲述历史故事的绘本,而是一本常有宇野先生的'怪'出没的异色绘本。"(长新太先生)

"太震撼了,把黑白和彩色用得绝妙!!穿越甾物的时空,来到亚喜良的世界!!我实在忍不住赞叹。平太郎的每一套衣服都好美啊。"(村上康成先生)

在此附上这段话,简直就像在宣传这本书。虽然对读到这里的各位感到抱歉,但如果确实有宣传效果,那自然是再好不过了。

无论如何,最理想的状态肯定是福音馆的仓库里找不到《我是平太郎》的踪迹,接着邀请我参与下一本有趣的书。若非如此,我就太对不起小泽正[16]先生和他精彩绝伦的文字了。

---

16. 小泽正(1937—2008),日本儿童文学作家,绘本故事《我是平太郎》的文字作者。

(202)

美式生命力
——《爱花的牛》

"岩波的儿童书"[17]系列中有很多优质、有趣的作品。

若要从中选出最爱,我首先想到的是《爱花的牛》和《金鸡的故事》[18]。

它们都是民族色彩很强的作品,比如《金鸡的故事》就很有俄罗斯的民族特色。我觉得它应该是芭蕾舞剧《金鸡的故事》的原型,而且画风给人一种愉快的感觉。和俄罗斯的动画电影相似,这些插画既有绘画性又有戏剧性,人物的感情和行动经由独特的姿势被形象地表达了出来。

此前看爱森斯坦导演的《伊凡雷帝》时,我就想到了这本绘本,可见其插画的戏剧性和电影气质有多么浓郁。

《爱花的牛》讲的是西班牙故事。不过,故事发生在西班牙并不意味着作者就是西班牙人,插画师罗伯特·劳森的名字看着也不像拉丁人名,说不定是美国人。

话说回来,主人公——公牛费迪南最喜欢的地方就是软木塞树下,树上结满了类似于葡萄酒或香槟塞子的圆筒状软木塞,它们看起来就像一串串葡萄。这种玩笑般的画面、漫画风格的人物表情以及对光和影的强调都很符合美国绘本的特质。

17.
岩波的儿童书(岩波の子どもの本),岩波书店于1953年开始发行的绘本系列,囊括海外名作和日本本土的优秀作品。

18.
改编自亚历山大·普希金的同名童话诗。

堀内诚一[19]先生的名作《101名绘本插画家》（全三卷）中也没有罗伯特·劳森的名字，不过，这可是被迪士尼制作成短篇动画电影（当时，日本将它的标题译为"公牛费迪南"）的作品啊，不难想象它在美国有多受欢迎。

行文至此，桑原先生来电话了。这通电话带来了有关罗伯特·劳森的信息。

据说，罗伯特·劳森是1892年出生、1957年去世的美国人。他的故乡是纽约，他则是一名艺术家、舞台美术大师、插画家，还是能独立创作绘本故事的绘本作家。他曾在1917年参军赴法，也是凯迪克大奖、纽伯里大奖等奖项的获得者。这些都是桑原先生在电话里告诉我的。

这本书中全是简单明快的黑白图。文字使用清一色的深褐色，相当雅致。不过，我有时会想，这本书若只有黑白色，或许也不失为一本简约、大气的好书。

这个故事大致是这样的——

有一头名叫费迪南的牛很喜欢花，它总是不和大家玩，独自在软木塞树下闻着花香。这让牛妈妈有些担心。

长大后，费迪南成了一头又强又壮的牛，即便如此，它还是很喜欢花。有一天，一群男人从小镇来到这里。他们是养牛人，来寻找斗牛比赛所需要的牛。

---

19. 堀内诚一（1932—1987），日本平面设计师、插画家、绘本作家。

费迪南对此毫不在意，一如既往地来到软木塞树的树荫下。然而，不幸的是，它一屁股坐在了一只熊蜂上。看到被熊蜂蜇到发狂的费迪南，养牛人说："这头牛肯定是最合适的！"做出决定后，他们便带它进城了。

斗牛日，满大街都是旗子，乐队登场，人声鼎沸。在华丽的入场仪式之后，斗牛士登场了，接着是费迪南……

然而，费迪南走到斗牛场的正中央后便坐下了，沉醉地闻着女士们扔来的花朵的香气，任斗牛士如何挑衅，它都坐着不动……

就这样，费迪南被送回了牧场，继续在软木塞树下闻着迷人的花香。

爱花的牛不争强好胜的设定似乎有些过分简单了。在电影之类的情节中，喜欢花的黑帮人物反而会更加残忍。

不过，这些插画与其说是浪漫的，不如说是通俗的，甚至有一些低俗。它们在主张"格调无用"的同时，让自己充斥着蓬勃的生命力，反倒为故事增添了感人的效果。

比方说最后那幅"软木塞树下的费迪南"，画面虽是黑白色的，但和《乱世佳人》最后的晚霞一样有熟悉的宏大氛围，这难道不是一种美式戏剧性吗？

流浪汉小说版《追呀！追饭团》[20]
——《山里的公司》

见到康司[21]时，我递给他《Pee Boo》[22]，他用东海地区[23]的口音轻轻地说了声"谢谢"。我出生在爱知县，他出生在静冈县，我们之间有很多共同点。他的口音沁人心脾，让我觉得是一种堪称稚拙艺术的致谢。

当时，康司给了我一本《山里的公司》（架空社[24]），文本作者是铃木康司，插画则出自片山健之手。

遗憾的是，这本绘本也是珍品、名品、绝品，所以我不得不向大家详细地介绍一下。

保毛太先生睡过头了，直到午后才慌慌张张地坐电车去公司。然而，他似乎坐错了车，电车朝着与公司所在的都市完全相反的方向飞驰着。

到达位于深山的终点站后，仍穿着厕所拖鞋的保毛太先生向站务员借了长靴，开始沿着山路向山顶进发。途中，他遇到了同样睡过头的保井沙君，二人一同前往山里的公司。他们认为公司就在山顶，于是用手机拨通社长的电话，说："既然这里的公司空气如此清新，不如把城里的同事也叫来这里工作吧。"（坚信公司位于山顶的人，包里

20.
《追呀！追饭团》（おむすびころりん），在日本家喻户晓的民间故事。在故事中，老爷爷带着老伴儿做的三个饭团上山砍柴，中午吃饭时，手一滑，饭团咕噜咕噜地顺着山坡一直往下滚，最后掉进一个洞里。就在老爷爷为失去的饭团难过不已的时候，突然，洞里传来了美妙的音乐……

21.
康司，即铃木康司（1948— ），日本绘本作家、插画家。

(206)

居然会有手机……总让人觉得哪里怪怪的。这类粗暴的胡说八道还有很多。)

不久后，社长带着全体员工来到这里。大家都很喜欢山里的大自然气息，从第二天起便在这里做体操和工作。然而，山里的公司完全赚不到钱，社长只好把山里的公司全权委托给保毛太先生和保井沙君，带着其他员工回到了城里的公司。

为这样的故事，片山健先生配上了洋溢着最高级的友情和爱情的插画。

第一幅画，太太掀开了保毛太先生的被子。太太穿着红色袜子，让我联想到东海林祯雄[25]的作品，有一种"这样的人绝对存在于现实生活中"的平民感。画面里还有一只被赶跑的三花猫，它之前应该是睡在被子上吧。屁股上的洞一览无余，这个形状画得非常好，和我家猫的屁股一模一样。

第二幅画，穿着黄色西装、系着紫色领带的保毛太先生跑进车站。车站的屋顶上有乌鸦，很显然，这里既不是城市也不是山里，而是人类居住的地方。走出车站的母子或姐弟和零食店的赛璐珞娃娃一样可爱。男孩背着斜挎包，手里拿着麦芽糖。

第三幅画，车内摇摇晃晃的吊环拉手和车厢的连接处，可以看出电车正在转弯。稀稀落落的乘客。窗外的风景很好。有一只巨大的金

22.
《Pee Boo》，全称《绘本日记 Pee Boo》，1990 年至 1998 年间发行的季刊，共发行了 30 期，每一期都会由不同的绘本作家担任责任编辑或专题策划人。以太田大八为核心的编辑阵容包括宇野亚喜良、杉浦繁茂、古田足日、田畑清一、长新太、长谷川集平、村上康成等。宇野亚喜良是第 8 期（1992 年 1 月 31 日发行）的责任编辑，这一期的专题围绕着铃木康司和片山健展开。

23.
指爱知县、三重县、静冈县和岐阜县南部。

24.
架空社，虽然名字意为"虚构的公司"，但其实是实际存在的出版公司，《山里的公司》初版（1991 年版）由架空社出版、发行，2018 年由福音馆书店再版。

(207)

刚在攀登高楼,这样的景象在六本木就能看到,给人一种非常现代的感觉。

第四幅画,摊开的报纸和表里两面都很好看的竹皮便当盒。便当盒里还放着两片咸菜。窗外右侧还能隐约看到大楼的身影,但左侧几乎只有树木了。这种表达"远离城市"的方式真的很细致。

第五幅画,窗外已经是田园了,稻草人目送着黄色的巴士。

第六幅画,一整片绿色的风景。右侧有一条大河。

第七幅画,车内。窗外的河流变成了溪流,水温看起来很低。打头阵的车厢已经到达一座红色铁桥,前方就是隧道了。

第八幅画,隧道中。保毛太先生发现自己忘戴眼镜了。昏暗的玻璃窗映出一张苍白的脸。隧道里的灯光照亮了窗户。垂挂在车厢中部的海报上写着"锤子游泳学校"的字样。车厢编号是102。

报纸在空中飞舞,空罐子在地板上滚来滚去。实在画得太好了,以至于我觉得自己仿佛知道那是几月几日的什么报纸。

若要以这样的状态把让自己叹服的地方都写完,篇幅着实不够。

总而言之,片山健先生将文本的荒诞无稽,用对现代生活细节的真实考察和充满理性与幽默的幻想手法描绘了出来。这样的画作拥有不朽的魅力。

在这本书中,片山先生收敛了自己常用的抒情手法,转而以欢

---

25. 东海林祯雄(1937—),日本漫画家、散文家。

快、健康的方式，生动地刻画出了即便被现代文明孕育的不合理性环绕，也依然精力充沛地活着的人们。

这本书仿佛将我们带去了空气清新的山中，是一本令人愉悦的书。

要是能遇见这样的女孩儿就好了
——《要是能把"你好"说出口就好了》

在书店时，它突然映入了我的眼帘。这和看到新鲜蔬菜或水果时的感受相似，眼睛不自觉地便会高兴起来，发出耀眼的光芒。而且，《儿童之友》的标志下方写着"适合中年人"，这怎么可能不买呢？（即便年龄已经超过五十五岁，我也时常觉得自己仍是中年人。）

在家重新审视封面时，我才发现上面写着的并非"适合中年"，而是"适合年中[26]"。这是适合全年阅读的意思吗？我不太理解这个词的意思。不过，有一种可能性是，这个词已经和寿司店的 Syari、Agari[27] 等隐语或职业用语一样为大众所熟知了。这种猜测让我感到些许的不安和动摇。

书名是《要是能把"你好"说出口就好了》，作者是柳生町子[28]。主人公是个小女孩，但不知道名字。她被画得非常可爱，让人看

---

26. 年中，此处指四岁儿童，日本幼儿园用"年少""年中""年长"来区分不同年龄段的幼儿。此外，在日语中，"年中"也有一年之中、全年的意思。

27. Syari 与 Agari 分别指醋饭和茶。

28. 柳生町子（1945—），日本绘本作家、插画家。

得入迷。脸颊也很可爱,是橙色的。我经常听到儿童出版物的插画师抱怨说:"在这个自由表达的时代,我依然会接到把孩子的脸颊画成红色的指示。"然而,这个小女孩的脸颊之所以是红色的,肯定是画家柳生町子的主观选择。证据就是,她是一个很有魅力的女孩儿,以至于我会烦恼她身上是不是有刘易斯·卡罗尔的气息,也会认真地觉得"要是能遇见这样的女孩儿就好了"。

领子略大的白色短上衣,以橙黄色为底色的红蓝格纹裙裤,蓝色的袜子。

小女孩的头上戴着四个藏青色的蝴蝶结。长长的头发被分成左右两条麻花辫,在头发被收紧的地方和麻花辫的尾梢都有蝴蝶结,合起来就是四个。

虽然我没见过柳生町子,但我觉得她一定是个温柔可爱、喜欢打扮的人。我画女孩儿时,最多只会为她戴上一两个蝴蝶结。柳生女士的品味非常出众。

光是蝴蝶结就能让人如此感动,这本书给我感觉就像看了一部好电影,比如年轻时看的戈达尔、罗贝尔·恩里科的电影,还有最近看的埃里克·侯麦的电影,都会让我感到重获新生,心情是轻快、雀跃的。这种时候,我就会打从心底觉得人生真美好。

但是,这本书毕竟不是面向中年人的,而是"儿童之友"。如果小孩子感叹"人生真美好",我一定会笑出声来,与此同时,我坚信他们一定能在这本书中度过非常优质的时间。

故事始于出门散步的女孩儿遇到一只穿着宽松短裤的猫。猫穿着黄色（封底是钴蓝色）的长靴，脖子上围着灰底的波点纹围巾。这绝不是夸张的打扮，极其朴素且日常，但之后出现的小动物们都很时髦，再加上柳生町子女士巧妙的表现能力，整个故事就像一场时装秀或是趣味十足的角色扮演，在观感上非常奢侈。

若要逐一介绍每一位登场人物的服饰，一时半会儿怕是说不完。总而言之，真的很棒，让我崇拜，让我着迷。

此外，这本书中还有很多对植物的描写，即便从植物学的角度来评价，它们也无可挑剔。这些饱含爱意与温柔的描绘实在令人钦佩。

虽然没能对这四只动物一一说出"你好"，但即便说出了"你好"，另一个世界的大门也未必会为自己打开。和陌生人见面时的忐忑不安、必须打招呼的强迫观念以及最终没能打招呼的自我厌恶感——这种感受，即使已经长大成人，我依然时常体验到。这本书精准且极为感性地传达出了这份感受，我备受鼓舞，也很感激。

在十二月的街角……

在街角的露天咖啡馆里,天使一边喝着咖啡,一边和被拴住的小狗说话。

天使好像在问路。然而,与总是以俯瞰视角欣赏风景的天使不同,狗的视线太低,天使自然无法理解它的回答。

天使也向飞到盆栽天竺葵上的蜜蜂打听了。然而,蜜蜂凭借对气味的记忆而飞翔,天使自然也无法理解它的回答。

天使放弃了,于是起身去打电话,然而口袋里没有零钱,只有星尘哗啦哗啦地往下掉。

我站起来,向天使递出我的零钱。

这时,我无意间看到天使的便条,上面写着我家的电话号码。

"哎呀哎呀,既然如此……"二人重回桌边,一起喝起了茶。

后面的故事,在此便略过吧。

CHAPTER V

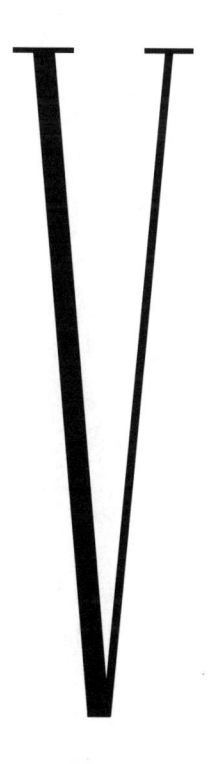

来自夏威夷的信件

ハワイからの手紙

星辰传颂关于爱的故事

来自夏威夷的信件

S先生，我正在夏威夷威基基海滩的皇家夏威夷度假酒店为您写这封信。

今天，我想写一写这家建于1920年、拥有西班牙风格、宛如粉色城堡的酒店，以及1899年年仅二十三岁便早早离世的美丽公主——卡尤拉妮[1]。

十六年前，我经由欧洲飞往美国，于回国途中在夏威夷逗留了三天左右。

那时，我对夏威夷有很深的偏见，譬如缺乏文明、历史不够厚重，总之我觉得这是个无聊的地方。

然而，仅仅过了三天，我就意识到自己必须纠正这个想法。

我被南国的魅力蛊惑，偏见被置换成了深深的喜爱。就在这时，我在海边漫步，无意中发现了这家酒店。

---

1. 卡尤拉妮（Ka'iulani，1875—1899），夏威夷公主，莉可丽可（Likelike，1851—1887）公主的独女，父亲是苏格兰商人阿奇博尔德·斯科特·克莱格霍恩（Archibald Scott Cleghorn，1835—1910）。卡尤拉妮出生时，夏威夷王国正面临美国殖民势力的威胁。1893年，美国支持推翻夏威夷君主制后，她曾前往英国接受教育，并试图通过公开演讲和外交努力争取国际社会对夏威夷独立的支持。尽管她才华横溢、精通多国语言且深受民众爱戴，但最终未能阻止夏威夷在1898年被美国吞并。1899年，年仅二十三岁的她因风湿热和肺炎去世。她的早逝被视为夏威夷王国悲剧的象征。

如今,这一带已被酒店填满,紧邻海岸线的酒店也有五家(喜来登酒店、皇家夏威夷度假酒店、奥特瑞格酒店、冲浪者度假酒店以及莫阿纳酒店),但在当时并没有很多。在高层建筑的环绕下,这家酒店最高的楼也不过六层。在酒店本馆的广阔庭院里,能看到很多大型热带树和热带花卉。

第四次去夏威夷时,我才终于住进这家酒店。自那以后,连续三年的初夏时光,我都是在这家酒店度过的。

S先生,您若来威基基,我一定会推荐这家酒店的旧馆。因为是古老的建筑,房内的天花板很高,窗上挂着竹帘,完全是一派南国情调。

S先生喜欢看电影,所以应该还记得《午夜牛郎》中——在纽约被称为"老鼠"的里佐(达斯汀·霍夫曼饰)和以售卖身体为生的乔恩(乔恩·沃伊特饰)一起逃离都市,乘坐巴士前往长着椰子树的避暑胜地迈阿密——的情节吧。如果不以自省为目的,纯粹为了休养,我认为没有什么地方比长着椰子树的南国更合适都市生活者了。

话题回到酒店,走廊的壁纸是古典的玫瑰图案,外墙通体粉色,餐厅的布置从餐巾到火柴也都是粉色。法国有一首诗这样写道:"西蒙娜,雪如你的肌肤一般嫩白。"[2] 皇家夏威夷度假酒店则与少女的脚后跟无异,是淡淡的红色。

在逗留了十日后的今天,第二个菠萝被送到了我的房间。

2.
出自法国诗人、小说家、艺术评论家雷米·德·古尔蒙(Remy de Gourmont, 1858—1915)的诗集代表作《西蒙娜》(*Simone*,又译《西茉纳》《西摩妮》等)。

它的底部已被切平，稳稳地置于盘中。它的顶部被切成壶盖形状，果肉则被切成了圆筒形，吃起来很方便。叶子的部分装饰着兰花，上面还附有经理的留言。据我推测，只要在此居住五日左右，就会被认为是可以自由支配金钱和时间的人，会被进献礼物。因此，在第十日，第二份礼物便会送达。

说它是颇具趣味的商业主义多少有些没劲。于我而言，它就和爱情电影的情节一样，是甜蜜的事件。

接下来说说卡尤拉妮公主的故事吧。或许因为红颜薄命，她在夏威夷很有人气。当地的毕夏普家族博物馆也选用了她的照片作为宣传海报，而且有三款之多，涵盖了她从少女时期到成年后的肖像。

我在夏威夷住的第一家酒店就是卡尤拉妮公主酒店，去年还有出版社发行了她的豪华写真集。几年前，在这边的小册子上见到她的三张肖像照后，我便成了她的粉丝，今年特地定制、装裱了她的照片，还买了写真集，有点像托马斯·曼的小说《魂断威尼斯》里的阿申巴赫，疯狂得让自己都备感意外。

写了《金银岛》的史蒂芬森也来夏威夷见过她（她是莉可丽可公主和一个名叫阿奇博尔德·克莱格霍恩的英国人生的孩子）。我不禁开始想象，如果那个少女收藏家刘易斯·卡罗尔知道她的存在，一定也会来夏威夷见她吧。

不管怎么说，回日本后，我一定会给你看看我收藏的写真集等。

(217)

去看越前岬的野生水仙

雨中的海岬

飞机穿行于一片漆黑的雨云之上,不安地摇晃着自己庞大的身躯。或许是天气的缘故,包括我和女性朋友在内,机内只有六七名乘客,而这莫名地营造出一种超现实主义氛围。就连纸杯里的奶茶,也无法让我找回那熟悉的地面生活的日常感。

每当飞机摇晃,朋友就会反复问:"没事吧,不会掉下去吧?"我也渐渐被她的恐惧感染,陷入一种希望尽快到达目的地的不安的状态。

以前,从夏威夷回来时,我曾在飞机上遇到打雷,但当时丝毫没有感受到恐惧,反倒因光所呈现出来的不可思议的画面而感动。和在地面上看到的从上方袭来的闪电不同,在飞机上看到的景象是,下方的雷云会时不时地发出光芒。每当这个时候,机内每个人的脸都会被从斜下方照射过来的青白色光线照亮,影子落在天花板的方向。那令人不寒而栗的美,我至今历历在目。

总的来说,我没有飞行恐惧症,论死亡率,飞机与地面交通工具的差别也不大,但有时,我会无比眷恋"脚踏实地"的地面生活。尽管如此，为了画周刊委托的插画，我还是会一边读着难以辨认的原稿复印件，一边继续空中旅程。待飞机抵达福井，窗外已是一片晴空万里的景象。

机场里的两台电话机被午休时间在机场工作的白领们占领了，等了许久，我才用上其中一台。我拨通旅馆的电话，打听到了具体地址，在机场前拦了一辆出租车。从机场到越前岬的那家旅馆，需要一个多小时。

司机问我是本地人吗，我说我是从东京来的。他问我来干什么，我说来看野生的水仙。他说两三天前电视上刚播过野生水仙，现在应该恰好是水仙花盛放的时期。这位司机说自己主要在福井市内行驶，有两年没去过越前町了。这句话让越前町变得更具乡野风情，让我很是兴奋。

因为是去北陆地区旅行，所以我穿着去年年底在巴黎买的山羊皮外套，但不知是气候还是暖气的关系，我在车里汗流浃背，只好把外套脱去。

出租车行驶了大约三十分钟后，淅淅沥沥的小雨开始敲打起挡风玻璃，不久后就成了真正的瓢泼大雨。失去了猛烈的太阳光线，车外的风景从油画变成了日本画。包裹住民家白木墙的朱红色，在路旁整齐列队的五尊地藏胸前的红布，柿子树上数量不多的果实的朱红色……只有日本人才能理解的怨念的色彩突然将我的双眼染红。那些红色是浮世绘中血的颜色，也是日本女性的一滴经血。在雨中摇曳的竹林，既是戏剧中的背景,也是主角心境的象征。

这么说来,以两三页原稿量为限的我,之所以接受了只需"欣赏野生水仙"便可填满二十页原稿的异乎寻常的工作,也是因为我对"越前岬"这一莫名阴郁的词语抱有一丝好奇。

旅行只是我的一时兴起。而对于我的一时兴起,当地的状况也做出了变幻莫测的反馈。

比如这场雨。从东京出发时是暴雨,到福井是晴天,开车离开福井不过三十分钟,雨又落了下来。

天气在两小时内变换了三次,和歌舞伎的戏服以及旋转舞台的变化如出一辙,给我带来了娱乐效果。

离开沿山公路后,车辆驶入一座小镇。然而,一辆巴士堵住了一整条车道,正一边倒车一边改变方向。我们只好小心翼翼地穿过它,沿着道路向前行驶。这条路的尽头便是海岸线,眼前突然出现黑白相间的海鸥和黑尾鸥在雨中自由翱翔的景象。向左边的道路转弯后,很快就能在左手边看到一块写着"Kobase 旅馆"(こばせ旅館)的招牌。

一下车,我便催促同行的朋友和我一起去招牌旁的小巷里走走。没想到,旅馆的入口就在小巷尽头的左手边。朋友本以为挂着招牌的房子才是旅馆,感慨道:"这都能知道,你好厉害啊。"这么一说,连我自己都觉得奇怪,但我本能地认为那家旅馆就在靠近海的位置,没想到一猜就中了。旅行就和猜拳游戏一样有趣,尤其是在陌生的地方,

(220)

只能依靠自己的直觉。只要不坐车，直接用脚走路，就算在国外，我也鲜少迷路。

就这样，我们进入了玄关旁边堆着越前蟹壳、海水味很重的房子。玄关的尽头是从街道延伸到走廊的黑色地板。我们的房间位于偏屋的二楼，从主屋过来也需要登几级台阶。这里只有这一间房。房外朝向大海的方向还有一条走廊，从走廊往外看，可以看到日本海的岩石和几百只海鸥、黑尾鸥或在空中飞舞，或在岩石上休憩，或浮于海面之上。

我想把这幅风景画下来，于是下楼去买速写本。

走到玄关，螃蟹壳突然勾起了我的食欲。不过，我决定把螃蟹留到晚饭，先随便点了些鱼类的午饭，就出门了。

我穿过小巷，在街上走了一会儿，很快就找到了卖文具的店。店门口摆着冰淇淋和果汁，深处才有装着铅笔之类的盒子，多少有点靠不住的感觉。"我想要一本速写本……"听我这么一说，老板一言不发地在深处窸窸窣窣地翻找着，最后取出一本红色封面的速写本。我环顾四周，发现似乎也没有其他选择，而且我本来也没有什么偏好，连漫画封面的速写本都可以用，于是毫无怨言地又买了两支铅笔和一把小刀就离开了。

道路两旁的老房子各成一排，一侧的房子后方是海，另一侧的房子后方则是山。山上的杂树之间，颜色偏黄的白花成群地绽放着。走了一会儿，一丛花簇映入眼帘，再走了一会儿，又来一丛。我这才想到，啊，这就是野生水仙。

但是，当时，我完全没有上山看看的念头，只想隔着房子的屋顶看山，眺望在山中盛开的野生水仙。明天再去看吧，就是明天了。我们在电视或电影里看到的镜头，都是先远景后特写，精心挑选出大家感兴趣的部分展示出来，这未免有些太功利了。好不容易来到日本海边，何必那么匆忙呢？用反都市的方式创造属于明日的快乐也不错吧。

当我回到旅馆，透过窗户把大海画下来的时候，午餐送到了。盐烤鲷鱼、鱿鱼刺身，还有甜虾。甜虾配芥末和酱油，鱿鱼配生姜和酱油。由于太过美味，两个人都吃了不少。美味的食物会让旅行变得更加愉快。

像我这样的人，对旅行的评价标准其实非常单一。换言之，我只根据食物的内容来评价那个地方。即使是海外旅行，我也只会根据住宿期间的酒店和餐厅来评价整个国家。除非有第二次机会重新认识那个国家的"味道"，不然很难改变我对该地的评价。或许这就是所谓的冥顽不灵吧。总之，对于旅行者来说，没有什么比美味的食物更能让他们喜欢上那片土地的了。

在吃饭的过程中，我一直在和这家人聊天。听说最近还有杂志社来打听越前蟹的捕捞情况。说到这里，我想起走廊尽头贴着开高健、柳原良平、安部公房、永六辅等人的签名纸。开高先生已经来过这里好多次了。

饭后泡澡。房内的楣窗古色古香，似在证明这里真的有百年历史，一如旅馆宣传语所说的那样。浴池里也放着一束野生水仙，虽然没有五月的菖蒲浴那么浓烈的气味，但也释放出了淡淡的香气。最重要的是，它带来了盎然的野趣。

浴室的大玻璃窗外是岩石很多的海岸和山，以及成群的海鸥和黑尾鸥。如果是晴天，鸟群的身影应该会被夕阳染成红色，但今天下雨，一切都是灰色的，海鸥和黑尾鸥露出白色的肚皮，像电影中的慢镜头一般缓缓地掠过天空。我听过的香颂里，有这样一句歌词——海鸥是在海里死去的水手们的灵魂。这些海鸥似乎也是死去的渔夫们的转世。他们从未离开礁石，在被渔村的灯光照射得若隐若现的地方彷徨，宛如灵魂的朝圣者。

旅馆的大厅内一直在举办消防员们的宴会，不时传来舞蹈的伴奏声和喧闹声。渐渐地，这些声音都消失了，越前町的夜越来越深，只剩下黑尾鸥的啼叫声在黑暗中悲伤地回荡。

山里的野生水仙

第二天十一点左右，在越前町政府部门Y先生的带领下，我们乘坐面包车，去看长在山里的野生水仙。

坐在沿着越前海岸往东行驶的车内，只要往左手边看，就能看到大海。对看惯了太平洋海岸的我来说，这些"野蛮生长"的礁石就和雕塑作品一样，而那些所谓的景观石，是多么地人工感十足和小家子气啊。这里的岩石被汹涌的波涛侵蚀，每时每刻都在发生变化。这是生长在大自然中才具备的形态,堪称连呼吸声都能听到的戏剧化情景。在它们的右侧有一座岩石山,可以说是这些岩石的延伸。以我们行驶的 305 号国道为界,岩石山变成了土山,山上开满了野生水仙。

下车后,我们一边寻找落脚处一边登山。登至高处,眼前就是成片的野生水仙。在一月的寒风中,在大胆主张绿色的嫩叶之间,拥有黄色花蕊的白色花朵在一株水仙中上下连着三四朵。其他树木都因枯萎而失去了颜色,唯独水仙,这小小的草花用颜色讴歌着生命的存在。

希腊神话中的水仙是河神与宁芙之子、美少年那喀索斯死后的化身。他得到厄科和其他众多女性的喜爱,却没有接受她们中的任何一个,只迷恋自己倒映在泉水中的模样。

一提到水仙,我就会想起这个故事,对水仙的印象也停留于"在被孤立的状况下,在靠近水边的地方静悄悄地盛放"。然而,眼前这花繁叶茂的景象又是怎么一回事呢?

在北风呼啸的寒冷的斜坡上,水仙竟如此热闹地盛开着……

水仙

单子叶植物,石蒜科多年生草本植物。在秋季栽培的球根草花,用于观赏。野生水仙常见于日本海滨温暖地区,原产地则是地中海沿岸。

地下有被黑色外皮包裹的洋葱状鳞茎,每个鳞茎可抽四至六片线状的叶子。春天伸出一枝花茎，顶端开出一至数朵花。花被裂片为六，呈白色，内侧有黄色杯状副冠。一般不结果实。

　　栽培品种很多，分为喇叭水仙、大杯水仙、小杯水仙、重瓣水仙、多花水仙、红口水仙等十一类，品种不同，花被和副冠的颜色、形状也不同。水仙通常生长在温和潮湿的土地上，夏季休眠。年内发芽、提早开花的多花水仙会在年内开花，其他多花水仙则是三至四月开花。我国关东以南、太平洋沿岸温暖地区的野生水仙，被认为是在古时从中国引进的。

　　水仙鳞茎含石蒜碱、多花水仙碱等多种生物碱，是有毒植物，但也有药用价值。

　　　　　　——摘自《学研原色现代新百科全书》

　　关东以南的野生水仙来自中国。这一点也很有趣。"水仙"这个词本身就带有"中国产"的意境，和希腊神话中的形象也有某种共通之处。那喀索斯是希腊中部维奥蒂亚地区的河神刻菲索斯和水精灵利里俄珀的儿子。"水仙"则是由河、泉意象中的"水"和宁芙意象中的"仙"字组成。若从民俗学的角度来看，这些传说究竟是以相同的形式在流传，还是古人碰巧在这种花上看到了相同的形象？

而且，本应生长在温暖地区的花，如今在北陆海岸肆意盛放，在太平洋沿岸的湘南地区等地却不见踪影，这又是怎么一回事呢？在冬季，其他植物都失去活力的时候，看着那小小的朝气蓬勃的花朵，是一件多么令人心旷神怡的事啊！

写生结束后，我走下斜坡，乘坐面包车在那一带兜风。

这里有一座名叫鸟粪岩、高一百五十米的断崖。道路画过一条曲线，上方矗立着一座巨大的岩石山。最靠海的那块高耸入云的岩石上，布满了在漫长岁月中不断堆积的鸟粪。据说，这些装点着岩石的白色鸟粪一到晚上便会发出磷光，也为海上的船舶指引了方向。实际上，这附近就有越前岬灯塔，说明这一带确实有人居住。

车子沿着海岸驶向福井。大海是铅色的，海面上不时有海鸥成群飞舞，微弱的阳光在灰色的天空里若隐若现。在这不变的背景下，眼前的景象却持续变换了好长时间，时而是人家，时而是岩石，时而又是一小片沙地……

在濑户内海四处逛逛的
普通之旅

向耕三寺致敬

人类的心理十分有趣。在旅行计划初起的时候尤为兴致勃勃，而一旦临近出行，前后的工作就会变成具体的壁垒，让人心生退意。明明是期待已久的濑户内之旅，到了出发当日，我不仅头脑混乱，还出现了消化不良的情况。

不过，夫妻关系非常伟大。结婚还不到一年，我的缺点已经逐渐被妻子的优点补足，虽然仍有些许过剩之处，但至少在旅行方面，她对我的帮助很大。我在日程安排和事务管理方面的能力与幼儿无异，这次旅行也让我清楚地意识到，妻子或将成为家庭生活的领导者。这令我多少产生了一些危机感。

从东京站乘坐新干线出发，在大阪换乘山阳本线，前往尾道。视线转向右侧后，在偏上的位置，寺庙和墓地莫名其妙地多了起来。这是名副其实的不可思议的体验。

若将旅行视为"trip"[1]，这便等同于奔赴一场幻觉之旅。

走路看到的风景、坐汽车看到的风景、在火车上看到的风景各不相同，即使是同一列火车，坐在不同的座位，看到的风景也不相同。再说得夸张一点，身高不同的人，人生观也会不同。更何况，旅行之初的风景决定了整趟旅行的心情。

尾道位于濑户内海中部海域的沿岸。据说志贺直哉、林芙美子等作家都来过这里，也都以此地为题材创作过作品，可以说，这是一座充满了文学气息的城市。然而，我们夫妇对这座城市毫无情结，一下火车就直奔港口，乘坐水翼船前往生口岛。

不知是因为速度快，还是因为水翼船结构特殊，船内的窗户被海浪拍打得乱七八糟，几乎看不到外面的风景。偶尔可见的景色，大多是比肩浮在海面上的群岛以及有特色的梯田。

向同船人搭话后，我了解到，岛上主要种植橙子、橘子、夏橙、柠檬等柑橘类水果，以前还种过"琉球芋"。

不知道我的理解是否正确，琉球芋应该就是萨摩芋[2]吧。本州人口中的萨摩芋实际上是从琉球一带传入的蔬菜，而对于琉球人来说，琉球芋的原产地或许是更南边的岛屿。

水翼船抵达了生口岛的濑户田港。

生口岛上有座名为耕三寺的寺庙。耕三寺又名西日光，因其形态

---

1. 关于"trip"的释义，详见本书第二章《凡·高：关于"正常的时间"》一文。

2. 琉球芋和萨摩芋都是番薯在日本不同地区的称呼。

与日光[3]的东照宫相似而得名。

建造东照宫时,江户幕府在全国大名之间发起过构筑技术竞争,从而达到削弱大名财力的目的。换言之,东照宫是政治策略的产物。与此相对,西日光的创建者只有一个人,也就是金本耕三[4]。在这一方面,二者有很大的不同。据寺院发行的宣传册记载,"没有道理,没有算计,甚至舍弃自我,一心一意地养育孩子,世间的母亲仿佛只为此事而活,这样的心意和姿态,这崇高的精神,实在令人钦佩"。

还有后文:"涌现于生口岛的大伽蓝耕三寺因何动机而建造?此等伟业又在何种机缘下完成?世人皆想知道的答案其实非常简单,只需一句'孝养母亲'便可作答。正如后记《缘起》所述,初代耕三寺耕三和尚兼备坚韧不拔的意志力、不羁的信念和超凡的智慧,不仅在母亲生前竭尽孝忱奉养,还祈愿来世继续报答恩情。即,耕三寺是和尚的至孝之心以大伽蓝之姿显现,亦可理解为,耕三寺是因母亲而诞生的伽蓝。"

耕三寺开工于昭和十一年,占地面积约一万两千坪[5],大部分塔、堂,分别采用了飞鸟、奈良、平安、镰仓、桃山、江户等各个时代的样式,这也是其特点所在——宣传册上是这么写的,实际情况却并非如此,倒不如说这座寺庙彻底贯彻了建造者的恶趣味。那华丽的大门很像用油漆刷出来的;寺内铁制的鸟笼一字排开,几十种鸟类被迫栖

---

3. 此处指日本关东地方北部、栃木县西北部的城市,是一个集山岳、湖沼、瀑布等自然风景与神社景观为一体的国际知名旅游城市。

4. 金本耕三(1891—1970),原名金本福松,原为焊接工,后转型成实业家、发明家,1935年得度,获法名"耕三"。

5. 即39720平方米左右,1坪约为3.31平方米。

息于白色的鸟笼中；寺内洞窟的出口，在一尊十五米高的巨大混凝土制观音像旁，且与洞窟距离遥远。

不知为何，我想起了江户川乱步的《帕诺拉马岛奇谈》。

在日本的寺院建筑中，日光东照宫有着与自然风景对立的罕见的艳俗，以及不输于自然的庞大能量，是一种异端的存在，而我恰好也是将异端之毒视为一种美学的人。然而，这座耕三寺给我的感觉是，它虽拥有寺庙的外观，却离不开原始咒术的支撑。

与修拉的点彩画相似的岛

第二天早上，我们从这座岛出发，乘坐三十分钟一班的汽车渡轮，前往大三岛的井之口港。

生口岛的濑户田是一处让人联想到江之岛一带的观光地，大三岛却不会给人这种感觉。在山间的梯田里，到处都是橙色的橘子，就和修拉的点彩画一样——大三岛只有这般安静的景色。

到达终点站后，我们从大三岛的井之口港打车前往大山祇神社。大三岛是艺予诸岛中最大的岛，大山祇神社有收藏着国宝级刀剑的建筑物，因此也被称为国宝之岛。

出租车司机是一名中年妇女。她非常热情地向我们搭话，问："你们喜欢 TOUKEN 吗？"有一瞬间，我以为她在说四国的斗犬，后来才明白是刀剑。[6] 我回答没什么兴趣，她又说："只参观神社的话，一小时左右就够了。我一会儿再来接你们。"就这样，我们在神社前下车了。

我们穿过鸟居，在宽阔的神社境内往深处行进，左手边是社务所[7]，穿着白色和服、浅黄色裙裤的清秀青年在进进出出。

院子里有一棵巨大的楠树，是国家指定的天然纪念物。立牌上写着："乎知命御手植之楠，于大三岛供奉祖神大山积大神之乎知命御手植之楠，据传树龄有两千六百年，自古被奉为神树。"

据说，这座神社建于700年左右，因供奉地神、海神兼备之神，在民间获得了广泛的信仰。如此说来，这棵树的年龄要比神社大得多，抑或是树龄有特殊的计算方式。苍老遒劲的树干上长满了苔藓，彰显自身不凡的格调。本殿保留了木材的自然肌理，但其他建筑物大多将木质结构部分涂成了朱红色，与白墙形成鲜明的对比，展现出简约之美。

刚才那辆出租车精准地预估了我们离开的时间，一出神社就看到了它的身影。我们坐上出租车，前往同一座岛上的濑户港。濑户港比先前的井之口港更靠近四国，我们将从这里乘渡轮前往伯方岛的熊口港。

在熊口上岸后，我们在港口前小卖部风格的店里买了纸巾，顺便看了眼周刊等，但因为没有什么新内容，我便空手离开了。仔细想想，虽然已经到达濑户内海的正中央，但距离我们离开东京其实还不到两天。

我们乘坐停在港口前的出租车前往尾浦。这座岛上也有很多柑橘

6.
日语中，斗犬和刀剑的发音都是とうけん（touken）。

7.
社务所，神职人员处理神社行政、事务性工作的办公室。

田，听司机说，这座岛上的男性几乎都从事造船方面的工作，柑橘田由主妇管理。

在路旁和远处的山坡上，也能看到当地特有的浓绿色树叶。掩映在树叶之间的柑橘硕大无比，比我们在东京看到的要大得多，地上还有不少落果。

正如司机所说的那样，这里随处可见造船厂，明明是乡下，却呈现出堪称异常的机械化景象。听说，这片土地上有很多船主和老板。聊着聊着，车辆便驶入了尾浦。

这里也有和熊口类似的小卖部，位于渡轮的候船处。上下船的位置边上有一段延伸入海的水泥石阶，我们下了两三级台阶，从那里茫然地眺望着大海。与东京附近的海域不同，这里的海，即便凑近了看，也是透明的蓝色。海水中漂浮着少量海草，绿色反而让海水显得更为透亮。海边的小路上，两个孩子骑着大人的自行车缓缓地来来去去。那光景是超现实的，和意大利画家基里科的画一样形而上，像一场失去时间的梦。

等了三十分钟左右，前往大岛的渡轮就靠岸了。我们和几辆汽车一起登船。大约三十分钟，轮渡便驶达大岛的宫洼港。

被虾蛄和大婶征服

抵达大岛的宫洼港后,我们向站在港口的女性询问了列在旅行计划中的"鹤屋旅馆"的具体地址。她告诉我们,沿着港口前的道路走到农协后往右拐,就能在左手边看到。现在是第二天的正午。

这座岛和生口岛不同,完全没有观光地的氛围,到处都是普普通通的居民,和游客不断散出去的钱怕是毫无关系。因此,旅馆的数量也很少。我们入住的房间似乎是新建的,但位于深处的浴室,无论是墙壁、天花板、电灯的形状还是瓷砖的氛围都很老旧,散发着战前的气息。

晚饭后,刚好返乡的旅馆主人的女儿突然说:"刚进了新的。"然后,她把虾和虾蛄端到了桌上。虾还是活的,偶尔有一只跳起来,就会有两三只被撩拨得一同跃起。

每当这个时候,妻子等人就会发出惨叫,和桌上的虾一样跳跃起来。虾蛄不是东京寿司店放在米上的那种小虾蛄,甚至要比那大两倍之多。实际上,我因为有点饿,早在晚饭时间之前,就已经在附近公民馆前的大阪烧店吃过炒面和大阪烧了。若用漫画来表现,卷心菜的分量多得甚至能用上拟声词"沙沙"。而且,在刚吃完晚饭的时机端来虾和虾蛄,这着实是意料之外的事。不过,一旦吃了起来,剥硬质虾皮的手便停不下来了,不断地往嘴里塞新鲜的虾蛄。刚才还满得像小山的盘子,不一会儿就见了底。我深刻地意识到,人类的胃容量代表的是一种感觉。

第二天一早,我叫了一辆出租车,前往这座岛的另一个港口——下田水。

上车后,我才发现,旅游指南上说,这座岛以花岗岩和八十八所灵场闻名。司机对此不以为然,轻描淡写地说道:"寺庙的数量啊,不好说哦,不知道有没有到一百。"旅游指南想表达的可能是"比起真正的四国八十八所[8],我们这儿游览起来更方便"。即便如此,要游览八十八个地方也是相当耗费精力的,所以我立刻中止了这个计划,按照最初的方案,直接前往下田水。这固然是一场散漫的旅行,但这样的旅行更能体现出远离东京喧嚣的意义。从下田水乘渡轮前往四国的今治,需要花费一小时左右的时间。

从今治港乘坐出租车到火车站,再坐火车到高松。我购买了指定席的车票,位置却被中年妇女占领了。于是,我只好先坐到其他的空位上。列车员告诉我:"那位女性是从几排几号转移到这里的,这个座位的人现在坐在几排几号。所以,您方便的话,请坐在这里。"他扶着眼镜框,语气非常郑重。这是一辆随心所欲、悠闲自在的火车。在海边飞驰了一小时后,列车停靠在了松山站。

松山因子规[9]和漱石而闻名。在俳句领域,漱石是子规的弟子,但在这片土地上,漱石更有名。也许是俳句诗人和小说家在大众接受

---

8. 四国八十八所,日本四国岛与弘法大师(空海)有渊源的八十八座佛教寺院。

9. 子规,即正冈子规(1867—1902),日本明治时代的文学巨人。

度上的差异吧,讽刺这片土地的小说《少爷》之所以如此风靡,是因为现实比小说更荒诞。我们乘车前往"少爷"常去的道后温泉。

　　道后的车站是明治时代的西洋建筑,涂着绿油油的油漆,有着别样的风情。从车站到温泉所在地的沿途有一排 L 字形的土特产店,每家店的商品大同小异,令我颇有不满。唯有温泉保留着明治以来的气派,不愧是"漱石常来"的地方。温泉的装饰和土特产多以白鹭为主题,据说是因为这里的温泉最早是由白鹭发现的。

　　据旅馆的女佣所说,通往松山城的缆车现在是否还能使用已是未知。我们只好放弃参观松山城的念头。不过,道后公园等地拥有宽敞、舒适的动物园,风光怡人,让人感受到了"城下町"[10]特有的风格。

---

10. 城下町,以大名居住的"城"为中心,在战国时代到江户时代之间发展起来的城镇。大名的家臣和领地内的町人划分区域居住,以"城"为中心设置武家屋敷,外侧有商人町、匠人町、寺町等。

CHAPTER VI

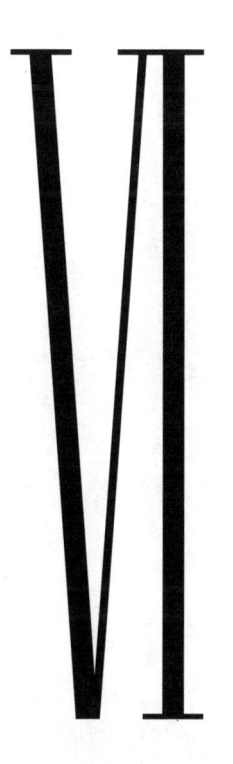

无关紧要的事

話 の 横 道

小王子

今年，我也做了一些和戏剧相关的工作，比如新宿梁山泊的《孟加拉虎》、青蛾馆的《蓝胡子公爵的城堡》的舞台美术，以及 Project Nyx 的《伯爵小姐小鹰狩掬子的七宗罪》的分镜剧本和舞台美术。后来，我还为结城座的《浮世的奈落·默阿 MIX》画了大约五十幅插画，接着又接手了 Project Nyx 的《小王子》的分镜剧本和舞台美术。《小王子》这次是重演，由于演员阵容有变动，人数也变多了，我不得不为分镜剧本做大篇幅的增改。

寺山修司的《小王子》是为 20 世纪 60 年代刚结成不久的天井栈敷而写的，舞台是电影大结局后的剧院，时长也只有一小时左右。根据一种反圣埃克苏佩里的设想，该戏剧讲述了杀死丈夫的女人女扮男装带着孩子逃走的故事。当然，寺山修司既创造了被称为"Underground"

（地下）的前卫戏剧，也创作出了品位不俗的少女文学，包容性这么强的人不可能不认可圣埃克苏佩里。在别人口中，寺山修司是"批评的毒药和少女的眼泪"（如月小春），[1]也是"从小就会一种变身成少女的魔法，但是一天只能变身一小时"（久世光彦[2]）的奇才。因此，我将这个剧本，和由木偶、演员共同演绎的圣埃克苏佩里的原作进行了结合。首演时，角色只有王子、玫瑰木偶和飞行员，而今年，首演时饰演主角"点子"的石井国子也加入了我们，我还新增了狐狸等其他几个角色。我虽不是剧作家，但在不知不觉间也开始撰写分镜剧本和部分台词了。

我开始为名为"DANCE ELEMENT"的团体写分镜剧本后不久，大家对我在戏剧方面的能力也逐渐有了认识。金守珍很喜欢那些舞台，于是邀请我和他一起创作。

金守珍原本在蜷川工作室工作，后来在唐十郎[3]的状况剧场当演员，接着又创办了新宿梁山泊剧团，是彻头彻尾的地下戏剧出身，而且很有唐十郎的风格。

Project Nyx 的创始人是梁山泊的女演员水嶋KANNA，第一部作品是寺山修司的《海鸥或寺山修司的少女论》。因为原作是为少女而作的短篇小说，所以我从寺山编写的格言中撷取了世界各地、从古至今的语句，再加入一些木偶戏元素，润色成了一部具有音乐演诵剧风格的戏剧。

1.
剧作家如月小春曾如此评价寺山修司的戏剧（可见于《寺山修司童话全集8：人鱼公主·国王的新衣》的腰封）："通过这两部戏，我们看到的是批评与抒情之人，不，是同时拥有批评的毒药和少女的眼泪的人。而这，是寺山修司戏剧世界的精华。"

2.
久世光彦（1935—2006），日本导演、小说家、电视剧制作人。

3.
唐十郎（1940—2024），日本地下戏剧的始祖、先锋剧作家、导演、演员、剧团"唐组"主理人、文化功劳者，1963年在新宿花园神社境内成立"状况剧场"（通称"红帐篷"）。

(240)

关于招牌

在我家附近的小十字路口,立着警察制作的"禁止驻车"的白色警示牌。不知是谁拿白色油漆在上面搞了点恶作剧。

他把"驻"字的半边抹去,似乎是想让人将它理解成"禁止马车"。因为黑体字自成方形,所以只占 $\frac{1}{2}$ 方形的"马"不能被读作"马"。既然都带了白色涂料,为何不把黑色涂料也带来呢?马字旁的字有很多,比如改成"禁止驮车"就很不错。还可以活用另一边,改成"禁止注车"。既然如此,不如把"车"也改一改,直接改成"禁止注射",或许能引发一场禁止滥用药物的运动。

高中的时候,我有一个家里做招牌的同学。他能用平头画笔流畅地写出黑体、圆黑体和明朝体的文字。我也非常努力地学会了这项技术。每当看到那块警示牌,我都会回想起这件事,胳膊便会隐隐作痛。

对了，同级生中还有另一个同学家里也做这一行。他们看起来都吊儿郎当的，不知道现在在做些什么呢？

我的亲戚中有人经营规模很大的招牌店，我家隔壁也是一家招牌店。说起来，当时街上到处都是招牌店，其中，我特别喜欢画电影招牌的地方。在从剧院那里拿到的明星照片上画方格线，然后在招牌的底板上也画上放大的方格，由此画出大幅的素描，再给它上色。昭和初期的照片都是黑白色的，因此可以随意上色。有的匠人会配上高雅的颜色，有的匠人会配上艳丽的颜色，种类很多。也有人会在画得差不多之后，在脸的一侧加上照片上没有的蓝色光源，营造出特殊的氛围。

商店招牌和玻璃门上的文字经常使用隶书，拥有这种技术的人被称为老师，他们会随身携带两三支笔，骑着自行车到处转悠。

虽然现在是靠电脑输出来制作大型广告牌的时代，但偶尔遇见手绘的电影广告牌时，我还是会感到心动。

森繁久弥[1]先生

去年年底，FM有一档由作家村松友视先生担任主持的歌唱节目，森繁久弥先生压台登场。我一边聆听这首略显哀伤的歌，一边回想起与森繁先生仅有两次的会面。

1996年左右，森繁先生在《周刊朝日》[2]连载随笔的时候，配图工作是由我来完成的。连载结束时，有一场责任编辑、主编、出版局负责人、作者和画家都会参加的庆功宴。这种习俗虽然很麻烦，但总归不是什么日常事件，将之看作一种乐趣也未尝不可。

和森繁先生的聚餐结束后，大家一起来到了银座的酒吧，那里似乎是报社相关人员常去的店。第二次聚餐时，我们聊起了表演。

1.
森繁久弥（1913—2009），日本影视歌坛老牌明星，昭和演艺界的代表人物。

2.
《周刊朝日》，朝日新闻出版（2008年3月前名为"朝日新闻社"）发行的周刊，1922年创刊，与《每日新闻》（每日新闻出版）齐名，是日本历史最悠久的综合性周刊，2023年停刊。

森繁先生说:"我啊,我想演西拉诺[3]。"

森繁先生也是文学青年,于是,我试着抛出了这样的问题:"您喜欢哪个译本?"那时,森繁先生的听力已经衰退了。和我们在一块儿的还有一位导演,他的声音频率似乎和森繁先生对得上,于是承担起了翻译的工作。森繁先生无法听到我的声音,导演便直接替他答道:"当然是西拉诺!"[4]

"我的问题是,罗斯丹的原作被译成了很多不同的版本,比如铃木信太郎[5]的版本,以及一些更古老或更新的版本,您更喜欢哪个译本的风格⋯⋯"

于是,导演大声地向森繁先生转达了这个问题。

森繁先生立刻回答:"额田六幅[6]。"我顿时明白,他所说的"西拉诺"是新国剧版的《白野[7]弁十郎》。森繁先生当场朗声表演了一段讲述尼僧院一周内所有事件的"台词"。结束愉快的聚餐、在酒店大门口等车的时候,我对他说:"我很想看森繁先生饰演的白野。请一定要演。"

面对着黑暗,森繁先生又演绎起那段尼僧院里的台词。

3.
西拉诺(Cyrano),在国内更耳熟能详的译名是"西哈诺",法国剧作家埃德蒙·罗斯丹(Edmond Rostand,1868—1918)的代表作《西哈诺·德·贝热拉克》(*Cyrano de Bergerac*,又译《大鼻子情圣》)中的主人公。

4.
在日语中,"译本"和"角色"的发音一样,都是やく(yaku)。

5.
铃木信太郎(1895—1970),日本法国文学研究专家、东京大学名誉教授、日本艺术院会员。

6.
额田六幅(1890—1948),日本剧作家、通俗小说作家。

7.
白野的发音(shirano)与前文所述的西拉诺相近,白野弁十郎即西哈诺·贝热拉克的日文译名。

大家的歌

近半个世纪以前，我的朋友横尾忠则、和田诚经常在聊天时提起自己在制作 NHK 节目《大家的歌》[1] 的影像。由于他们实在提到太多次，我甚至记住了导演后藤田的名字。

在那之后，我偶尔也会在电视上看到出自其他人之手的《大家的歌》，一边感慨"哦，原来这就是小横尾做过的那个节目啊"，一边悠闲地观望。去年 9 月，NHK 的制片人松坂女士打来电话，问我要不要试着参与《大家的歌》。我自然是迅速地接下了这份工作。

造访我工作室的她，是一位时尚品味很好的美女。出于对她的好

---

1. 《大家的歌》(みんなのうた)，从 1961 年放送至今的长寿音乐节目，在 NHK 电视、广播的各频道播出，每期仅五分钟。电视版《大家的歌》也是一档以动画为主的短片节目。

(245)

感，我只用两天时间便画好了分镜。

第二次会面时，有一位穿着朋克风格针织衫、名叫冈野的男性与她同行，据说他会负责包括后期制作在内的导演工作。

碰巧在那个时候，由我负责分镜剧本和舞台美术，且有木偶登场的《小王子》正在上演，我便邀请二位前去观看。结果就是，《大家的歌》也采用了以立体木偶来呈现的方式。木偶操作由我们这边的工作人员——一直给我的舞台美术提供无微不至的帮助的野村直子和"Lunatico"的大川妙子、染野弘孝——来完成。在 NHK 特摄室的一间房内，放置着两台在 CG 技术发达的现代已经很少使用的能够呈现四层透视效果的动画摄影台。就在这间房间深处的三十坪[2]左右的摄影棚里，我和野村直子的立体造型作品被搬了进来。拍摄开始了。这是我第一次绞尽脑汁思考如何在蓝幕前把操作结构的木偶拍得有魅力。在极其紧迫的时间里，我们以高昂的精神状态结束了为期三天的战斗。我总算能松一口气了。接下来，我只需要等待冈野先生和热田先生这对搭档给我看电脑合成处理和剪辑后的影像就好。当然，这也是整个过程中最值得期待的一环。

P.S. 我想对宇贺神先生和中村先生表示感谢。是你们操作着摄影棚内的豪华照明器具、新型相机、动画摄影台的多镜头摄像装置等专业器材，完成了整个拍摄工作。

---

[2] 约 99 平方米。

胡桃夹子变身记

寺山修司曾与三丽鸥有过关联。当时有一个制作木偶动画的企划案——制作：辻信太郎，剧本：寺山修司，导演：清水浩二，木偶：友永诏三，原作：霍夫曼的《胡桃夹子》。

那段时间，为了制作另一部动画的印象稿[1]，我每周都会去一次三丽鸥的办公室。社长办公室里有一个宽两米左右的等比例缩放模型，一打开开关，克拉拉木偶就会登场。能做出这样的模型，足以说明他对胡桃夹子的热情有多高涨。

然而，社长的喜好和寺山修司的怪趣味似乎有太大的偏差，这个企划案还是没能落地。寺山修司的剧本和清水浩二的导演方式被全数

---

1. 印象稿（imageboard），在开始制作动画之前（策划阶段）绘制的图像，将重要的动画场景描绘出来，供工作人员了解企划内容，掌握整体的感觉。

驳回，此后，剧本和导演工作都由辻信太郎一个人完成。电影最终呈现出了甜美、浪漫的三丽鸥风格。

寺山修司去世后，曾把《人鱼公主》搬上舞台的清水浩二、高山英男、九条今日子和我决定把他的剧本改编成木偶戏。但是，这个剧本诞生的前提是三丽鸥的资本和巨额预算，这也决定了它是由大量木偶和不输给电影的大场面构成的。如果要把它改编成在剧场上演的木偶戏，不得不攻克许多难题。于是，我们委托当时还在世的岸田理生[2]对它进行了适当的改编。她很快就写完了，但工作人员对其中几处有所不满，希望她再斟酌一下。

最终，故事的舞台搬到了昭和初期的日本，主人公是命运多舛的少女，台词也很美，是很有岸田理生风格的佳作。我设计了几个木偶，九条今日子担任制作人，让这些设计稿完美落地。尽管如此，似乎还是有一些无法克服的问题，最终，岸田理生版《胡桃夹子》也没能公开上演。

如今，这部梦幻般的戏剧将由 Project Nyx 来呈现。导演是新宿梁山泊的金守珍，我负责分镜剧本和舞台美术。不过，把原为木偶戏剧本的书改编成舞台剧依然是一件棘手的事，我们仍有许多问题要面对。

2.
岸田理生（1946—2003），日本剧作家、戏剧导演，1974 年加入天井栈敷，此后一直与寺山修司共同创作剧本，直至寺山病逝。

寺山修司的木偶戏

1962年，寺山修司为木偶戏剧团"瞳座"创作了木偶戏剧本《狂人教育》。在瞳座的公演中，三位诗人的作品在青山的草月会馆上演。我没有看过这场演出，只记得当时听剧团导演清水浩二说过，这三位诗人是岩田宏、谷川俊太郎和寺山修司。

《狂人教育》的设定是，在共七口人的木偶家庭中有一个狂人。但是，究竟谁是那个狂人呢？从结构上来说，木偶无法拥有自己的意志，操纵木偶的人也没有自己的思想……那么，狂人会是导演或剧作家吗？

总而言之，通过文本，不难推测出这是一出修辞交错、极具诗意的戏剧。

此后，清水浩二得到寺山修司的信任，离开瞳座，创办了由寺山修司命名的剧团"人形之家"。

第一场公演是在 1967 年。寺山修司将安徒生童话《人鱼公主》改编成戏剧,导演是清水浩二,音乐则由林光负责。我负责木偶及装置设计,辻村寿三郎负责木偶制作。辻村制作的立体木偶确实独具造型感,浪漫的装饰美也为其增添了最高级的视觉效果。清水那诗意的舞台效果,为战后的现实主义和某种原始信仰的潮流注入了新鲜的罗马式风格。

为木偶配音的演员有石坂浩二、和泉雅子、大村昆、熊仓一雄和坊屋三郎,非常出色的阵容。

当时的那些木偶如今仍住在清水先生的家中,用手指一碰,用聚氨酯制成的皮肤就会分崩离析,碎成沙砾。

20 世纪 70 年代,寺山作为剧团"天井栈敷"的成员,在位于有乐町的日剧音乐厅[1]公演《匹诺曹》。这是一场木偶与人的混合剧,在充满都市氛围的脱衣舞表演中,一旦遭遇桃色事件,主人公匹诺曹的鼻子就会不断变长。我负责舞台美术,小筱顺子[2]负责舞台服装。

我深切地感受到,木偶这种东西,是能把诗意的隐喻戏剧化、把情欲以暗喻的方式形象化的珍贵素材。

1.
日剧音乐厅,位于日本剧场五楼的音乐厅。

2.
小筱顺子(コシノジュンコ,1939—),日本时装设计师。

名为恶趣味的趣味

因为是插画师,平时会画各种各样的东西,所以大家一致认为我有很多兴趣爱好。实际上,我的真实状态更接近于没有兴趣爱好。

丙烯颜料、水彩颜料、铅笔、彩色铅笔、色粉笔、炭精粉、圆珠笔等,我既没有偏爱的绘画材料,也没有信奉的厂家和品牌,几乎什么都可以接受。

圆珠笔作为日常的书写工具也是必不可少的,如果不在外套的胸前口袋插上一支,我就无法安心。如果真的忘记携带,我就会去地铁站的小卖部或附近的文具店随意购买一支。在这种情况下购入的圆珠笔,少说也有五十支。就在不久前,我被六色、四色等多色圆珠笔吸引,在不知不觉间,圆珠笔藏品也增加了。旧到不显色的笔自然无法再使用,但多色笔中总会有尚未变色的颜色,所以很难下定决心将它丢弃。

此前因接受采访而需要拍摄照片时，摄影师走过来，把我胸前口袋里的圆珠笔摘掉了。这样的事已经不是第一次发生，难道摄影师的工作准则里有这一条？还是这是常人所无法容忍的品味？或许，对于男性时尚杂志来说，这是一种恶趣味。他们可能不想拍胸前有圆珠笔的肖像照。

但是，被拍摄的对象是我，应该不会影响摄影师的口碑。"取材"的理念应该是尽可能自然地记录被拍摄者的思想和气质。

下次拍摄时，我要用七八支圆珠笔填满胸前的口袋。我觉得它们看起来应该会像莫名其妙的疯子勋章。

还有很多摄影师会在按快门的时候说"好，请笑一下"。又不是正在经历什么有趣的事件，这突如其来的要求实在让人头疼。为什么拍照一定要微笑呢？这也是我想不明白的事情之一。

顺便再提一点。最近，用数码相机和手机拍大合影的人越来越多了。虽然我不介意成为被拍摄的对象，但就连这种时候都要说"好，茄子"，真的有点奇怪。大家都能笑得出来吗？当然也有人笑不出来。摄影师不断提出"笑一笑"的要求，被拍摄的人却越来越笑不出来。而且从说"好，茄子"到按下快门的等待时间也太长了吧。这个问题有谁能解决一下吗？

雾野仙子

　　我创作了一本绘本，文本来自以绘本《面包超人》而闻名的柳濑嵩先生。

　　柳濑先生也是广为人知的童谣《手心向太阳》的词作者。

　　他还是一名漫画家，《面包超人》的图画部分也出自他本人之手。

　　就是如此全能的柳濑先生，指定我为一位名叫"雾野仙子"的摩登仙女和一位冷门漫画家之间的爱情故事绘制插图、设计装帧。

　　您明明只要亲自上阵，做完这全部的工作，就能创作出一本牢牢抓住读者的畅销书，为何要将这些机会送到我的手上呢？我觉得有些不可思议。在后记中，柳濑先生说，他之所以选择了我，是因为我"能画出将人生的悲哀藏匿于心、拥有诗意感性的美少女"。或许，他希望能在有生之年做一本完全不需要在意销量、只为让自己开心的限量

(253)

一千册的珍藏版的书。

不过，柳濑先生本就是在看到我为《诗与幻想》[1]的柳濑嵩专题所画的插图之后，才打算出版这本书的，所以我认为我的猜想应该没有错。

我久违地选用了昂贵且不易于装订的纸张，以插页的方式制作了版权页，和设计团队一起享受了在丝毫不用在意成本的前提下自由发挥的乐趣。最终，书完成得相当不错，既奢华也时髦。不过，书出版之后，我和往常一样，因厌弃自己所画的插图而痛苦不堪。

1.
《诗与幻想》(詩とファンタジー)，文艺季刊，由镰仓春秋社于2007年创刊。从创刊号开始，柳濑嵩便是《诗与幻想》的责任编辑，封面插画也一直由他绘制，直至他去世（他参与的最后一期是第24期）。此后，宇野亚喜良从柳濑嵩手里接过接力棒，从第25期开始为《诗与幻想》绘制封面。

亚当与夏娃

我大约为十二部芭蕾舞剧和话剧撰写了分镜剧本。

10月公演的《亚当与夏娃》（演出：野口和彦的剧团"青蛾馆"，剧本：寺山修司），我也负责了分镜剧本和舞台美术的工作。这个剧本由"人间座"在1966年首演，出演者是春川真澄和露口茂。当时，我也负责了美术工作，所以，这一次算是我与这个剧本时隔四十多年的再会。当时是在电影结束后的剧院演出，所以演出时间不到一小时，是一场很短的戏剧。因为有必要写得再长一点，所以我加上了序幕和终幕。我让蛇和蜗牛讲述了这样一个故事——

神先创造了地上的生物，然后创造了管理它们的人类。夏娃违背了与神的约定，偷食了智慧的果实（苹果），并让亚当也食用。二人因此性觉醒，被神逐出天国。

寺山笔下的夏娃并未食用象征着智慧和生命的苹果，她只是一个对吃苹果非常狂热的女人，为此还杀死了丈夫亚当和次子亚伯。将母亲送入精神病院后，长子该隐说出了整场戏剧的最后一句话："今后，我和那位大人将永远在一起。"

我想把这句话作为终幕的关键。于是，五十多年前读过的太宰治的短篇《越级申诉》突然浮现在我的脑海中。我记得那个第一人称主人公犹大似乎将耶稣称为"那位大人"。我心想，寺山修司和太宰治是老乡，读过他的书的可能性当然很大，《旧约》和《新约》虽然有区别，但毕竟都是《圣经》……

我对这一发现非常满意，第二天便购入了文库本，阅读了这一部分。然而，我的记忆出现了偏差，实际上，犹大对耶稣的称谓是"那个人"或"那家伙"。

在排练场说到这件事，协助导演的寺山偏陆[1]说："把'那个人'和'那位大人'连在一起不就好了吗？"有一个人喊出"那个人——那位大人"，其他人也像轮唱一般连声喊"那个人""那位大人""那个人""那位大人"。最后，蛇说道："不管那位大人是耶稣还是释迦牟尼，你们都会堕入地狱。因为你们是杀死亲弟弟的该隐的后裔……"

---

1. 寺山修司的弟弟。

日本的香颂

不久前,在新宿二丁目附近看完戏剧后,我顺道去了一趟"BAR 星男"。这家店刚于两个月前开业,我为它设计了卡通形象和标志,但因为太忙一直没有机会过去看看。帅哥店主樱田宗久曾是艺人,现在是摄影师。他是一位用电脑拼贴棚拍照片、创造出颇有新巴洛克风格的现代曼陀罗宇宙的创意人。店内风格简约,可以用"可爱的现代主义风格"来形容。

临走前,我得到了一张由这家店的合伙人索瓦雷制作的 CD,标题是《关于日本香颂的一切》。这张 CD 也非常出色,近几日我一直在听。除了天津乙女、深绿夏代、越路吹雪、寿美花代、那智 Wataru、淀 Kahoru、上月晃、堀内美纪、真帆志 Buki 等宝冢出身的歌手之外,石井好子、佐佐木秀实、淡谷则子、冈田真澄、芦野宏、二叶 Aki 子、索瓦雷、石田良子、千秋直美、美空云雀等艺人的歌曲也在其中。

听歌的时候,我总会联想到我们所处的时代和场景。我购买的第一张唱片的是夏尔·特雷内[1]的《心动!》。20世纪50年代末,在数寄屋桥购物中心的唱片店里,阿兹纳武尔[2]的唱片能以很便宜的折后价格买到。当时遭此冷遇的歌手,几年后在电影《寻找偶像》[3]中登场的时候,已经是歌坛泰斗级的人物了。

20世纪50年代,东京出现了几家香颂咖啡馆。我时不时会去位于银座的"银巴里"[4]。在那里,有一位名叫泽康子的人,用圣日耳曼德佩那一带的存在主义者气质演唱卡米娅的《海鸥》,韵味十足。

我依稀记得,美少年美轮明宏在初期银巴里的名字是丸山臣吾。还有一个胡子拉碴的男人用略带口音的东北方言演唱乔治·布拉桑的《大猩猩》。不知为何,我一直想不起他的名字,就这么苦思冥想了好几天。今天,我竟然在《天井栈敷新闻收藏》的封面一角发现了印成铅字的那个人的名字——"工藤勉",这是多大的幸运啊!

1.
夏尔·特雷内(Charles Trenet,1913—2001),法国的国民歌王、香颂的代表人物、作词家、作曲家。后文提到的《心动!》(*Boum!*)是其代表作之一。

2.
阿兹纳武尔,即夏尔·阿兹纳武尔(Charles Aznavour, 1924—2018),享誉世界的亚美尼亚裔法国歌手、词曲作者、演员、公共活动家和外交家。

3.
《寻找偶像》(*Cherchez l'idole*),1963年上映的法国电影。在这部影片中,阿兹纳武尔饰演自己,并演唱了自己作词的《记忆中的眼眸》(*Et pourtant*)。

4.
银巴里,日本首家香颂咖啡馆,1951年至1990年间存在于东京银座七丁目。

鼓掌过度的日本人

最近，我欣赏了由来自不同国家的现代舞者们带来的名为《手冢》的舞蹈演出。

手冢治虫的作品被巧妙地影像化了。它们变得动态，通过不停变化的图像与舞蹈之间的奇妙合作来呈现。他们从手冢治虫数量庞大的作品中选出各式各样的小故事，把它们拼贴在一起，还以一种混乱的方式表达了作家手冢的烦恼。

这部作品以戏剧般的构思表现出前卫的精神和手冢的人气，我很喜欢。

我的旁边碰巧坐着舞蹈评论家芳贺直子，我们曾在画家寺门孝之的介绍下碰过面。她很喜欢研究"俄罗斯芭蕾舞团"，所以在幕间休息的二十分钟时间里，我们一直在聊这个话题，甚至没有离开座位一步。

这个舞团在19世纪初的欧洲创作出了一系列充满独创性的艺术作品。我也对它很感兴趣，所以这次谈话非常愉快。

其间，我还插入了一些别的话题，比如我看过录像的莱奥尼德·马西涅[1]版《三角帽》、巴黎歌剧院版《牧神的午后》，以及科克托负责剧本、香奈儿负责服装的《蓝色列车》等，气氛热烈。这位年轻貌美的评论家脑子里的信息量之大，也实在令我叹服。

谢幕时，观众的掌声和呼声不断，演员们返场了好多次。起立鼓掌的人起初只有零零散散几位，后来越来越多，坐着的人已经无法看到舞者们的身影了，我便也站起来为他们鼓掌。而旁边的芳贺女士一直坐着，鼓掌的动作和声音都很低调。

几日后，我忽然想重读一遍两个月前收到的芳贺女士的著作《俄罗斯芭蕾舞团 有关其魅力的一切》，于是将手伸向书架，结果在它的下方发现了新书[2]大小的《鼓掌的日本人与不愿意排队吃饭的法国人》。这也是她的作品。

日本观众鼓掌过度，对艺术家太过包容，反而降低了艺术的质量……大致是这样的内容。原来如此，我想起了她在谢幕时的态度。

那是芳贺女士在用身体践行自己的文化批评。

1.
莱奥尼德·马西涅（Léonide Massine，1896—1979），俄罗斯芭蕾舞蹈家、编舞家。

2.
新书，日本图书常见的尺寸之一，即105毫米×173毫米。一般来说，新书大小的书籍都是丛书，内容以科普、学术等为主。

二元对比

不知为何,在表达喜好时,人们往往会找出参照对象,进行二元对比。例如,比起列奥纳多·达·芬奇,我更喜欢米开朗琪罗;比起在昏暗的密室里描画女性的达·芬奇,创作出巨大雕塑、在雄伟的教堂建筑作画的米开朗琪罗更有气魄……

不久前,插画师聚会喝到第二家的时候,我久违地见到了绘本作家田岛征三。绘本研究季刊《Pee Boo》还在发行的时候,由于同为编辑,我们每年会碰面四次,如今却有两年未见了。

有段时间,以20世纪80年代的玛蒂斯为代表的性感女性形象在插画界也成了主流……当我这么说时,征三君立刻接话:"说到这个,长先生当时很喜欢马蒂斯哦。"

长先生是绘本作家长新太,他是我们都非常喜欢的浑身上下释放

(261)

出乐观主义和现代感的天才。可惜的是，他在2005年去世了。长先生曾说，在毕加索和马蒂斯之间，他更喜欢马蒂斯；在电影方面，若要比较黑泽明和小津安二郎，他更喜欢小津。他还说过，比起费里尼，他更喜欢维斯康蒂。

也是在这个时候，我和征三君发现了我们之间的共通点——我们都喜欢毕加索、黑泽明和费里尼。但是，如果有人要给我送一幅画，让我在毕加索和马蒂斯中选择，我可能会选马蒂斯（当然也看具体是哪一幅），因为我喜欢的马蒂斯画作数量庞大。

虽然我也看了不少小津的电影，并且有很多喜欢的，但黑泽明的电影更能让我热血沸腾。

有趣的是，尽管田岛征三和我的画风完全不同，但我们的精神结构和气质极为相似。

现在，征三君正在创作接近当代艺术的作品，执拗地在巨大的画面中粘贴谷物和果实。而我正在为全是男性演员的剧团"Studio Life"演出的《天守物语》（泉镜花）做舞台美术。换句话说，我所做的，不过是在巨大的舞台装置和服装上作画罢了。

寺山和帕索里尼[1]

在这五年时间里，除了平面设计领域的插画工作之外，我也接了不少戏剧领域的视觉设计工作。其实，在此之前，我已经为现代舞团 DANCE ELEMENT 做了十年左右的美术设计和文本创作。因此，在我看来，我的戏剧职历并不浅。

这个秋天，剧团 Project Nyx 将在金守珍的带领下，演出寺山修司的《上海异人娼馆》。金守珍是目前状态最好的导演之一。这当然不是我的一家之言。据说，连蜷川幸雄都曾表示，金守珍是他现在最关注的戏剧导演。寺山的原作不过是靠法国资本制作的色情电影剧本。也正因如此，它的改编自由度很大。为了引入一种不同维度的中国风

---

1. 帕索里尼，即皮耶尔·保罗·帕索里尼（Pier Paolo Pasolini，1922—1975），意大利电影导演、编剧、小说家、诗人、评论家、思想家。后文提到的《文体的野兽》，原题为 *P.P.Pasolini's Bestia da stile*。

情，我们计划将安徒生童话《夜莺》以木偶戏的形式穿插其中。为此，我正在撰写剧本、设计木偶。与此同时，我还在参与另一个项目，即川村毅导演的帕索里尼的戏剧《文体的野兽》。我负责服装和美妆设计。这部戏剧中有诸如"湿润的空气""木材""农村世界"等极为抽象的角色和概念，在舞台呈现上的难度之高，让人忍不住怀疑帕索里尼在创作时是否考虑过实际操作。比起戏剧作品，它更像一部诗作。然而，川村毅凭借其强大的导演能力，已经成功地将两部帕索里尼作品搬上舞台。这足以证明他具备将难懂的剧本变成有趣的舞台表演的能力。

　　让我尤为感兴趣的是，这部戏剧中将出现日本近代绘画作品。一幅是高桥由一[2]的《鲑》，另一幅是岸田刘生[3]的《山间小道的风景》。这两幅画都是饱含情感的现实主义作品。川村毅认为，这两幅画是对因性向而被杀害的帕索里尼的内心世界的隐喻。这一见解独到且有趣。听其他工作人员说，在演员和工作人员的首次见面会上（我因故缺席了），川村毅并未详细解释这两幅画的象征意义，但他的神情非常笃定。川村毅的导演风格独特，我相信帕索里尼一定会喜欢这种奔放的戏剧气质。

2.
高桥由一（1828—1894），日本西洋画之父。其代表作《鲑》《花魁》是日本重要文化财产（国宝）。

3.
岸田刘生（1891—1929），日本西洋画家。后文提及的《山间小道的风景》，原题为"切り通しのある風景"。

画家和插画师

　　近代画家通常站在自由的立场上，以自己喜欢的表达方式追求想要描绘的主题。他们在画布前苦恼，而一旦有了灵感，就像中世纪的骑士将手中剑换作手中笔，用勇敢而美丽的姿态与画布对战。这种英勇无畏的形象即大家对画家的印象。

　　就行为而言，插画师和画家是一样的，都是执笔作画。但插画师并不是直接描绘自己想画的东西或内心所感。换句话说，插画师的创作过程略显拘谨。首先，他们受限于客户给出的主题。其次，他们需要先考量媒介类型和目标受众等诸多制约条件，然后才能去揣摩主题、构思创意。年轻时，我总觉得这一过程缺乏主体性，也曾憧憬在无拘无束的世界里表现自我，但如今，我发现这一类型的创作方式非常适合我的性格，以至于我觉得工作已不再是劳作，而是一种享受。因此，每每接到工作任务，我几乎都能按时完成，甚至常常提前完成。有时，通过电话了解主题的过程中，我就已经在动笔画草稿了，就像头脑和手指在直接和电话另一侧的人对话一般。因此，除非有特殊情况，我从未逾期交稿。有时，我会遇到多个截稿日期重叠在一起的情况，忍不住回家向妻子抱怨。这时，她会说："不喜欢就别做了……"然而，听完这句话，我就会意识到，只要熬过这个难关，我便能发现这份工作其实无比有趣。有时，客户大方地让我自由发挥，反倒让我难以下笔，因为缺乏明确的焦点和指定的主题。

对我来说，画插画的行为类似于一种特殊体质，即，只有在与寄席相似的情景（观众明确存在，有明确要求，并且有时间限制）下，我才能舒适地作画。

因此，写作于我而言是个完全不同的领域，太多的自由让我难以遵守《月刊 territory》[1] 的截稿日期。这篇文章，便是为了向滨田先生解释拖稿原因而作。

1.
《月刊 territory》，由滨田高志编辑、发行的免费月刊，每期限量一百五十份。

科克托的电影

在接受以电影为主题的报纸采访时,我首先将内容范围缩小到了黑泽明的《七武士》、费里尼的《爱情神话》、科克托的《奥菲斯》和保罗·格里莫尔的《国王与小鸟》之间。随后,和记者商量之后,我决定将重点放在《七武士》和《奥菲斯》上。最终,由于《七武士》被其他人选了,我便只聊了聊《奥菲斯》。

虽然最终稿件我尚未收到,但在采访过程中,我们顺带聊了好多其他内容。这次,我想写一些在杂谈过程中联想到的相关内容。

尚未读过让·科克托的诗时,我便看过他的电影《美女与野兽》。这部电影和绘画作品一样美丽。为何说它"和绘画作品一样"呢?这是因为那些只有通过画作才能呈现的野兽、梦中的场景,以动态的形式变成了一部生动、完美的电影。科克托的剧本改编自博蒙夫人的版本,除此之外,《美女与野兽》的原著还有佩罗版和德国的格林兄弟版。

这则童话后来被迪士尼改编成动画电影和音乐剧,但我认为它们都未能超越科克托的版本。进入21世纪后,我为现代舞团DANCE ELEMENT编写了《美女与野兽》的剧本,还将其改编成绘本,这完全是因为我无法忘记科克托的电影。

关于《奥菲斯》,我不记得自己具体是在什么情况下看的,但在20世纪60年代,我曾因滑雪而摔断了脚,向当时供职的设计公司告假,休息了十天左右。当时,刚开台不久的富士电视台有一个名叫"电视名画座"的节目,从周一到周五每天播放同一部电影,我便靠反复观看《奥菲斯》度日。那段时间,我感到异常兴奋,甚至在打着石膏的情况下拍摄八毫米动画。

影片中,死神穿过镜子出现、奥菲斯在镜子内外来回穿梭的场景,每次都采用不同的手法来呈现;在铁道口前,车窗外的景色突然从正片切换到负片,以象征车辆已经进入异世界……这些构思都在凸显他充满诗意的灵感。可以说,这部电影是一首被画出来的诗。三岛由纪夫曾说"科克托是轻金属的天使",确实是恰如其分的形容。

川村先生家的猫

剧作家、导演兼演员的川村毅先生获得了鹤屋南北戏曲奖[1]。

这个奖项附有奖金,川村先生决定用这笔钱回馈社会。作为一名爱猫人士,他决定制作环保袋,并将销售收入捐赠给东北地区的流浪猫收容所。

环保袋的插图由我来绘制。作为参考资料,我收到了川村先生家三只猫的照片。令人惊讶的是,这位以创作震撼人心的舞台作品而著称的川村先生,与猫在一起时,竟会露出如此放松且满足的表情,真是闻所未闻。川村先生最近公演了五部帕索里尼的作品,因此这些环保袋上还会出现帕索里尼的独白。

---

1. 鹤屋南北戏曲奖,以歌舞伎剧本作家鹤屋南北命名、始于1998年的日本剧本奖(文学类奖项),由光文文化财团主办,表扬奖励前一年演出的新剧本。

剧团"针之穴"[1]

这一切，始于当代艺术家亚历山大·考尔德[2]制作的"马戏团"视频。视频中，考尔德用金属丝制成的人偶、碎布制成的动物在工作室里上演了一场马戏表演。考尔德盘腿（应该是吧……记忆有些模糊了）坐在地板上操纵着这些玩偶，他的妻子则在后面播放唱片，烘托气氛。他没有运用写实的手法，而是以质朴、幽默的方式操控狮子，表演投刀、空中飞人和骑马等节目。当投刀失败导致有人受伤时，担架队便会登场。驯兽师的表演则是将考尔德自己的手伸进狮子的嘴里（他还发挥了一段演技，表现出"我一点也不害怕哦"的样子）。

我把这件事告诉了在青山经营 Pinpoint 画廊的西须先生，他立刻

---

1. 意为针眼。

2. 亚历山大·考尔德（Alexander Calder, 1898—1976），美国雕塑家、艺术家，动态雕塑的发明者。

提议:"要不要在我们这里搞一场演出?"于是,转眼之间,剧场主人和制作人便就位了。当时正巧有机会碰面的朋友们也迅速加入,很快就凑齐了六名剧团成员,分别是插画师网中 Izuru、下谷二助、野村直子、寺门孝之、宇野亚喜良,以及既是导演也是演员的串田和美。剧团的名字源自一种从针眼窥视奇妙世界的概念。在过去的两次演出中,有下谷的活用物体与深海效果[3]的独白科幻剧、寺门的不合理木偶戏、野村的用玩偶和图片来呈现的纸歌剧、网中的与影像重层的手绘图、串田的纸芝居(连环画剧),以及宇野的换装人偶剧。这些演出无一不具备业余主义的羞涩和厚脸皮性格。虽然大家都表演得很卖力,但舞台上总是充斥着业余气息和无厘头氛围。

今年也差不多到时候了,让剧团成员们激动兴奋、紧张焦虑、翘首企足的又快乐又恐怖的表演季即将到来。

3.
深海效果,应指通过视觉、听觉或叙事手法,营造出深海般神秘、未知、压抑或孤独的氛围和沉浸感。

EXTRA

后记
文库版后记
中文版后记
——
解说 阿川佐和子
解题 滨田高志
——
文章初刊一览
西文人名译名对照表

后 记

在一次采访中,被问及"讨厌的事物"时,费德里科·费里尼列举了派对、船、所有音乐、亨弗莱·鲍嘉、勒内·马格里特、年轻人的电影、采访等,并表示不喜欢查理·卓别林,因为他觉得卓别林的作品充斥着感伤、浪漫的社会批评符号。在喜剧创作者中,他更喜欢巴斯特·基顿。在这一点上,我和他的感受相同。

然而,费里尼的《船续前行》几乎是一部船上的电影,《访谈录》一如其字面意思,讲述了一个被厚脸皮的日本记者不断纠缠的故事,《小丑》则使用了卓别林创作的音乐。因此,他在采访中的回答或许是一种故意隐藏真实想法的幽默,抑或他的喜好和思维时不时就会发生变化。

本书集结了我在三十三年左右的时间里撰写的文章,反映了我在观点和喜好上的变化。例如,在以前的文章中,我曾说胖女人很可怕,但在费里尼《访谈录》中看到阿妮塔·艾克伯格的肥满身材时,我却非常感动。或许这正体现了费里尼的才华。当他在床单上投影出《甜蜜的生活》中的场景并让三十年后的艾克伯格出现时,我不禁泪流满面。

就像这样,人的想法是会发生变化的。这本书,就像旧情被揭露时,女人抬起下巴,用看淡一切的口吻说的那句话——"当时是当时"。

身为插画师,画画对我来说就像用筷子吃饭一样简单。然而,写作对我来说却像用铲子、锤子吃饭一样困难。尽管如此,我还是写足了能出一本书的量,这说明我其实并不讨厌写作。所以,能够将这些文字汇集成一本书,我由衷地感到高兴。

我首先要感谢插画师同仁小岛武先生,他认为我的文字很有趣并促成了这本书的出版。

其次,我要感谢编辑小岛岳彦先生。虽然他的真实想法有待揣摩,但他一直称赞我的文章"非常有趣",并鼓励我新写了几篇。多亏了他的帮助,这本书才能以这样的面貌问世。

另外,我也很庆幸封面设计不是由我敷衍了事,而是由热门设计师水木奏先生来完成。他的设计极具视觉冲击力,且他在书籍制作领域造诣深厚,赋予了这本书一种新古典主义的高贵气质。不论内容如何,能够以这样高雅的形式来呈现这本书,实在令我心满意足。

文库版后记

我喜欢的平面设计师龟仓雄策先生有一个习惯，就是从不拒绝约稿。龟仓先生身上还有一个我很喜欢的习惯，即，他总是一边工作，一边听落语家古今亭志生的CD。

20世纪50年代，我非常喜欢落语，经常去还没有变成东横涩谷店的东横会馆听志生和圆生在"东横落语会""三越名人会"的表演。晚年的志生有过一则轶事——刚登上台，在坐垫上说了一句"那个……"，他就把头靠在地板上睡着了。我虽不记得自己究竟有没有亲眼见证那一刻，但"的确见过"的既视感已然在我脑中成形。因此，我很喜欢拥有那两个习惯的龟仓先生。

我本就不讨厌写文章，听了龟仓先生的故事后，更是下定决心尽量不拒绝约稿。

也正因如此，身为插画师，我竟在半个世纪里累积了足够出书的文章数量。

如今回顾这些杂文，虽然有些内容显得自负，有些高谈阔论或许会让当事人不快，还有些玩笑开得太大，但我还是很高兴这些文章能结集成书，而不是被埋没。2000年东京书籍版《蔷薇的记忆》面世后，选编人滨田高志先生提出了新的建议，即把我在杂志《俳句四季》和《月刊 territory》上的连载也收录进来，做一本新书。尤其是《俳句四季》的部分，甚至成了对文库本来说极为奢侈的彩页。

还有一件令我高兴的事。在滨田先生的引荐下，阿川佐和子女士为本书撰写了解说。我是阿川女士的粉丝，很喜欢她写的小说，也很喜欢她在电视上的形象。她既聪明又可爱，还充满幽默感。不过，阿川女士的很多书都是和田诚先生设计的，给人一种和村上春树、丸谷才一等作家一样属于"和田诚家族"的印象。因此，请阿川女士写解说，多少有一种贸然从别人家中抢走一个家庭成员的感觉，但我最终决定不放弃这个幸运的机会。很期待她的稿件。

非常感谢当年统筹首版出版工作的小岛武先生以及统筹本次出版工作的滨田高志先生，还有负责设计的福田真一先生以及立东舍的山口一光先生，感谢你们的帮助，多亏了你们，我才拥有了生平第一本文库版随笔集。我由衷地表示感谢。

宇野亚喜良

中文版后记

  本书是文库版《定本 蔷薇的记忆》（2017年出版）的中文译本。该文库版以2000年出版的《蔷薇的记忆》为基础，增加了我为俳句杂志撰写并配有插图的十篇随笔（童话句乐部），以及连载于《月刊 territory》中的部分文章。

  这些随笔多为应各类媒体之邀而写，虽无统一的主题，却涵盖了我对心爱之物的感悟、旅途中的片段记录，乃至孩童时期的点滴回忆，相信读者能够从中感受到丰富多样的内容面貌。

  如今重读这些文字，我愈发能感受到其中蕴含着我少年时的感性，以及上世纪六七十年代特有的时代氛围。

  对我个人而言，这些内容至今依然趣味盎然。然而，我也不免思索，它们是否同样能引起他人的兴趣。作为选择了插画师这一相对特殊职业的人，我的感性，以及那一时代特有的氛围，是否能被当下的读者接受，并引发共鸣，这多少让我感到不安。

  更何况这是面向中国的译本，在满怀期待的同时，我也难掩内心的忧虑——在时代背景与文化语境皆异的他国读者眼中，这本书将会获得怎样的解读？

让我十分惊喜的是，中国的年轻编辑、出版人主动表达了希望在母国出版此书的意愿。

这是我生平第一次有作品被翻译出版，而与我取得联系的中国编辑团队，对日本插画艺术有着深入的理解，使我确信，可以将这本书安心托付给他们。

我想由衷地说一声谢谢。

宇野亚喜良

解　说
这种喜悦究竟是什么呢

　　这是一本多么奢华的书啊。

　　这份奢华并非体现在其厚度上。这本随笔集，是插画师兼设计师宇野亚喜良先生耗费四十多年时间一字一句写成的。单凭这岁月的厚重感和内容的丰富性，就足以让人感受到无尽的奢华。不仅如此，将这厚重的内容包裹住的装帧和宇野先生的插画，亦在不断地向我们发出神秘且充满魅惑力的邀请。读者在迷惘和期待之间摇摆不定，久而久之，这份犹豫变成了快感，让人感到无比地充实。仅仅将它抱在怀中，情绪便会高涨起来，仿佛找回了幼时从柜子深处取出珍藏已久的饼干罐时的兴奋感。

　　这本书的魅力，在于其难以言喻的气场。光靠外观上的巧思，完全无法将之说清道明。

　　语言是文化。无论是父母、老师，还是古往今来的书籍和先贤，都曾无数次地教导我们：为了丰富词汇和创造力，我们应多多读书。

　　的确如此。

　　每每听到这些话，我都会心悦诚服，下定决心一定要这么做。长久以来,我一直梦想着成为一个能自如运用词汇的优雅的大人,从书中拾取新的词汇,将它们融入我的日常生活。

然而,有一个根本性的障碍横亘在我面前,即,我自幼便十分不擅长阅读。

身为作家的女儿,怎么会不爱读书呢?这也太可惜了吧!家里有那么多书,为何偏偏讨厌读书呢?对此,我身边喜欢阅读的朋友们常常表示既羡慕又无奈。我一直渴望成为那种能流畅阅读的人。虽然我也不是完全不读书,但直到现在,我依然不是一个善于阅读的人。因此,从书中拾取迷人词汇的任务也被我无休止地忽略了。

阅读时,我总会感到焦虑。我也想和爱书之人一样,迅速地沉浸于书中的世界,用两耳不闻窗外事的集中力在其深处探索,被人呼唤姓名也毫不动摇。很可惜,事与愿违。不知为何,书中的文字总是对我充满敌意。

"反正你也读不懂吧?"

"你真的有享受阅读的能力吗?"

文字总是这样嘲笑我。我无法战胜那种无声的压力,也找不到与它和平共处的方法,最终只好半途而废。我与书的关系,就这样僵持了好多年。

然而,突然间,意外发生了……

宇野先生的文字是那么地温柔。宇野先生的文字是那么地温暖。它们既神秘又梦幻,高尚而富有罗马式(借用宇野先生的词汇)特质,兼备艺术性和极具魅惑力的性感气质。与此同时，它们又始终以惹得大家脸颊泛红的距离紧靠读者，在静谧的氛围下娓娓道来。它们仿佛在说："别紧张，看，这些词汇如何？""你认为呢？""这样的故事你喜欢吗？"

宇野先生编织出的那些语言，使我驻足、瞠目，也令我陶醉。这种喜悦究竟是什么呢？

不知从何时起，"通俗易懂"成了世间的至高命题。书籍、电视、歌词都遵循着"尽量不使用生僻词语"的潜规则。"通俗易懂"的风潮之所以能兴起，和"口语和书面语的界限逐渐模糊"的趋势也不无关系。用浅显的语言传达复杂的事物固然重要，我也坚信，能做到这一点的人，才是真正聪明的。强行使用不相称的艰深词汇，只会被认为是哗众取宠。然而，当我们试图解释某事或传达情感时，是否可以为了"简便"，便仅只重复那些流行语、行业术语和功能至上的手册用语，还误以为"这样就足以传达"了呢？磨炼自身的修养才能成为一流的大人，这种观念早已消失，人们愈发趋于单一化。结果就是，语言变得贫乏，甚至思想也变得贫乏，文化的光辉黯然失色，每个人都在逐渐变成词汇量有限的机器人。不对，说不定人类的语言已经比机器人还要贫乏了。

虽说我自己就严重缺乏词汇量，身处这样的"轻浮时代"理应抱有侥幸心理，但我还是难以掩去心中的那一抹不安："这样真的好吗？"

假如有人让我用一句话评价这本书，或因偶遇宇野先生（这种情况时有发生）而试图传达这本书带来的感动时，尽管有些惭愧，我大概会说出这样的话：

"真的很有趣！"

"这本书真是太时髦了！"

"超级可爱又有教育意义，简直太棒了！"

但是，这样真的可以吗……

在谈论电影、人物及其自身的感受时，宇野先生的语言是那么地富有色彩、流畅且优雅，就像微风吹进文字的缝隙之中，光影交替反射，将喜悦、悲哀、幽默甚至于他对工作的态度都精练且精彩地呈现了出来。他从不自夸，也不傲慢，甚至不会给人以过度谦虚的印象。一切都是那么地自然，那么地堂堂正正，那么地静谧且华丽。而在这个过程中，宇野先生还会时不时地插入一些令人无法抗拒的迷人话语。

华丽且慵懒的风景

如拉斐尔的画作一般美丽

甘美、罗马式、唯美

邪恶美学

顺垂且袖口宽松的衬衫

阅读画作的乐趣

少年是超越时间和时代的生物

活用彻底凌驾于日常之上的女演员的戏剧构作

在提到对海报的看法时，他说：

"它很虚幻，鲜度会随着时间流逝而不断退化，一如墨水、纸张会褪色那般。正因如此，提高创作时的鲜度非常重要，这与吃东西要'应季'很相似。换句话说，时代之风（风潮）亦等同于正在流逝的事物，但它更华丽，也更虚无。"

心跳骤然加速，猛然屏住呼吸。每当遇到这些词汇时，我都忍不住停下阅读，陷入遐想，想象那光景是多么地色彩斑斓、芳香四溢、优雅至极。我想了解的，并非宇野先生所追溯的插画世界的变迁，或是那个时代独有的充满才气的氛围。尽管这些内容也很有趣，但我更希望能穿越到宇野先生写这段文字时的心境，与他共同沉醉在那片刻的愉悦中。

这将是何等奢侈的瞬间啊！

我第一次见到宇野先生，是在插画师和田诚先生的个展上。那是一场在小型画廊举办的开幕派对，大家都拿着塑料杯站着聊天。这时，一位身材纤细、衣着考究的绅士静静地走近，向我搭话道：

"听说您指定了我来设计您的书……"

他的声音温和而慎重。我想，他应该就是宇野亚喜良先生吧。但是，这是我们第一次交谈，我对此并不确定。而且，我没想到他会以如此谦逊的态度对我说话，这让我一时有些困惑。我之所以感到困惑，其实还有另一个原因。邀请宇野先生来为我即将出版的新书设计装帧的事，出版社还没来得及通知我。

"啊，不，不是，不用这么客气……"

时至今日，我必须坦白，我当时确实想含糊其词地敷衍过去。不过，敏锐的宇野先生似乎立刻看穿了我的想法，微笑着说道：

"看来不是您亲自指定的啊。"

我记得他当时苦笑了一下。我太失态了！我觉得自己十分无能，同时也对眼前发生的事感到惊讶不已。

这个人真的是我从小就知道的那个绘制梦幻少女的宇野亚喜良吗？！现实中的他与我想象中的形象相差太大了。我本以为他会是一个更尖锐、艺术家气质浓郁甚至有些神秘和可怕的人，就像锋利的刀刃那样。然而，眼前的宇野先生却是如此温和、优雅和谦逊。

在那之后，我不确定宇野先生是否原谅了我的无礼，但不知为何，我们在路上相遇的次数越来越多，逐渐成了会主动打招呼的关系（虽然大多是我主动接近他）。

这可能是因为宇野先生的工作室和我住的公寓很近。而且，宇野先生每天早上从家里步行到工作室，中午回家吃完饭后又会回工作室工作到晚上，再步行回家，他在街上出现的时间自然也就多了。

"啊，宇野先生——！"

我总是兴高采烈地挥手打招呼。接着，宇野先生会停下脚步，用和初次见面时一样温和的眼神看着我，略显害羞地微笑道：

"我们马上要演寺山修司的戏剧了,有空的话请来看看吧。"

他和小剧团的年轻团员一样谦逊地弯腰,静静地将宣传册递给我。

明明是如此了不起的人物啊!在那个时代,他从法国、美国和日本的古典作品中汲取了大量艺术灵感,不断追求感性、品位和审美,并创作了无数优美的作品。我不禁纳闷,如此厉害的人物为何会如此谦虚、谨慎地对待微不足道的我。

"也太帅了吧——!"

我在心里惊叹。

如今,我饱含爱意地怀抱着这本书,一如我对自己所珍爱的饼干罐那般。我不禁再次感慨:在宇野先生那纤细的身体(尽管他的小腹微微隆起)中,到底累积了多少词汇、色彩、感性和经验啊!

"我也想成为这样的大人!"

我深知为时已晚,却仍然忍不住焦虑了起来:"不好了,得加油了。"

阿川佐和子

解　题

《定本 蔷薇的记忆》（文库版）

本书是在《蔷薇的记忆：宇野亚喜良散文全集1968—2000》（东京书籍，2000年4月）的基础上，新增了在《俳句四季》（东京四季）连载的"童话句乐部"十回以及在《月刊territory》（TV AGE）连载的"无关紧要的事"中的十七篇后，重新编辑而成的文库版。

首版的副标题是"宇野亚喜良散文全集1968—2000"，实际上却并非"全集"，仍有许多作品未能收录进去。而且，2000年以后，宇野先生仍在各种媒体上发表了多篇文章。因此，本书删去了首版的副标题，并以首版为基础进行了增补和修订，作为最终版本被命名为《定本 蔷薇的记忆》。换句话说，本书收录了宇野先生从1968年到2013年间的散文作品。

这些散文的创作时间跨越了四十五年，但文体始终如一，由宇野先生娓娓道来的轶事在多年之后依旧鲜活有趣。这些文章以丰富的词汇和广博的见闻为支撑，机智非常，是只有好奇心旺盛的宇野先生才能写出来的独特内容。书中内容涵盖电影、作家、人物评论、日记以及童年回忆和交友录等，其丰富的信息量和有趣的视角让读者着迷不已。读罢本书，再一次地欣赏宇野先生的作品，便能收获更多新的理解和领悟。换言之，阅读本书，相当于窥探宇野先生的内心世界。

接下来，我想就增补内容进行一些补充说明。《俳句四季》是一本专业杂志，《月刊 territory》则是仅在东京市内每期发行一百五十份的免费杂志，读者数量都很有限。因此，对于大部分读者来说，两本杂志的连载内容完全是初见。此外，"无关紧要的事"仍在连载，《月刊 territory》的封面题字也出自宇野先生之手，其姊妹刊物——网络杂志《周刊 territory》的题字、视频连载均是他负责的。

通过本书不难看出，在担任插画师的同时，宇野先生还完成了大量的设计工作，作为作家也非常多产。他的文字作品不限于散文，还有评论、图像散文等多种体裁，其中一些被收录在电影随笔集《Ciné Aquirax》（爱育社）、句画散文集《奥之横道》（幻戏书房）中，强烈推荐读者在阅读本书的同时，也读一读这些书籍。

滨田高志（选编人）
2017 年 4 月

文章初刊一览

卷首彩页
—
童话句乐部
《俳句四季》
2014 年 4 月刊至 2015 年 3 月刊

I 我所憧憬的恶棍生活
—
我的个人史
《宇野亚喜良假面舞会》（美术出版社），
1982 年 6 月

母亲的馒头
《幼儿开发》1997 年 2 月刊

我所憧憬的恶棍生活
伦书房，1997 年 10 月

始于《你的妹妹》
《勤皇暴力团》（民艺公演）宣传册，
1998 年 12 月

II 庞蒂的椅子
—
罗杰·瓦迪姆，我的青春
《血与玫瑰》中的美丽噩梦
《葡萄柚》1981 年第 2 期
《宇野亚喜良假面舞会》

让·科克托的电影艺术
《葡萄柚》1981 年第 1 期
《宇野亚喜良假面舞会》

香粉与裙撑，抑或在
新艺术运动的青春中
绽放的蔷薇花
《香粉与裙撑》解说，1980 年
《宇野亚喜良假面舞会》

男性与男性，以及女性
罗贝尔·恩里科的
冒险电影
《葡萄柚》1982 年第 3 期
《宇野亚喜良假面舞会》

电影中的衬衫
《装苑》1991 年 9 月刊

致薇诺娜·瑞德女士
《BRUTUS》1994 年 5 月刊

遥不可及的梦
《大贼与金丝猫》
《东京人》1995 年 8 月刊

彷徨的基顿
《电影旬报》

庞蒂的椅子
为本书而作

古钟鸣响的日子
《The 古董》1976 年
《宇野亚喜良假面舞会》

(290)

凡·高
关于"正常的时间"
为本书而作

对人偶的爱
纳博科夫氏病
《西洋人偶馆》1980 年
《宇野亚喜良假面舞会》

人偶一哭，
我也会跟着难过起来
《蔷薇的小房间》1978 年夏季刊
《宇野亚喜良假面舞会》

埃德蒙·杜拉克的一千零一夜
《宇野亚喜良假面舞会》

论保罗·德尔沃
风景篇
《水绘》1975 年 3 月刊
《宇野亚喜良假面舞会》

我的中原淳一体验
《Soleil 复刻版》等（国书刊行会），
2000 年 3 月

与梦二的画相伴的日子
《竹久梦二》解说，1968 年
《宇野亚喜良假面舞会》

关于阿瑟·拉克姆
《涡堤孩》解说，1968 年
《宇野亚喜良假面舞会》

III 卢纳蒂克日记
—
《Pee Boo》1990—1995 年

IV 花窗玻璃，我的乡愁
—
关于裸体画的自言自语
《The NUDE》（中央公论社），1984 年

八段独白
《宇野亚喜良假面舞会》

名为海报的恐惧，或令人怀念的风
《世界的平面设计 3》（讲谈社）

与装帧的相遇如同一场恋爱
《i feel》1998 年冬季刊

高桥睦郎诗集的装帧
为本书而作

春信的色彩感觉
《平凡社浮世绘八华》1985 年 1 月刊

始于巴克斯特
为本书而作

有关克里姆特的二十六章
《NHK 日曜美术馆第 4 集》1977 年
《宇野亚喜良假面舞会》

横尾忠则的《彷徨的夜太》

《illustration》1993 年 4 月刊

花窗玻璃，我的乡愁
《A·D》1983—1984 年

插画家和他们的作品
《佐伯俊男初期作品集》1997 年等

我喜欢的绘本
《Pee Boo》1991—1995 年

在十二月的街角……
《装苑》1991 年 12 月刊

V 来自夏威夷的信件
—
星辰传颂关于爱的故事
《paper moon》1977 年 10 月刊
《宇野亚喜良假面舞会》

去看越前岬的野生水仙
《旅》1972 年 3 月刊

在濑户内海四处逛逛的普通之旅
《旅》1974 年 5 月刊

VI 无关紧要的事
—
《月刊 territory》2010 年 11 月 27 日
至 2013 年 7 月 27 日

西文人名译名对照表

阿莱蒂 Arletty
阿兰·德龙 Alain Delon
阿妮塔·艾克伯格 Anita Ekberg
阿瑟·拉克姆 Arthur Rackham
阿兹纳武尔 Charles Aznavour
埃德加·德加 Edgar Degas
埃德蒙·杜拉克 Edmund Dulac
埃迪·科克伦 Eddie Cochran
埃尔摩·林肯 Elmo Lincoln
埃里克·侯麦 Éric Rohmer
埃里克·克莱普顿 Eric Clapton
埃罗尔·弗林 Errol Flynn
埃米利奥·普奇 Emilio Pucci
艾里斯 Víctor Erice
艾吕雅 Paul Éluard
爱德华·马奈 Édouard Manet
爱尔莎·玛蒂妮利 Elsa Martinelli
爱森斯坦 Sergey Mikhaylovich Eyzenshteyn
安东·多林 Anton Dolin
安东尼奥尼 Michelangelo Antonioni
安东宁·雷蒙德 Antonin Raymond
安妮·吉拉尔多 Annie Girardot
安妮特·索伦伯格 Annette Stroyberg
奥里克 Georges Auric
巴尔蒂斯 Balthus
巴斯特·基顿 Buster Keaton
保罗·德尔沃 Paul Delvaux
保罗·格里莫尔 Paul Grimault
比亚兹莱 Aubrey Vincent Beardsley
比戈 Georges Ferdinand Bigot
碧姬·芭铎 Brigitte Bardot
伯特·兰卡斯特 Burton Lancaster

布勒东 André Breton
查尔斯·路特维奇·道奇森 Charles Lutwidge Dodgson
达斯汀·霍夫曼 Dustin Hoffman
德朗 André Derain
菲利普·克莱 Philippe Clay
费德里科·费里尼 Federico Fellini
费迪南·舍瓦尔 Ferdinand Schörner
费南代尔 Fernandel
弗朗索瓦·阿努尔 Francoise Arnoul
弗兰克·劳埃德·赖特 Frank Lloyd Wright
甘斯堡 Serge Gainsbourg
戈达尔 Jean-Luc Godard
葛丽泰·嘉宝 Greta Garbo
古斯塔夫·克里姆特 Gustav Klimt
亨弗莱·鲍嘉 Humphrey Bogart
基里科 Giorgio de Chirico
佳吉列夫 Sergei Diaghilev
贾木许 Jarmusch
简·塞伯格 Jane Cyborg
卡尤拉妮 Ka'iulani
凯·尼尔森 Kay Nielsen
凯伦·布莱克 Karen Blanche
凯瑟琳·德纳芙 Catherine Deneuve
凯瑟琳·赫本 Katharine Hepburn
克拉纳赫 Lucas Cranach der Ältere
克里斯蒂安·马康 Christian Marquand
克里斯多弗·兰伯特 Christopher Lambert
克利 Paul Klee
拉蒂格 Jacques Henri Lartigue
拉威尔 Maurice Ravel

莱奥尼德·马西涅 Léonide Massine
莱克斯·巴克 Lex Barker
劳伦·白考尔 Lauren Bacall
勒内·马格里特 René Magritte
雷米·德·古尔蒙 Remy de Gourmont
利昂·罗素 Leon Russell
利诺·文图拉 Lino Ventura
列昂·巴克斯特 Leon Bakst
刘易斯·卡罗尔 Lewis Carroll
路易·马勒 Louis Malle
路易·萨罗 Louis Salou
罗贝尔·恩里科 Robert Enrico
罗贝尔·侯赛因 Robert Hossein
罗伯特·劳森 Robert Lawson
罗杰·瓦迪姆 Roger Vadim
马蒂斯 Henri Matisse
马克·博兰 Marc Bolan
马克斯·恩斯特 Max Ernst
马塞尔·埃朗 Marcel Élan
玛丽·洛朗森 Marie Laurencin
玛琳·黛德丽 Marlene Dietrich
迈克尔·鲍威尔 Michael Powell
麦克斯菲尔德·帕里什 Maxfield Parrish
芒迪亚格 André Pieyre de Mandiargues
梅尔·费勒 Mel Ferrer
莫迪利亚尼 Amedeo Modigliani
莫特·福凯 La Motte-Fouqué
尼金斯基 Vaslav Nijinsky
欧内斯特·戈尔德 Ernest Gold
帕拉塞尔苏斯 Paracelsus

帕索里尼 Pasolini
帕辛 Jules Pascin
庞蒂 Gio Ponti
佩罗 Charles Perrault
皮埃尔·布拉瑟 Pierre Brasseur
乔安娜·辛库斯 Joanna Shimkus
乔恩·沃伊特 Jon Voight
乔治·布拉克 Georges Braque
乔治·布拉桑 Georges Brassens
乔治·哈里森 George Harrison
让·丁格利 Jean Tinguely
让·季洛杜 Jean Giraudoux
让·迦本 Jean Gabin
让·科克托 Jean Cocteau
让·马莱 Jean Marais
让-保罗·贝尔蒙多 Jean-Paul Belmondo
让-路易斯·巴劳特 Jean-LouisBarrault
萨布 Sabu
萨德侯爵 Marquis de Sade
萨蒂 Erik Satie
萨基 Saki
斯坦伯格 Sternberg
斯特拉文斯基 Igor Fedorovitch Stravinsky
汤姆·韦茨 Tom Waits
托尼·柯蒂斯 Tony Curtis
威廉·梅里尔·沃里斯 William Merrell Vories
威廉·莫里斯 William Morris
薇诺娜·瑞德 Winona Ryder
维斯康蒂 Visconti

希梅内斯 Juan Ramón Jiménez
夏尔·特雷内 Charles Trenet
夏加尔 Marc Chagall
小道格拉斯·范朋克
　　Douglas Fairbanks Jr.
修拉 Georges Seurat
雪利登·拉·芬努
　　Joseph Sheridan Le Fanu
雅克·贝克 Jacques Becker
雅克·普雷维尔 Jacques Prévert
亚历山大·考尔德 Alexander Calder
亚历山大·克罗夫特·肖
　　Alexander Croft Shaw
约翰·刘易斯 John Lewis
约翰尼·韦斯穆勒
　　Johnny Weissmuller
詹姆斯·梅因·狄克逊
　　James Main Dixon
佐嫩斯坦
　　Friedrich Schröder-Sonnenstern

宇野亚喜良　　　　　　　　　　　　　　　　　　　　　　　　　　Aquirax Uno

1934 年生于日本名古屋。毕业于名古屋市立工艺高中图案科。曾就职于可尔必思食品工业、日本设计中心及 Studio Ilfil，后转为自由职业。曾获日宣美特选奖、日宣美会员奖、讲谈社出版文化奖插画奖、三丽鸥美术奖、红鸟插画奖、日本绘本奖、全广联日本宣传奖山名奖、读卖演剧大奖评委特别奖等多项殊荣。1999 年获授紫绶褒章，2010 年获授旭日小绶章。
主要作品包括《宇野亚喜良 20 世纪 60 年代海报作品集》《奥之横道》《MONOAQUIRAX ＋》《宇野亚喜良编年史》《宇野亚喜良：幻想插画的世界》，绘本作品有《那个女孩》（文：今江祥智文）、《白猫亭》（原作：寺山修司）、《上海异人娼馆》（原作：寺山修司）、《大大的眼眸》（诗：谷川俊太郎）、《X 字架》（文：穗村弘）、《恋人们》（文：穗村弘）等。曾参与新宿伊势丹橱窗设计、资生堂恋爱魔镜 MAJOLICA MAJORCA 的魔法肖像画等项目。于刈谷市美术馆、Bunkamura 画廊、东京歌剧城艺术画廊等场馆举办多次个展。亦从事策展与舞台美术设计工作。

唐诗

日本北海道大学文学硕士。编辑、译者。译作有《深濑昌久：渐渐变成乌鸦的男人》《立花》《原田治的美术笔记》《上街！寻找超艺术托马森》等。

大平面，包罗万象。
Wild, all-inclusive.

大平面 WILD PRESS
系列书目

01 《发现可爱：原田治作品集》　　　　　　　[日] 原田治
02 《原田治的美术笔记》　　　　　　　　　　[日] 原田治
03 《上街！寻找超艺术托马森》　　　　　　　[日] 赤濑川原平
04 《蔷薇的记忆：宇野亚喜良随笔集》　　　　[日] 宇野亚喜良
05 《从"他们"的"女子摄影"，到我们的女性摄影》　[日] 长岛有里枝
06 《GARO 主编》　　　　　　　　　　　　　[日] 长井胜一

......

大平面 WILD PRESS
04

出版发行 PUBLISHER - 上海文艺出版社 SHANGHAI LITERATURE & ART PUBLISHING HOUSE／监制·策划·设计 CHIEF EXECUTIVE PRODUCER · PLANNING EDITOR · ART DIRECTOR & DESIGNER - 山川 GABRYL DUKE／策划·翻译 PLANNING EDITOR · TRANSLATOR - 唐诗 TANG SHI／编辑·执行 EXECUTIVE EDITOR · PROJECT MANAGER - 余梦娇 YU MENGJIAO／设计助理 DESIGN ASSISTANT - 之淇 ZHIQI／特别感谢 SPECIAL THANKS - 张诗扬 ZHANG SHIYANG，顾逸凡 GU YIFAN／纸张支持 PAPER SUPPLIER - 包罗万象 CREATION PAPER

COPYRIGHT © WILD PRESS, 2025. ALL RIGHTS RESERVED.

图书在版编目（CIP）数据

蔷薇的记忆：宇野亚喜良随笔集 /（日）宇野亚喜良著；唐诗译. -- 上海：上海文艺出版社，2025.
ISBN 978-7-5321-9272-4

Ⅰ. I313.65

中国国家版本馆CIP数据核字第2025NP0316号

著作权合同登记图字：09-2025-0093 号

特约策划：大平面 Wild Press
责任编辑：张诗扬　景柯庆
装帧设计：山川制本 workshop

书　　名：蔷薇的记忆：宇野亚喜良随笔集
作　　者：[日] 宇野亚喜良
译　　者：唐　诗
出　　版：上海世纪出版集团　上海文艺出版社
地　　址：上海市闵行区号景路 159 弄 A 座 2 楼　201101
发　　行：上海文艺出版社发行中心
　　　　　上海市闵行区号景路 159 弄 A 座 2 楼 206 室　201101　www.ewen.co
印　　刷：上海盛通时代印刷有限公司
开　　本：1194×889　1/32
印　　张：9.375
插　　页：18
字　　数：214,000
印　　次：2025 年 8 月第 1 版　2025 年 8 月第 1 次印刷
Ｉ Ｓ Ｂ Ｎ：978-7-5321-9272-4/I.7272
定　　价：86.00 元
告 读 者：如发现本书有质量问题请与印刷厂质量科联系　T：021-37910000

TEIHON BARANO KIOKU
COPYRIGHT © 2017 AKIRA UNO
ALL RIGHTS RESERVED.

ORIGINAL JAPANESE EDITION PUBLISHED IN JAPAN BY RITTORSHA, RITTOR MUSIC, INC.
SIMPLIFIED CHINESE TRANSLATION COPYRIGHT © 2025 BY GABRYL DUKE CO., LTD.
SIMPLIFIED CHINESE TRANSLATION RIGHTS ARRANGED WITH RITTOR MUSIC, INC.